中国文章

平凹题

中国文章

胡竹峰 著

山东画报出版社

图书在版编目（CIP）数据

中国文章／胡竹峰著. —济南：山东画报出版社，
2018.6
ISBN 978-7-5474-2662-3

Ⅰ.①中… Ⅱ.①胡… Ⅲ.①散文集—中国—当
代 Ⅳ.①I267

中国版本图书馆CIP数据核字（2017）第329770号

中国文章

胡竹峰著

责任编辑 许 诺
装帧设计 王 钧
封面设计 马德龙

出 版 人 李文波
主管单位 山东出版传媒股份有限公司
出版发行 山东画报出版社
　　　　　　社　　　址　济南市胜利大街39号　邮编 250001
　　　　　　电　　　话　总编室（0531）82098470
　　　　　　　　　　　　市场部（0531）82098479　82098476（传真）
　　　　　　网　　　址　http：//www.hbcbs.com.cn
　　　　　　电子信箱　hbcb@sdpress.com.cn
印　　　刷 山东临沂新华印刷物流集团有限责任公司
规　　　格 148毫米×210毫米
　　　　　　10.25印张　150千字
版　　　次 2018年6月第1版
印　　　次 2018年6月第1次印刷
印　　　数 1-6000
书　　　号 ISBN 978-7-5474-2662-3
定　　　价 68.00元

序

韩少功

对待桌上一盘菜,可用营养师的态度,分析其钙铁锌硒;也可用美食家的态度,评品其色香味。西方的文学批评传统颇有点像前者,说观念,说技术,说规律性,说流派和主义,从亚里士多德一路下来多是这类招式,一直到现代中国文科院系几乎全盘照搬。

比较而言,中国古代批评家则多是感觉重于逻辑,综合重于分析,审美重于公理,见诸七零八落的微观型诗论、文论、点评、眉批等。前辈们似乎乐于点打和游击,说气,说神,说意,说味,都没法纳入西方各种主义的框架,即便最有体系模样的《文心雕龙》也离欧式公理化标尺太远。

也许两种传统各有得失,就好比钙铁锌硒是要的,色香味也是要的。只是当下批评界大多对本土传统资源盲目太久，偏见已深，汲收太少，实为一大遗憾。以致很多科班才子眼下的拿手好戏，不过是操几枚时髦的主义标签治天下，却一不小心就把狗屎混同佳肴。这也难怪，谁说狗屎里就不能淘出一点钙铁锌硒？

正是在这个意义上，竹峰这本书是我期待已久的一种勇敢尝试，一种重建中国文章之审美传统的可贵立言。在此书中，他还由文及人，由人及人境与人生，遍及草木虫鱼、日月山川、衣食住行、天道人心，于字里行间重申"功夫在诗外"（陆游语）的文学观，包括体悟"大块假我以文章"（李白语）之浩瀚古意和美意，不失为文章之道的又一要旨。

中国先贤从来主张文与人合一，于是写法就是活法。他们相信文章不是写出来的，而是作者们活出来的，不过是一种生活态度、生活方式、生活环境、生活经验与感受的自然留痕，因此各种笔墨不是血管里流出来的血，就是水管里流出来的水。这与西方二十世纪新批评主义的纯文本大法，同样拉开了足够距离。

顺祝竹峰一再活出回肠荡气的精彩文章。

二〇一七年十二月

目录

序

前记

卷一

前　记

　　出家人悟禅讲究本源。大学士丘濬过一寺庙，见四壁俱画《西厢》，疑曰：空门安得有此？僧道：老僧从此悟禅。问：从何处悟？答：临去秋波那一转。作文免不了师承，免不了偷艺，艺之道，可以古为师、以自然为师、以心为师。

　　这本集子取此书名，只因收有一篇名为《中国文章》的文章。中国文章是东方美学山水间的宫殿坛庙、寺观佛塔、亭台楼阁与民居园林，风景迢迢，花鸟虫鱼悠然自适。中国古人作文章，以业待之，心里有切切意，面目清严妙喜。

　　冬日黄昏，寒雨湿窗，灯下偶记数语以记。

　　　　　　　　　　　　　　　二〇一七年十一月二十日，合肥

卷
一

中国文章

中国文章里有玄之又玄的东西，这是道家恬淡虚静的气质决定的。老庄之前的文章，譬如甲骨文卜辞与《尚书》《穆天子传》之类，一味写实。写实是中国笔墨的基础。

"道可道，非常道。名可名，非常名。"可以说是中国文章里第一次出现游戏笔法。写实与游戏，是中国文章的阴阳诀。可不可以用"墨戏"两个字说中国文章呢。国外的文章，以我有限的眼光看，从未见过墨戏，或许是孤陋寡闻。

虚与实的结合让中国文章有了风致。我以前重文采，现在觉得好的文章不过一段风致。诗三百，一言以蔽之，曰思无邪。思无邪正是风致。不轻佻浮浪，不正襟危坐，便是风致之美。风是风容，致是举止。好文章，风容卓绝，举止从容。

《老子》第一次让中国文章走到一个极致——隔。《老子》的隔源自文章家的德行、宽容、谦虚、至情和尽礼的品行。

先秦人作文，霸气十足，凌驾一切之上或超脱一切之外，可惜时代遥远，今时读来，行文难免艰涩，不易见微知著。我大量接触先秦文章是近年的事，那些文字像刻在青铜鼎侧的铭文，弥漫着甲骨卜辞的神秘，已不能用典雅古旧之类的话来评价了。

在我眼里，《庄子》是最好的散文，《尚书》是最好的随笔。《庄子》从十几岁就似懂非懂地阅读，十多年过去，至今还常常翻起。接触《尚书》是在二十五岁之后，在朋友家，是夜宿其宅，无事，在枕畔读《尚书》，如孤身一人闯入大泽，满眼雾霭，茫然四顾，不知来路，不知归途，但心中有一股浩浩之气冲荡。

《尚书》，文有金石气，如庙堂之巍峨，令人不敢不敬、不得不敬。《尚书》拙朴阳刚像太阳，《庄子》清新阴柔似月亮。这一日一月挂在先秦天空，照耀了后来的文字世界。《庄子》是天人之作，《尚书》乃巨人之书，肉体凡胎如我者，虽好读，只能不求甚解，尽管喜欢，远远不能沉迷，更不会茶饭不思。

庄子以神为马，当然高妙，堪称散文的祖师。《韩非子》鞭辟入里，亦是高人，可谓论文之鼻祖。《论语》的娓娓道来，无人能及。《墨子》重剑无锋，使人感受到泰山之雄伟。墨子不可学，不能学。我曾取过一个笔名叫怀墨，面对《墨子》，只能作思古之怀想。

中国文章是有颜色的，墨分五色，或焦、浓、重、淡、清，或浓、淡、干、湿、黑。以先秦文章为例，《老子》是焦墨，间或用浓淡之墨。庄子是清墨，间或用焦重之墨。孔孟是浓墨，偶尔有清淡处，"暮春者，春服既成，冠者五六人，童子六七人，浴乎沂，风乎舞雩，咏而归"，此处便是。韩非子与墨子是重墨，焦墨与重墨也夹杂其中。《诗经》是淡墨，也并非一淡到底，沉痛之陈，笔力下得深，下得重。

司马迁写《史记》，焦浓重淡清，五墨共舞。太史公写得虽辛苦，笔墨中并没有忘记游戏笔法。一篇篇《本纪》，左右逢源，一路读来，能看见司马迁内心喜悦的潜流。这喜悦是自得其喜，是立言之悦。跌宕自喜，津津乐道，自有一股风流。

游戏笔法是不是小说家言？司马迁是中国第一个小说家，左丘明是靠在先秦槐树下解衣盘礴的说书人，与柳敬亭不同的是，他自己写好了本子。将《左传》当小说读，更有意味，也更懂中国文章的笔墨。先秦诸子都有小说家面目，庄子、韩非子、列子，他们的寓言谆谆之心兔起鹘落。谆谆之心可谓中国笔墨的暗纹，即便是《战国策》。我读先秦纵横家的文章，觉得有属于祖父晚年的奇巧淫技，未脱谆谆之心使然。

《史记》的笔墨是毛线团，有些是一团团串接起来，有些是一团团松散开来。《左传》的笔墨是跳跃的，或者说是雪地上的足迹。北方平原雪地上的足迹，伸得远，凌乱且有章法，像乱石铺街体书法，这么说格调低了，一派素狂张癫更贴切。《史记》

有楷书之法则，唐人大楷有取法于司马迁处。《左传》大量留白，介于行草与狂草之间。《史记》的笔法绵延不绝，后世文士时有所宗。《左传》用笔险，如短兵相接，赤膊上阵，非勇士莫能为也。除了王安石、陆游等少数几个人外，中国文章家没能承接《左传》的文脉，实在可惜。

汉赋几乎字字浓墨，仿佛金农的漆书。汉赋最为人诟病的正是缺乏自己面目。汉赋浓墨重写，字字斟酌便句句游戏。汉赋的刻意铺排，就是文人的游戏。汉朝文艺多有凝滞的空气，好像大家在公共场所赋诗饮酒一般，手脚放不开，写来写去，都是应酬之作。汉赋是种名气很大的文体，读它的人却不多，因为空洞无物。空洞不可怕，空洞自有回声，无物让文章少了落脚点。

贾谊、枚乘、司马相如、扬雄的创作，其文辞之华美，上承楚辞，下启明清小品。汉赋以散韵结合、专事铺叙为特色，一方面对语言精打细算，一方面挥洒词藻不厌其烦。尽管已不为今人所重，但它的纯粹精致与恣肆汪洋，后世难觅其匹。

《汉赋》的第一篇在我看来是《七发》，枚乘气壮神旺，后世多有不及。枚乘是最懂中国笔墨的汉赋家，其文章之鸟，高低起伏，飞得远。中国笔墨里恰恰有石破天惊的一面，这是音乐性决定的。中国古代有一种叫箜篌的乐器，其音忽而高亢，忽而低沉，出人意外，有难以形容的奇境。庄子与司马迁应该听过不少，并得到启发。班固、扬雄诸位的赋文，雄浑磅礴，但没有后来魏晋人下笔美丽，说到底还是汉朝文章墨色单一了。

汉赋过于苦心经营，步步为营。一到魏晋，中国文字之狡兔逃出营房，撒腿就跑。有回周作人为沈启无写砚铭，录的是庾信《行雨山铭》四句：树入床头，花来镜里，草绿衫同，花红面似。写完之后，周作人说："可见他们写文章是乱写的，四句里头两个花字。"废名也说六朝文是乱写的，中国文章，以六朝最不可及，所谓生香真色人难学也。

周作人说六朝人是乱写的，并举"一寸二寸之鱼，三竿两竿之竹"的句子作例子，《小园赋》读过多遍，越读越觉得一寸二寸、三竿两竿是庾信的精心布置。但六朝文章即便对文字拈斤播两，也有随意之法度。

真性情方有高境界，高境界可得大文章。境界高了，即便几十字，也有江波之浩渺，譬如二王杂帖。古人常说言简意赅，文字一简则远，一远则幽，一幽则雅。王羲之父子的杂帖是真正意义的小，长不过几百字，短仅仅十言，以隽永见长，让中国文章多了留白，让后世作文者铺排时记得节制的重要。

二王的杂帖与诸多六朝文章潇洒、意气，尽管这里面有诸多无奈甚至是刻意装扮，却也是大道之后的归真，有意趣，散发着人物的个性光芒，让我领略到人情之美与文字之美，看见了跨越时间与空间的宏大。

六朝文章，好在抒情。建安年间，曹丕兄弟的书札，忆宴游之愉悦，悼念友朋的长逝，悱恻缠绵，若不胜情，开了六朝文的先路。六朝人崇尚清谈，五胡之乱后，士族避地江南，江南山水秀丽，贯之笔墨，增进了文辞的隽永，充满了微茫的情绪。微茫的情绪是中国文章的倒影。

看《胡适之先生晚年谈话录》，老先生随口议论古人古文："韩退之提倡做古文，往往也有不通的句子。他的学生皇甫湜、孙樵等，没有一个是通的。但白香山的文章就写通了，元微之也写通了。在唐宋八大家里，只有欧阳修、苏东坡两人是写通了。"董桥看见这一段，感慨胡适之终究是胡适之：渊博而执著，温煦而刚毅，诚挚而挑剔。通不通，是胡先生一己之识，不必深究。他看不上韩愈，说到底还是韩愈的笔墨里缺乏微茫的情绪。

如果说明清小品如中年男人庭前望月，那么唐宋散文就像老年儒士倚天论道。论道者多高谈，不作望月时候的自语。读书人在明清与唐宋之间游走学习，自有风动枝头的旖旎，也有盘根纵横的高古。

读唐宋文章，得气、得神、得意、得味，更多是得法——文章之法。韩愈作文多为人诟病，但他下笔的法则是取之不尽的金库，可供后人挥霍。

苏东坡的《赤壁赋》深得中国文章的笔法墨法。中国文章的笔法墨法玄之又玄，但却是众妙之门。《赤壁赋》的出现，让中国文章多了厌世的笔墨。厌世不轻生，这是苏轼的了不起。《赤壁赋》的厌世更多是疲惫，或者说疲而不惫。苏东坡如果不是受了一点佛教影响，他文章里恐怕要损失些好看的字面，也会多一些韩愈、王安石的气息。中国文章重实际，少理想，也不喜欢思索死亡。《桃花源记》也是坐虚而化的游戏之作，远不如《赤壁赋》高妙。

读苏轼是读《庄子》之后，读完《庄子》，我以为中国文章就此罢了。但我读到苏轼这样的句子："驾一叶之扁舟，举匏尊以相属。寄蜉蝣于天地，渺沧海之一粟。哀吾生之须臾，羡长江之无穷。挟飞仙以遨游，抱明月而长终。知不可乎骤得，托遗响于悲风。"再一次看见中国文章的峰头。《赤壁赋》让中国文章多了山水韵与水墨味。不是说之前的中国文章缺乏山水韵、水墨味。汉赋有山水韵，缺乏水墨味。六朝文章有水墨味，缺乏山水韵。

明清之际，文章家多如恒沙，卓立于群峰之上的，唯有张岱。张岱作文，疏朗暗淡，充盈着五月田野的茵茵草香，让我感受到泼绿一地的葱郁。譬如《湖心亭看雪》，清雅简洁，言近意远，几可作小品文八字真言，有墨法，有章法，有笔法，法法不着痕迹，羚羊挂角，当作如是观。

明清小品也好，但明清小品是水墨山水册页，没有《清明上河图》的恢宏，又不如范宽、梁楷高古。

明清人作文，以清冷优雅的目光，刻意抵拒喧嚣与世俗，无灼灼之姿，有泠泠之态。因为过于表现超尘脱俗，很多作品缺乏生命的质感。读明清小品，好歹知道了性灵的重要，也就是说文字要活，更让我明白中国文章有很多种写法。读唐宋古文，慢慢懂得了厚味，懂得了学识与见解比才气更重要。

汉语是屈原的语言，司马迁的语言，三曹的语言，李杜的语言，陆游的语言，苏东坡的语言，曹雪芹的语言。中国文章真可以写出美的意境，"昔我往矣，杨柳依依；今我来思，雨雪霏霏""水何澹澹，山岛竦峙""长安古道马迟迟，高柳乱蝉嘶"，都令我喜悦。

据说仓颉造字，大地颤抖，夜游的鬼魂在暗处哭泣。

身前薄雾如纱，点点星光在头顶闪烁，身后大海辽阔，明月之辉潋潋随波万里。远古的先民睡了，松枝火把掩映下的木屋，忽明忽灭，巨大的静穆下，夜空如洗，只有笔划过的声音，画出中国文章影迹：禹治水、敕勒歌、文烦简有当、地险、史记世次、白公咏史、裴晋公禊事、黄纸除书、唐人重服章……

民国文章呢，民国文章的笔墨是张大千摹本敦煌壁画。

墨　迹

奉橘与送梨

"奉橘三百枚，霜未降，未可多得"

——《奉橘帖》

我偶尔买点水果送人，但写不出这样简洁的句子。

《奉橘帖》，摹搨本，现藏台北故宫博物院。

设想收到王羲之送来的三百个橘子，黄澄澄装在竹篮中，多有人情味。比橘子更有人情味的是《奉橘帖》，或是纸，或是绢，或是麻。老朋友了，不用上款，无需落名，情致摇曳在笔墨间。

认字形论，我喜欢"橘子"不喜欢"桔子"。我喜欢橘子之

名，橘子比桔子更有意味，文字也未必愈简愈好。现在书家下笔
落墨还是写繁体字，不仅仅是形式问题。

我是去过橘园的，春秋之际。春天，橘园一片绿，深绿，或
者说是墨绿，入眼只觉得绿油油。秋天，橘园绿中有黄，橘子垂
垂累累，说挂灯笼之类俗了，那树沉甸甸的，仿佛怀孕的妇人，
风一吹，越发像怀孕的妇人。

《奉橘帖》中"霜未降，未可多得"一语，有人说是节气尚
未霜降，我认为是还没有下霜。还没有下霜，也就没有摘更多的
橘子。朋友告诉我，下霜以后，天气变冷，橘子的酸度降低，糖
度提高，橘皮变黄。这么说来，王羲之是懂得农作物周期的，可
能他家中有果园：

　　　奉黄柑二百，不能佳，想故得至耳，船信不可得知，前
　　者至不？（《黄柑帖》

又奉橘，又送柑，礼多人不怪。

王羲之种橘送人橘、种柑送人柑。王献之学他，作《送梨
帖》："今送梨三百。晚雪，殊不能佳。"行文口吻，与其父何其
相似，书法首行字势也与《奉橘帖》相近。

一瓣一瓣剥开橘瓣，橘肉黄得沁人，口舌生津，何止望梅
止渴。

去年秋天，朋友约我去他的果园玩，临走时采了一点橘子。朋友说橘子一定要在树上等到打霜，才真正红透熟透，才真正好吃。常见市上出售的橘子皮色尚青。韦应物《答郑骑曹青橘绝句》一诗亦谈橘事，风情万种：

怜君卧病思新橘，试摘犹酸亦未黄。
书后欲题三百颗，洞庭须待满林霜。

霜打后的橘子我吃过，清甜，清得近乎寒凉了，其味入喉透彻。

霜打后的洞庭橘子也吃过，有一年冬天在苏州东山闲荡，芦花边的农家院子里吃太湖蟹，吃洞庭橘。清甜之外有鲜甜，鲜得饱满，甜得饱满。

我母亲不吃橘子，怕酸。其实橘子还是甜，真正酸的是柑子。柑子不仅仅酸，而且涩。《橘录》记："柑乃其（橘）别种。"我乡下旧居庭中有过一株柑树，当年祖父手栽。结出柑子酸涩难忍，我们不喜欢吃。

我偶尔也买点水果送人，但写不出"今送梨三百。晚雪，殊不能佳"这样简洁的句子。

祖父离世三年后，庭中柑树枯死了。

二爨篇

太久没有读碑帖，想看爨宝子与爨龙颜。

无名氏的《爨宝子碑》，无名氏的《爨龙颜碑》，线条是宽的，味厚到密不透风，突然豁然开朗——山穷水尽处别有洞天。也就是说《爨宝子碑》与《爨龙颜碑》猛一看，密密麻麻很压抑，往细处琢磨，发现婉约来。好像行走密林，古木参天，灌丛密布，但能透气，不像进商场，让人气闷。我一逛商场就昏昏欲睡，有人逛商场越逛越勇，精神百倍。

以前看书画，先看线条。如今看书画，看韵味，仿佛看女人。少年时以色相论高低，现在知道女人之美在韵在味。当然，有人一辈子重色，重色有传统，"吾未见好德如好色者也"。一树梨花压海棠，多少人夜不能寐。

取韵不是上品，得意才算入流。习字更是这样，临帖能得意忘形才算入门，忘意之后是大境界。有个阶段沉迷书法，每天临帖写字，坚持半年，叵耐天分有限，不要说得意，连形也不得，只好作罢。

白蕉习王字得意，沈尹默习王字得形，胡竹峰习王字既不得形更不得意，只好埋头写文章。文章辛苦事，书法好卖钱，我不怨天尤人。

前阵子编好两本书交付出版社，心想今年的本钱够了，不妨少写。岂料忘了逆水行舟，一篙松劲退千寻。寻是古代长度单位，八尺为一寻，一退退到江岸。我不喜欢江岸，我喜欢江南。江岸是送别的地方，江南是踏青的佳处。

汉学家高居翰先生有本著作叫《江岸送别》，到底不是东方人，写起汉语还是做作。西方人研究中国文学中国书画中国历史，见识眼界不成问题，但终有阻隔处，隔了层玄之又玄的东西，姑且称为文化基因。当年有人从皖北来至敝地，五十年过去，口音里还有皖北腔调的基因，一听就知非我同乡。基因是不可磨灭的符号，转基因不在此列。

如果取书名，《江岸送别》不如《江岸别》。有别肯定有送，多一字不如少一字。有人信奉多一事不如少一事，阿弥陀佛。有人信奉多一字不如少一字，竹简精神。古人把一个字一个字烙在竹简上。李健吾先生说：能把散文写得"字挟风霜""声成金石"，才配得上竹简精神。这笔荡得太开，现在收回来：

我看无名氏的《爨宝子碑》与《爨龙颜碑》，总想起烩面。现在是深夜，肚子饿了的缘故？以前在郑州上班，每天中午吃无名氏的烩面。无名氏的烩面价格便宜，味道不输名店。

康有为说宝子碑端朴，若古佛之容。古佛之容的话太玄虚，端朴二字评语下得准。我看《爨宝子碑》的笔墨章法是老翁儿戏，我看《爨龙颜碑》的笔墨章法是儿戏老翁。老翁儿戏得意，儿戏老翁得趣。意好得，趣好得，意趣不好得。二爨集一处看，大得意趣。此时夜深，有人得意，有人得趣。看《爨宝子碑》与《爨龙颜碑》独得意趣，这是读帖人的福气。

瘗鹤铭

闲来理书，书箱里翻出《红楼梦》。一翻就翻到"老学士闲征姽婳词　痴公子杜撰芙蓉诔"一节。曹雪芹的笔墨至此快到尽头了，大观园的故事露出残景。曹雪芹写残景，不失明朗，像盛夏时节西天的晚霞。高鹗的续书，狗尾都称不上，顶多是条井绳。六七岁的光景，被蛇咬过，至今看不完《红楼梦》后四十回。

《红楼梦》的续书，见过不下十种，只有张之的《红楼梦新补》读完了。张先生的新补，新颖别致，清香扑鼻，读得人禁不住击节称赏。张之了不起的地方是推翻前人续作，融会贯通，另起炉灶，写元妃赐婚、黛玉泪尽而逝、贾府抄没一败涂地、荣宁子孙树倒猢狲散、贾兰贾菌中举、宝玉宝钗家计艰难、王熙凤被休弃含恨自尽……叙来洋洋洒洒，又惊心动魄、满腹辛酸。张之遣词描红，多得曹公笔法，可谓续书翘楚。我这么说的意思是，今人未必不如古人。

前几天闲聊起《瘗鹤铭》，友人说古今那么多人学《瘗鹤铭》，无人得其宏旨，只有徐悲鸿入神了。见过不少徐悲鸿的书法，人云亦云说受益于康有为。老友法眼，一语道破天机，让我受用。

《瘗鹤铭》的瘗字，才认识不久。有个阶段把瘗字读成糜字，有个阶段把瘗字读成病字。病鹤成汤，瘗鹤成铭，想当然耳。当年乡下物资紧俏，鸡鸭鹅之类的家禽病了，舍不得扔掉，赶紧杀了炖汤红烧。

"瘗鹤铭"三字组合，视觉上有压迫意味。但《瘗鹤铭》的书法却舒朗，像中年儒士着宽服散步，况味几近李斯当年牵黄犬出上蔡东门逐狡兔。

《瘗鹤铭》残石，字体松散夸张，横竖画向四周开张。黄庭坚认为"其胜乃不可貌"，誉为大字之祖。曹士冕则推崇其"笔法之妙，书家冠冕"。《东洲草堂金石跋》说它自来书律，意合篆分，派兼南北。我不以为然。某人家养的鹤死了，埋了它并写了铭文，是有些玩笑成分的，一个煞有介事的玩笑而已。《瘗鹤铭》文辞戏谑不乏豁达，可贵处在于游戏，在于家常，内容有机趣，也就是心情。

鹤寿不知其纪也，壬辰岁得于华亭，甲午岁化于朱方。天其未遂，吾翔寥廓耶？奚夺余仙鹤之遽也。乃裹以玄黄之巾，藏乎兹山之下，仙家无隐晦之志，我等故立石旌事篆铭不朽词曰：

相此胎禽，浮丘之真，山阴降迹，华表留声。西竹法理，幸丹岁辰。真唯仿佛，事亦微冥。鸣语化解，仙鹤去莘，左取曹国，右割荆门，后荡洪流，前固重局，余欲无言，尔也何明？宜直示之，惟将进宁，爰集真侣，瘗尔作铭。

鹤是珍禽，浮丘公曾著《相鹤经》。雷门大鼓，白鹤飞去不再声闻千里。丁令威成仙后化成仙鹤，在华表上停留显形。这些事幽微迷茫，难以分辨。而你化解身形，将往何方？在焦山西侧筑起你的坟茔，这里是安宁之地。坟后有鼓荡的长江洪流，坟前的焦山就是重重墓门。左方是遥远的曹国，右方是险峻的荆门。茅山北面是凉爽干燥之地，地势胜过华亭的风水。于是我邀集了几位朋友，在此埋葬你，并写下这篇铭文。

《瘗鹤铭》作者不传，有人说是陶弘景，还有说是王瓒，有人说是顾况……还有人说是王羲之。如果是王羲之的话，我倾向青年王羲之，时间在坦腹东床之前，《瘗鹤铭》里有青年人的烂漫之心。

说到王羲之，索性绕远一点。

王羲之书法有遵古时期和创新阶段，《姨母帖》之类几乎是古法用笔，《瘗鹤铭》也是古法用笔。到《丧乱帖》以及《兰亭序》，则用了新法。

不少古人喜欢鹤，梅妻鹤子是美谈。近日读《瘗鹤铭》，想起春天结伴和朋友一家去孔雀园玩，见到几只长腿白鹤，并不见佳，如呆鸟。

逍遥游

逍遥游。靠在楼头远望，心底冒出这三个字，完全是感觉。楼建在山上，山很高，楼更高，风一吹，衣袂飘飘，顿起逍遥之感。

暮鼓余音里，黄昏到古寺。风吹起，黑僧衣上的蝙蝠鼓荡欲飞。眼前烟波浩渺，越发逍遥游。栩栩然蝴蝶，蘧蘧然庄周，庄周的《逍遥游》我读得熟，文章还是庄周的好。现在说起文章，第一个想到的常常是庄子。

生来太晚，极其沮丧，好文章让前辈写光了，尤其是庄周，《庄子》内七篇是中国文章苍穹的北斗七星。在今时写文章，写得好进入摹本状态，差一点是水印，更差的是刻本。这种无奈感，安在孙过庭头上可能也合适。孙过庭出身寒微，命运多舛，何止文章憎命达。出身寒微就注定命运多舛，自古如是。

夜宿山寺，晚饭后在小道上走了一圈，回房翻孙过庭《书谱》，看得欣然。《书谱》有仙气，我一见《书谱》，翩翩欲飞，隐隐中长出翅膀，御风而行。《书谱》有水气，一见《书谱》，心里湿润，隐隐中长出鱼鳍，四海翱翔。起先以为是篇幅的关系，《书谱》

三千五百多字。把帖卷起来看局部，依然有逍遥游的感觉。

因为唐太宗，初唐书风被二王笼罩。如果顺这路子下去，唐代书法或许没有自己的面目。大唐毕竟是大唐，盛世后，以颜真卿为代表的书家，对二王书风进行了一次彻底革新。二王书风在美学上属优美，颜柳书风属于壮美。这时候孙过庭居然成为时代的异数，也就是说《书谱》的不合时宜，反而成全了艺术的成功。如果没有孙过庭，二王在唐朝就少了桥梁，这是中国书法艺术一件完美的阴错阳差。

孙过庭是小人物，但他下笔富而贵，富中有股贵气。欧阳询有富气无贵气，尽管他活了八十多岁，寿多则辱，有何贵气可言。欧阳询的小楷仿佛生了佝偻病，每次读帖不敢深入（阿弥陀佛，欧阳询先生，对不住了）。褚遂良正而逸，堂堂正正中不乏逸气。颜真卿有贵气无富气，鲁公辛苦啊，《多宝塔碑》《颜勤礼碑》《颜氏家庙碑》，真是写得辛苦，真是读得辛苦，真是学得辛苦。板凳要坐十年冷，学颜真卿，十年太短。

《书谱》的内容是孙过庭自己的书学体验、书谱撰写要旨与习字的一些原则，给后世书法理论做了个基本框架。《书谱》不从书法的角度看更好，孙过庭眼高于顶，有过人处。《书谱》的文章，何等了不起，放眼盛唐，也是一流。古人说庄子的文章汪洋恣肆，这八个字用来形容《书谱》，也配得上。

《书谱》不是用来看的，看也看不懂，不妨游览一回——走在山清水秀的村庄，小溪潺湲，花香四溢。读《书谱》，仿佛游玩桃花源："缘溪行，忘路之远近。忽逢桃花林，夹岸数百步，中无杂树，芳草鲜美，落英缤纷。"况味仿佛此数行字。

朋友中，完整临过《书谱》的不少，得其状易，得其味易，得其意不易。孙过庭的笔墨，看起来游龙戏凤，漫不经心，深入之后才发现分明万水千山，不可等闲视之。

有人告诉我，临写《书谱》仿佛和月亮赛跑。和月亮赛跑的感觉我知道。小时候夏夜，一人走在乡村小路上，我走，月亮走。我跑，月亮跑。月高而明，明且大，远远挂在天上，那样明朗的天。

泠泠风雨声

春雨绵绵，阴寒不散，夜里悠悠忽忽读了些旧人诗词。元人柳贯《题宋徽宗扇面诗》云："扇影已随鸾影去，轻纨留得瘦金书。"瘦金书我熟，小时候玩过一枚"大观通宝"铜钞，钱文正是赵佶手笔。

赵佶的帖读过不少，《千字文》《牡丹诗》。瘦金体的线条仿佛金戈银丝，看《秾芳诗帖》久了，越发觉得线条薄利，笔锋可以削水果，手不敢触。我看瘦金体，恍惚如见春秋时候的尖首刀币。

《秾芳诗帖》，大字楷书长卷，每行二字，共二十行，清人陈邦彦题跋："此卷以画法作书，脱去笔墨畦径，行间如幽兰丛竹，泠泠作风雨声。"

纤细、葱郁、劲挺、有力，瘦金之味差不多这样。不要说书法，宋人文章也涓涓细流出一派文气，不像唐朝欣欣向荣、郁郁勃发。唐人写时间流逝无可奈何，"念天地之悠悠，独怆然而涕下"，宋人却是"夕阳西下几时回？无可奈何花落去"。唐朝人慷慨，宋朝人感慨。慷慨常常是壮士，感慨往往为道家，宋徽宗恰恰是道君皇帝。

宋人书法，受老庄道家的影响，大抵虚静，瘦金体是异数。每见瘦金体，像在冬天的梅园游玩，老树新花，四周一望，虚室生白，全是一片吉祥。

有回在朋友画室玩，他运转提顿写瘦金体给我看。想起当年的赵佶，一笔一画运转提顿在汴京皇城里自得其乐。瘦金体的精气神是入世的，也是出世的，更多还是出世的。我读赵佶书法，读出自得其乐，天下与我何干，且作画写字去。差不多是那样的字外音。

赵佶的字有弹性，有韧性，有精神，像钢丝。书画家白蕉说："瘦金体的线条，未必输给颜真卿的线条。"瘦金体是文人字，并非帝王字。到底什么是帝王字，我也说不清。到底什么是文人字，我更说不清。只能说自得其乐是文人字，旁若无人是帝王字。王羲之、颜真卿、苏东坡、米芾、赵佶、董其昌的手迹一片自得其乐或者洋洋得意，唐太宗、唐玄宗、康熙、乾隆的手迹旁若无人或者居高临下。

赵佶好诗，好画，好歌舞，好花岗岩，好李师师，好鲜衣怒马，好美食华灯，好梨园鼓吹，好古董花鸟。本是纨绔儿，生在帝王家，成就了一身才华，糟蹋了大好河山。

瘦金体，又名瘦筋体。瘦金体三字有风雅气，瘦筋体三字有稼穑味。瘦筋，筋瘦，夏天，从水塘里挑水浇园的农夫筋瘦筋瘦。叶圣陶先生有文章说："每当新秋的早晨，门前经过许多的乡人：男的紫赤的臂膊和小腿肌肉突起，躯干高大且挺直，使人起康健的感觉。"

每见瘦金体，总想起紫赤的臂膊和肌肉突起的小腿。

大雪纷飞

《张猛龙碑》在我看来，是魏碑里最娴静的一本碑帖。《司马悦墓志》《高贞碑》《元怀墓志》也娴静，但没有《张猛龙碑》沉。何谓沉，沉着、沉郁、沉滞、沉毅，甚至还略带沉思，差不多这样吧。

此前和弄书法的朋友交流，他说北碑中娴静的代表是《郑文公》。《张猛龙碑》是险，多方笔，露棱角，故意制造一种险来造动。我觉得也对，添一笔备忘。他与我观点不一，我也不更正了。我想，无关对错，有人说苹果好吃，有人说苹果难吃，两个人都没有错。我用心读碑帖写碑帖，写一点心事，如此而已。

《张猛龙碑》全称《鲁郡太守张府君清颂碑》，无书写者姓名，为正宗北碑书体，碑文记载了张猛龙兴办教育的事迹，现存孔庙。

晋帖是浮，魏碑是沉。这个观点不知有没有人说过。昨天晚上翻游相本宋拓《淳化阁帖》，突然产生这个念头。晋帖浮云直上，是神品。魏碑沉龙入海，是逸品。有人重碑有人崇帖，或得神或得逸。重碑者轻帖，崇帖者轻碑，这是书家的偏执，神与逸并非鱼和熊掌。

晋帖与魏碑的好，是不能忘情。王羲之王献之书法的好看，正是不能忘情。笔墨是他们的心情，怀友、生病、送礼、请安、应酬、家事、行乐、醉酒、服药、战争、凭吊、忆旧、诉肠，晋帖基本是这样。魏碑呢，魏碑里有回忆，那种回忆极其缓慢。一笔一画，黏稠，滞涩。从童年到少年，从少年到青年，从青年到中年，从中年到老年，从老年到暮年，从暮年到衰年。魏碑是追忆似水年华之书，一般来讲，回忆文字是最有机会娴静的（回忆录除外）。以娴静论，晋帖略输一筹。魏碑的回忆，与现实缠夹一起，娓娓道来，像雨夹雪天气白首老翁坐在堂屋里说祖上久远的往事。

至厚则至柔，譬如《张猛龙碑》。至柔则至厚，譬如《灵飞经》。我看《张猛龙碑》，大雪纷飞在山川草木上，呈现出极致的安静。这种静因为有大雪纷飞做底子，又可谓动中有静。我看《灵飞经》，小雨淅沥，雨落得久了，让人看出山川草木之厚。

三十岁上开始喜欢中国碑刻中的一批无名氏，他们默默无闻，他们光芒万丈，他们是我的师尊，他们是我的前世。

看无名氏《张猛龙碑》，仿佛看宋版书。宋版书没见过，我见过的都是翻印版，翻印的宋版书也是尤物，极其舒朗。《张猛龙碑》更舒朗，像在整匹宣纸上洒点淡墨。风侵雨蚀，魏碑漫漫漶漶，但漫漶得干净，魏碑的干净是"雪个精神"。何绍基题八大山人《双鸟图轴》曰："愈简愈远，愈淡愈真。天空墼古，雪个精神。"

《张猛龙碑》给我的感觉，是用枯笔写就的一部枯笔册页。枯笔使白破黑而去，如诗人仰天大笑。斧凿让黑摸碑而来，似长者低眉敛目。

少年时代不喜欢魏碑，嫌其不流畅。现在看来，魏碑比起晋帖虽然少了天真妍质，但多了烂漫，多了从容，或者说沉着的肃穆。晋帖有儿童的天真，魏碑是老叟的烂漫。天真烂漫是两码事。天真是春花，烂漫是秋叶。晋帖是无心插柳的三月春光，魏碑的有意为之里全是涵养，涵而养之，沧桑肃穆沉着拙稚也是涵养的一部分。

苦笋帖

《苦笋帖》俊且健，线条龙飞凤舞，直逼二王书风。直逼二王书风不稀奇，稀奇的是直逼二王文风。二王文风与书风堪称魏晋双绝。前些年给车前子的散文随笔集《木瓜玩》作序，有段话说得稍微满了，自忖意思是好的：

> 我个人的取舍，庄子之后的文章，二王父子第一。《全晋文》中所收五百余则杂帖是中国文章的五百罗汉，《兰亭序》即便不从书法角度看，也是一等一的文章，开合有度，气象万千。

趁写这篇文章，把这段话修订一下：

> 个人取舍，庄子之后的文章家，二王父子要坐把交椅。《全晋文》所收五百余则杂帖是中国文章的五百罗汉。《兰亭序》不从书法角度看，也是一等一好文章，好在开合有度，气象万千。

书家法帖单重墨迹，常被人忽略文本，这是后人的偏颇。怀素《苦笋帖》，可谓唐人十四字小令，有魏晋法度——

苦笋及茗异常佳，乃可迳来。怀素上。

苦笋和茗茶异常佳美，就请送来吧。直言直语，不仅仅是魏晋法度，还不乏魏晋风度了。有朋友问我什么是魏晋风度，解释不清，让他自个儿从《世说新语》上找。

过去以为苦笋是春笋，后来在南方见过苦笋，比我乡常见的春笋细小，因此心里犯了狐疑。近些年总会吃一点春笋，但从来没感觉"异常佳"。当然，这是我的味觉，梁实秋就在文章里说："春笋不但细嫩清脆，连样子也漂亮。细细长长的，洁白光润，没有一点瑕疵。"

菜场上常见到的春笋有两种，一种是膀大腰圆的毛竹笋，还有一种细长苗条、长在半尺许的笋，不少南方人称它为苦笋。周作人《闲话毛笋》："毛笋生得极大……稍大的辄有一二十斤重，切开来煮可以称作玉版……毛笋切大块，用盐或酱油煮熟，吃时有一种新鲜甜美的味道，这是山人田夫所能享受之美味，不是口餍刍豢的人所能了解的。"

毛笋我吃过，滋味不如苦笋。

《梦溪笔谈》说南人食笋，有苦笋淡笋两色。

笑话书里说有南人请北人吃饭，菜中有笋，客问何物，主人答说是竹，客回家煮其床箦良久不烂，怨南人欺他。

笋号称荤素百搭，但还是搭荤为宜。杭帮菜有道名品"油焖春笋"，只用春笋一味主料，吃起来到底清淡。我在家里烧笋要配五花肉，不知道怀素怎么吃。怀素这个和尚，鱼也吃得，肉也吃得，或许他食笋用的是李渔的法子："以之伴荤，则牛羊鸡鸭等物，皆非所宜，独宜于豕，又独宜于肥。肥非欲其腻也，肉之肥者能甘，甘味入笋，则不见其甘而但觉其鲜之至也。"

不配肉的笋，吃过一次，在泾县桃花潭附近一家餐馆。一碟略腌而清蒸的笋尖，味道太好，入嘴清绝，越嚼越远，差一点儿孤帆一片，可惜放了点味精，让人略生惆怅。

《苦笋帖》，瘦肥相间，是中国法帖的笋烧肉。

《苦笋帖》，书者怀素，李白赞其草书"墨池飞出北溟鱼，笔锋杀尽山中兔"。《宣和书谱》评其草书："字字飞动，圆转之妙，宛若有神。"

"笔锋杀尽山中兔"七字妙绝，此语只应天上有。

秋声赋

《平复帖》是西晋时陆机写给友人的一通信札，收信人不考，其中有"彦先羸瘵，恐难平复"字样，故得此名。其帖文辞古奥，所录内容，众说纷纭，郑春松与启功二贤予以释文，字词差异颇大。

看《平复帖》仿佛读《秋声赋》，线条与文气是相通的。陆机的线条如拧螺丝，越拧越紧。从笔力上说，《平复帖》力跃纸面，不仅力跃纸面，还跃过时间之河，时间比纸来得厚。《秋声赋》的章法一顿又一顿，欧阳修是推刨子，刨花卷起千堆雪，可惜现在不易见到这个场景了。

我小时候喜欢看木匠推刨子，刨刀过去，木片如花卷，一卷又一卷，着实像雪。躺在刨花雪中，樟木的气息、杉木的气息、松木的气息、柳木的气息、桐木的气息，轻灵又厚实。

《秋声赋》里的有些句子可为《平复帖》的书论：

> 其色惨淡，烟霏云敛。其容清明，天高日晶。其气栗冽，砭人肌骨。其意萧条，山川寂寥。

中国书法的高明就在这里，让人起通感。通感比同感难，同感是心有灵犀一点通，通感是门泊东吴万里船。

不知道欧阳修有无见过《平复帖》，他有句评价陆机的话有意思，说"陆机阅史，尚靡识于撑犁"。撑犁一语颇费解，《汉书·匈奴传上》："匈奴谓天为撑犁。"

撑犁太难，我在乡下学过。一笑。

《平复帖》用笔朴质古雅，枯笔破锋。艺术上，枯比荣来得更难，破比立来得更难。荣之极矣转枯，立之极矣要破。更为难得的是，陆机下笔枯破不自知。艺术家贵在自知，艺术品则相反。好的艺术品都是艺术家的无心插柳，枯也由它，荣也由它，破也由它，立也由它。

《平复帖》是陆机的随意之作，匆匆忙忙，一挥而就。浓墨、秃笔、糙纸，有可能还是宿墨。陆机偏偏能写得石破天惊，石破天惊逗秋雨不稀奇，石破天惊得老老实实，这是大艺术家的禀赋。一般人写字一厚实，容易死笔死墨，《平复帖》里有跳脱，这是大艺术家的天性。

我看《平复帖》，总觉得一片秋声秋凉秋意秋景——残纸上墨痕斑驳，秃笔纠缠，章法扭曲，线条像废弃锈蚀的铁丝网，都是苍苦亦是荒凉。文如其人，笔如其人，墨如其人，陆机的命运《平复帖》的字里行间可见一斑。

八王之乱时，陆机战事失利，遭人陷害，被成都王司马颖当替死鬼杀了。陆机临刑前脱下戎装，戴上白便帽，神态自若，感慨曰："华亭鹤唳，岂可复闻乎！"其中有憾，"恐难平复"。陆机被杀，儿子陆蔚、陆夏一同遇难，其弟陆云、陆耽随后亦遇难，陆氏被夷三族。据说陆机罹难后，浓雾弥合，大风吹折树木，平地积雪一尺厚，人以为是陆机冤死的象征。

我偶尔也临帖，但一直不敢面对《平复帖》，其中原因，恐难平复。

《平复帖》在唐时收入内府，宋代被定为是西晋陆机的真迹。米芾看过此帖，用"火箸画灰"四个字形容陆机秃笔贼毫线条的苍劲枯涩之美。《平复帖》的书法好也正好在火箸画灰上——在双目之间扭来扭去，在心神之间翻山越岭，在言传意会之间漫漶虚空。

乞 米

煮稀饭，糯米袋里爬出一米虫，突然怀旧了。小时候碾米厂离我家很远，去一趟不容易，每次总是碾够一个月的米量。夏天米容易生虫，淘米煮饭前，少不了挑挑拣拣。米虫会装死，一碰就僵住不动。上次母亲过来，糯米买多了。那天从米袋里爬出米虫，一看老相识，顿起怀旧之感。

闲话按下不表，单说《乞米帖》。

颜真卿有《乞米帖》。

乞米比要饭好听，乞字来得柔软，要字太生太硬。我老家人说要饭的是讨米的。过去常见到讨米的，穿百衲衣，执一竹竿，沿家挨户要米。乡民多以碟子盛米，倒入他背上的袋子里。

乞讨乞讨，乞字比讨字有古意。字意的周旋，也是山山水水。"乞米帖"三字我一看到，心里一酸。读罢全文，越发心酸：

拙于生计，举家食粥，来已数月。今又罄竭，只益忧煎，辄恃深情，故令投告。惠及少米，实济艰勤，仍恕干烦也。真卿状。

这是颜真卿任刑部尚书时向李光弼借米的信。安史之乱后，元载推行厚外官而薄京官的薪俸制度。颜真卿居官清廉，家无积蓄，几个月里举家一日三餐食粥。

《乞米帖》的书法圆润，圆润里是颜真卿的不卑不亢。圆润是美学上极高的品位，《乞米帖》里的圆润有种高贵的从容。高贵未必从容，从容未必高贵。从容的高贵与高贵的从容还不一样，高贵的从容比从容的高贵难得多，尤其在乞米之际。

颜真卿的《乞米帖》，比他的《多宝塔碑》摇曳，比他的《争座位帖》收敛，比他的代表作《祭侄稿》温润。乱世灾年，还能从友朋家借米而食，不幸之大幸也。乱世间的友谊极其珍贵，况且书墨会友，以文寄情，更加珍贵。

昨天晚上熬粥时，正翻到《乞米帖》。我想象颜家锅镬里米粒在沸水中上下左右翻滚，水多米少，最后一餐了。天地漆黑，一家老小在灯下静候夜归人深一脚浅一脚地背着米回家，那是明天的口粮。

颜真卿的大楷，在我的感觉里，一个字一个字写得像刀劈斧削。那刀劈斧削又丝毫不用力，刀劈得随意，斧削得轻松。颜真卿的草书写得像公孙大娘舞剑：

来如雷霆收震怒，罢如江海凝清光。

　　颜真卿行书里的视线，用笔和结体是平视的，像年老祖父蹲在地上和小孙子说故事，所以我觉得亲切。颜真卿是唐朝书法家里技术最好的一个，但他书法里的技术让人看不到。技是国技，难得还是让人看不到摸不着的国技。书法是技术，而现在不少书法只有技术，终究不幸。

　　颜真卿是从山泉游到长江的一尾鱼，历经泉水叮咚，历经激浪奔流。

　　《乞米帖》让我想起《林屋山民送米图》。

　　晚清光绪年间，苏州廉吏暴方子得罪上司遭罢官，境遇窘迫，债累满身。林屋山当地的老百姓得知内情，出手援助，东家送来几斗米，西户送来几担柴，一月之内蔓延至八十余村，其户约七八千家。

　　百姓送米的故事，一时盛传。吴门画家秦敏树听说后，即作诗咏之，并绘《林屋山民送米图》长卷，以写意手法，再现山民送米送柴的情景：林屋山白雪皑皑，山下几间低矮的茅屋，几个山民背着米袋走在小路上。暴方子家门口，有人送来了大米，放在地上。图右侧，一只小船泊在岸边，大概也是刚来送米或送菜的。

一乞一送，正大磊落。

附录：

王铎亦曾乞米度日，《答孙北海》："家口众，不给，作《乞米帖》，不免致羡于侏儒。"另有《桃花帖》曰："近日向大官求米，又索数千俸钱，买药兼酒，以送衰齿余曦而已。三月绿水时，桃花柳色，种种媚人，金鱼池共访孙北海，我辈欢畅寻子昂、伯机旧址，当日歌舞何在？凭吊风流，三两便足满鼹鼠腹耳。"王士祯《分甘余话》有"王铎、张玉书饮食多"云："孟津王文安公铎在京师，诸公欲乞书，辄置酒邀之饮，无算爵，或烹鸡卵数十，盛以巨盎，破饦馎，煎饼亦数十枚，杂投其中，而食之立尽。"

张黑女

张黑女的名字一看到就暗暗叫好。王奴儿、刘杀鬼、雍纠、胡泥、栗腹、同蹄、裴蠋、类犴、玄嚣、武大烈、于雷娃、任毛小、闪震电、刘黑柳、何悖气这些名字都好。我在古书上撞见他们，心生亲切，仿佛曾经用过的笔名。

张黑女的名字不仅让我心生亲切，而且心生亲近。想象中的张黑女麻衣葛服或者布衣钗裙，像民间传说的苏小妹，肤色黝黑，薄唇圆脸，乌黑大眼，高耸额头，双颚外凸。当然这都是想象，张黑女三个字发音张贺汝。

张黑女者，张玄也。《张黑女墓志》实则是《魏故南阳太守张玄墓志》，清时避康熙帝爱新觉罗·玄烨名讳，遂称《张黑女墓志》。此碑魏晋泰元平十月刻。区区三百多个字，无非张玄为官执政的记述，有实情，有溢美，无从查考，也无关紧要，紧要的是此志书法精美。

《张黑女》的拓本一看到也暗暗叫好，心底现出西施浣纱的场景。据说西施所浣之纱是苎麻做成的一种布料。苎麻为荨麻科草本，其茎部柔韧而有光泽，茎皮可以织布、结网。

《张黑女》的线条在我看来，也如纱般柔韧而有光泽，拆开来可以结网可以捕鱼，捕蠹鱼。蠹鱼也称银鱼、书虫、白鱼，学名为衣鱼虫，旧书中常见蠹鱼游离的身影。

蠹鱼肆虐，吞不下张黑女的墨色。魏碑里笔画间架保存得如《张黑女》一样完好的并不多。伟大的艺术家未必长寿，伟大的艺术品每每毫不费力跨过时间的渡口。

我读《张黑女》，或以手书空，或墨涂纸上，能感受到无名氏书家的笔法，层叠不紊，功力到了，以墨法融洽笔法。碑帖的好坏与侧重点，可不可以这么分：学碑多学笔法，学帖多学墨法。不是说碑里学不到墨法，也不是说帖里学不到笔法，很多时候帖里的笔法更加纤毫毕现。我的意思是，一味在碑里学笔法，终究隔了石凿，能登堂未必能入室。

《张黑女》的好，气韵生动从力出，又有墨韵。魏碑里的墨韵如同雪地上即将融化的鸿爪，这是魏碑的峭拔所在。而《张黑女》的墨韵里隐隐透着空灵，黑与白的交织或者黑与白的背后有一只或者几只躲在雕栏上或者窗花后朝天而鸣的画眉。我见过一些《张黑女》的临本，画眉变成了墨猪，到底是过于讲究碑学里的墨法了吧。

魏碑千笔万笔，无笔不简。明人三笔两笔，无笔不繁。魏碑之简是雪落群山，雪化了，群山还在。明人之繁，是填海造楼。填海造楼当然也不容易，但还是雪落群山来得自然来得高妙。所以读魏碑，如晤柳宗元的《江雪》：

千山鸟飞绝，万径人踪灭。
孤舟蓑笠翁，独钓寒江雪。

《张黑女》的意境尤在柳宗元之上，笔墨里的孤舟蓑笠翁偏偏不钓寒江雪而是一意孤行。孤行好，一意孤行更好。好的艺术品从来一意孤行，好的艺术家从来一意孤行，任别人拉帮组派群群党党。

董美人

张黑女

董美人

差不多是一副颇工的对联。

姓和名与字以及号的搭配大有深意，张黑女要比赵黑女钱黑女孙黑女李黑女来得奇崛，董美人要比赵美人钱美人孙美人李美人来得蕴藉。董美人三个字搭配好，字形好，董字繁复，美人二字简单，董字的繁复藏得住美人。赵钱孙李四个字笔画少了，配上美人二字，失之丰腴，让美人抛头露面了。赵大人、钱贵人、孙夫人、李丈人的搭配就熨帖得多。

董美人三个字缓缓念出，有一种娉婷袅袅。我读《董美人》，能读出隋朝某年某月某日某人某枝笔管下墨色的娉婷袅袅。《董美人》全名《美人董氏墓志》，为隋文帝第四子蜀王杨秀给其妃子董美人所写的诔文。

前人评价《董美人》，以"风度端凝"四字形容。风度是举止是仪态是言谈，端凝是端庄是凝重是气质。书法的风度端凝说白了还是书写者的全神贯注。

我读《董美人》能读出书家的全神贯注与心无旁骛。

碑以全神贯注见长，帖还是走神的居多。王羲之的《兰亭序》、杨凝式的《韭花帖》、苏东坡的《寒食帖》，差不多都是走神的尤物。不是说帖里缺乏全神贯注的精神，颜真卿的《祭侄稿》、米芾的《蜀素帖》，便是全神贯注的创作。

唐人尚法，书作全神贯注；晋人通神，下笔往往走神。

隋朝书法我所见不多，除《董美人》之外，还有《龙藏寺碑》《曹植碑》《真草千字文》等作品。我的不多所见中觉得隋朝书法的风格合南北之风，结六朝之局，开唐人门径，始知唐人并非踏空而来。

《董美人》一字以概之可谓妍，既美且巧，既巧且妙，可去尘俗。尘俗者，尘世俗世庸俗。尘俗者，照镜则面目可憎，对人则言语无味。

读《董美人》，有身世之感。这身世不是我的身世，我们活得太审时，都忘了身世。这种身世之感，是董美人的身世。董美人是隋文帝第四子蜀王杨秀的妃子，开皇十七年二月染疾，至七月十四日戊子终于仁寿宫山第，春秋一十有九。杨秀触感兴悲，为董美人撰写了这一方墓志铭。

《董美人》的笔墨好，文辞更好，婉转凄切如十月秋雨。"寂寂幽夜，茫茫荒陇"，只此八字便让人有生死两茫茫之感。

埋故爱于重泉，沉余娇于玄隧。惟镫设而神见，空想文成之术。弦管奏而泉渍，弥念姑舒之魂……余心留想，有念无人。去岁花台，临欢陪践，今兹秋夜，思人潜泫。

利落而真诚。秋夜易起悲思，秋夜悲思不忍闻。

秋风秋雨，黯然销魂，蜀王杨秀临纸而立，或许也临纸而泣，他是梁楷焦墨画下的人物。前些时见到梁楷的人物画复制件，何止高古，简直奥古，简直上古，有三朝青铜气。

《隋书》说杨秀容貌瑰伟，有胆气，美须髯，多武艺，史书还记载他性格残暴，欲生剖死囚，取胆为药。面对情爱，武夫亦有深情。面对死亡，暴徒也会喟叹。起起武夫的杨秀能有如此文采，我怀疑有代笔。但《董美人》里的情感太深，假手他人做不来。情感太深，以至通神，只能如此理解。

《董美人》，道光年间陕西出土，后归藏家。咸丰三年沪城之乱，碑石遭毁，仅拓本存其芳菲。这样的天生尤物，人间留不住。拓本说到底只是碑石之影，但《董美人》之影，不少人对影遐想。

袁克文给朋友写信说：《董美人》不得，食不甘，寝不安。兄能致之，当以文徵明山水小帧为报，且立践唐佛之诺。原主亦决不无相偿之酬也。盖弟梦想此拓已十年矣！"吴湖帆先生也喜欢《董美人》，夫人潘静淑嫁妆里有一件《美人董氏墓志》拓本，吴先生常相携入衾，深情摩挲，说是与美人同梦。

不知何故，我一直把董美人当董小宛的前世，杨秀投胎变作了冒辟疆。

三河少年

这几天人浑浑噩噩，精力不济。精力不济，精神也不济。精神不济时要多睡觉多运动，精力不济时我就翻翻经史，读读碑帖，补充元气。

精力不济时，觉得唐楷过于威严，晋帖太飘逸，魏碑略嫌沉稳，读来多不熨心，只得寻几本汉隶在手边，平日里我不大看汉隶。这回看的是《曹全碑》，一笔一画，能看出大匠之心巧夺天工，令人舒服。能想象到书家落笔的自在，是没有任何病疾的稳妥自如。

《曹全碑》全称《汉郃阳令曹全碑》，为王敞记述曹全家世生平的铭文。此碑由曹全门下故吏集资刻石，碑阴铭文刻有群僚姓名及捐资数目。

有人誉《曹全碑》俨若风流自赏的三河少年。宋人敖陶孙曾说曹子建是三河少年。三河少年，也就是富贵子弟。三河为汉时的河东、河内、河南三郡，位置在今天的洛阳一带。

读罢两遍《曹全碑》，果然少年人元气足，看得精神振作了一些，脱了浑浑噩噩与颓唐的"巢白"。昨天听一著名书画家将窠臼念成巢白，我一愣，恍惚了片刻，方明所以。他以为我没听懂，又着重说了一句巢白。那白字余音缭绕，扬上去又伏下来，尾音顿挫仿佛滑雪，又像压跷跷板。

巢白比窠臼好，我不认为是画家的无知。倘或画家将窠臼念成"巢白"，我会更佩服的。窠臼的窠是指鸟巢，窠臼的臼是指春米的石器。我以前生活在乡村，经常看见鸟巢，也经常看见春米的石器。为艺之道，窠臼并非温柔窝，宋人吴可《学诗》一诗有云：

> 跳出少陵窠臼外，丈夫志气本冲天。

奈何书艺偏偏是跳进窠臼的事业，所谓入帖入碑。好不容易入了帖入了碑，恰恰又落入碑帖的窠臼。但书艺必得先入窠臼春一春，稻壳去掉，白米跳出来。白米跳出来还不行，还得将白米煮成熟饭，将熟饭变成隔夜饭，隔夜饭变成菜饭、泡饭、汤饭、蛋炒饭、手抓饭。

很多碑帖的好，正是好在让人不觉得它是书法。后世的杨维桢、傅山、金农、郑板桥当然也不错，但都在奇与怪的路子上走得太远，失之清正，不是中国书法的大道。

书法的大道是什么？还是秦篆汉简晋帖魏碑唐墨宋四家吧，明四家弱了太多，更遑论扬州八怪。扬州八怪之后越发无以为继，无以为继的原因还是无能为力，无能为力的原因并非天资所限，而是时代使然。

《曹全碑》有清气，像京剧里的闺门旦。京剧里的闺门旦早期以扮演小家碧玉为主，后来借鉴昆曲的舞台形式开始扮演大家闺秀。恰恰有人说《曹全碑》不仅仅像三河少年，也像兰贵玉女，少年玉女，佳偶天成，可谓此碑之阴阳。

《曹全碑》现存西安碑林，多年前和友人携手共游，大快事也。

花　气

读黄庭坚的《花气熏人帖》，如入百花园，处处皆花气。此花气是女人香。古人言及花气的诗词不少，翻阅间隐隐嗅得出女人香，捻指书页动，疑是玉人来：

> 曲水浮花气，流风散舞衣。（贾至）
> 裙裾微动摇，花气时相送。（郭熙）
> 花气无边熏欲醉，灵芬一点静还通。（朱熹）

写花气最著名的当是陆游"花气袭人知骤暖"一句，贾宝玉将贾母之婢蕊珠改名为花袭人典出于此。花袭人是虚晃一枪，内里是说此姝知骤暖。知骤暖可谓之"贤"也。《红楼梦》二十一回目"贤袭人娇嗔箴宝玉　俏平儿软语救贾琏"。但贾政问起时，贾宝玉却说在古书里看见的是"花气袭人知昼暖"。骤为昼,此中大有深意,该不是曹雪芹的误记。脂砚斋有批云:"此书一字不能更,一字不能少。"只知"昼暖"不知"晚凉",这却是袭人不及晴雯的地方了。

花气袭人四个字比花气熏人好,好在有晚唐诗味。袭字比熏字用得小心,有蝉翼美。陆游的诗文才高一尺,黄庭坚的书法艺高一丈,尽管陆游的书法也好,尽管黄庭坚的诗文也好。黄庭坚是宋诗里的高手,有论者说宋诗遣词狠,尤其到了黄庭坚手里,一如敲打。这回敲打过了,花气熏人的熏字太冲,写露了,失了风流。记得有人问我晚唐诗味如何,当时无言以对,现在觉得晚唐诗味正是人物风流耳,下次见面告诉他。

宋朝是青花瓷小盏装酒的时代,宋人似乎活得小心翼翼,不像唐朝人潇洒,出不了饮酒八仙那样的人物(好不容易出了个苏东坡,为宋朝挽回了面子)。宋朝的服饰也没有唐朝的长袍宽服来得浩荡。

黄庭坚的《花气熏人帖》道:

> 花气熏人欲破禅,心情其实过中年。
> 春来诗思何所似,八节滩头上水船。

上水船乃南方水乡俗语,意为逆流行舟,虽费力气,终究寸进尺游，不能速达。

"花气熏人"是黄庭坚书法里的小品之作，一首二十八个字的小诗，以随意自在的笔法写来，把平日严谨的中锋线和草书中的宛转结合起来，构成一幅完美的小品。帖上有南宋"缉熙殿宝"的印，入过南宋内府。

黄庭坚这首略带打油的诗实则以诗代札。

话说黄庭坚在家闭门静养，驸马王诜给黄庭坚送诗，送了好几次，弦外之音是请求和诗。黄庭坚犯懒不想写，装作没有领会，对方就改变策略，隔三岔五送花来。

古人送花是风雅事，朋友送花，随手写首诗来答谢，寻常不过。时间后推十几年，荆州的王充道给黄庭坚送了五十枝水仙花，他便欣然会心，作诗咏之。不过这一次，黄庭坚没有这么干脆，诗是写了，又在前面加了识语，直言先前没写是"老懒不喜作"，坦诚得可爱，还把王诜的小心思点破，"此曹狡猾，又频送花来促诗"。岂料花气欲破人禅定，黄庭坚便写了这首诗答客问。诗中有衷肠，有颓唐，有无奈，有彷徨，更有一种跌宕自喜。跌宕自喜是大境界，《诗辩坻》说太白诗行，跌宕自喜。

吹花回雪

晚上一边泡脚一边看《董美人》，想起董其昌。

老书上知道几个董氏古人，董允是黄门侍郎，诸葛亮《出师表》上说"侍中、侍郎郭攸之、费祎、董允等，此皆良实，志虑忠纯"。董永是神话小生，和织女的故事家喻户晓，安庆黄梅戏《天仙配》一剧，自小听得熟，说的即是他们的传说。《三国演义》里的董卓，印象不佳。明末秦淮名妓董小宛觉得亲切，冒辟疆《影梅庵忆语》文词秀丽，情真意切，最合少年时心性。

杨秀说董美人"态转回眸之艳，香飘曳裾之风，飒洒委迤，吹花回雪"。吹花回雪的形容让我想起董其昌的书法。董其昌曾说赵孟頫的字因熟得俗态，说自己的字因生得秀色。吹花回雪正是秀色，秀色得令人低回。

《董美人》文辞大好，得了《洛神赋》真传。吹花回雪四个字更好，更好无言，拜上天所赐也。近年来明白好文章是天赐的，勉强不得，于是彻底放松。

赵孟頫因熟得俗态，我看未必。董其昌因生得秀色，倒是不假。赵孟頫也有秀色，只是他的秀色是山清水秀之清秀，董其昌的秀色是瓜果蔬菜之轻灵。赵孟頫气质华贵，适合近观。董其昌气势清朗，适合远视。从书艺上看，赵孟頫是董其昌的兄长，一根藤上的两个南瓜，一个瓜熟蒂落熬成汤，一个青皮幽幽做了菜。

董其昌"性和易，通禅理，萧闲吐纳，终日无俗语"。尊师恤老、仗义行事："举万历十七年进士，改庶吉士。礼部侍郎田一俊以教习卒官，其昌请假，走数千里，护其丧归葬。"其教授东宫，敢于直言："皇长子出阁，充讲官，因事启沃（为帝王讲解开导的意思），皇长子每目属之。坐失执政意，出为湖广副使，移疾归。"

天启年间，董其昌"修《神宗实录》，命往南方采辑先朝章疏及遗事，广搜博征，录成三百本。又采留中之疏切于国本、藩封、人才、风俗、河渠、食货、吏治、边防者，列为四十卷，仿史赞之例，每篇系于笔断"。尤其在涉辽事务上，对努尔哈赤之崛起，对边外女真之扰边，多倡防范抵制之策，颇有未雨绸缪之计，后来黄道周为《容台集》作序时也说："昔者睹先生之未有尽也。"清人修《四库全书》，董其昌的《容台集》多有忌讳，列为禁书。

董其昌自称和尚投胎，谈起前世庙门法号，凿凿有据，"一切有为法，如梦幻泡沫，如露亦如电，应当如是观"的话自也说得顺口，而他在时人笔记里被描述为恶霸。结果犯了众怒，乡人挤在董家门前，上房揭瓦，两卷油芦席点火，将数百间雕梁画栋、园亭台榭及密室幽房烧得干干净净，将董其昌手书的"抱珠阁"匾额扔进水里，名曰："董其昌直沉水底矣！"

董其昌的画像我见过，脸颇瘦，能见到骨相，眉目间依稀可见豪横气、渔色气、老贼气。

董其昌的真迹看过一些，或扇面或条幅或册页或中堂。其中堂尤其耐看，是玉雕的白菜。见过一幅董其昌行书手卷，字写得斜风细雨，冰肌玉骨，顷刻忘了炎热。好作品让人不知炎凉。有一年冬天，洗完澡单衣条裤在沙发上翻八大山人的画册，忘了时间，回过神来，已经着凉了，感冒好几天。

董其昌画挟士气，字染秀色，入眼通体是不疾不徐的清贵。董其昌写字，无意于法，每每驰骋佳妙，譬如《伯远帖》的题跋，字形大小错落，宛若珠落玉盘，脆然有声。其文字也好，风神潇洒：

> 既幸予得见王珣，又幸珣书不尽湮没得见吾也。长安所逢墨迹，此为尤物。

如今在博物馆看董其昌的书画，亦如彼时情景。因为有幸没有湮灭，尤物兀自勾魂摄魄。

崇祯九年十一月，董其昌去世，八十二岁。总觉得那是一个风雨天，董园梅花零落一地。

车还空返，顾有怅然

车还空返，甚失所望，兼叙远别恨恨之情，顾有怅
然……

东汉诗人秦嘉与徐淑的来往信件见于《艺文类聚》，读其
《重报妻书》，儿女情长中映照庄严。笔墨之间，情意绵软，如梅
尧臣论诗所说的含不尽之意，见于言外。秦嘉以从容舒缓之笔，
叙谈日常生活之事，抒写夫妻离别之念，格外有情，情在日常中，
带有男欢女爱的相悦色泽。

顾有怅然，仿佛岑参《白雪歌送武判官归京》"山回路转不
见君，雪上空留马行处"的味道，抑扬顿挫，刚柔相济。

间得此镜，既明且好，形观文彩，世所稀有，意甚爱之，故以相与。并致宝钗一双，价值千金；龙虎组履一纳；好香四种，各一斤；素琴一张，常所自弹也。明镜可以鉴形，宝钗可以耀首，芳香可以馥身去秽，麝香可以辟恶气，素琴可以娱耳。

铜镜幽幽，既明且好。设想在阳光明媚的早晨，徐淑在屏风下对镜顾影，思念远在中原洛阳的郎君，拉开抽屉，有好香四种、宝钗一双。窗外，天空蔚蓝，上面飘满白色的蒲公英，镜中人一时心生惆怅。

曾经把玩过一面铜镜，那是块古老的铜镜，背面长满铜绿。打量镜中影影绰绰的面容映在冰凉的镜面上，连同前人的一笑一颦，沉到时间深处。镜面苍黄，镜面沧桑，想起这块镜子曾经重叠过多少人影，男男女女、老老少少，一层层像纸一样，叠压在古镜的底部。

既惠音令，兼赐诸物，厚顾殷勤，出于非望。

不是秦嘉，亦非诗人，我也觉得徐淑的回信婉转有致，婉转有致中亲切可人。

镜有文彩之丽，钗有殊异之观，芳香既珍，素琴益好。惠异物于鄙陋，割所珍以相赐，非丰恩之厚，孰肯若斯？

在中原生活久了，忆雨，念雨，怀想江南的湿气。夜里读到这样的短笺，心际波光粼粼。楼外有风，拂吹窗帘，如在乡野，忍不住扭头去看。

览镜执钗，情想仿佛，操琴咏诗，思心成结。敕以芳香馥身，喻以明镜鉴形，此言过矣，未获我心也。昔诗人有"飞蓬"之感，班婕妤有"谁荣"之叹。素琴之作，当须君归，明镜之鉴，当待君还。未奉光仪，则宝钗不列也。未侍帷帐，则芳香不发也。

据敦煌文献写本，秦嘉随书赠予徐淑的，除了宝钗一双、好香四种、素琴一张外，还有歌诗十首，并说："诗人感物以兴思，岂能睹此而无用心乎？"对秦嘉所赠诸物及诗作，徐淑以"览镜执钗，情想仿佛，操琴咏诗，思心成结"作为响应。

染世已深，不再思心成结。年龄渐长，乡愁是说不出口了。年龄渐长，春愁是说不出口了。年龄渐长，思心成结一类的话也说不出口了。

秦嘉早逝，后，妻兄逼徐淑改嫁。徐淑作《为誓书与兄弟》

明志云："烈士有不移之志，贞女无回二之行，淑虽妇人，窃慕杀身成义，死而后已。"未几，哀郁而终。今所存者，皆秦徐夫妇往来叙情之作。夫妻事既可伤，文亦凄怨。凝眸、深情、怀想、青衿飘袂，时间如刀，快两千年了。

《牡丹亭》题外

元朝五世十一帝，九十八年，诗词文章无甚起色，杂剧大放光芒。东京瓦肆勾栏各种伎艺的演出本子，因为关汉卿、王实甫、白朴、马致远、郑光祖的改编或者创作，气象一新。

其后明朝，谈到剧作，汤显祖最为我所喜。

汤显祖的好，好在满园春色关得住，一枝红杏不出墙。

汤显祖出身书香门第，早有才名，三十四岁中进士，做过官，政绩斐然。隔了几百年，我对此几乎一无所知。所喜欢的，还是人家的文章学问，更喜欢那一本《牡丹亭》。

《牡丹亭》全名《牡丹亭还魂记》，改编自话本小说《杜丽娘慕色还魂记》，故又名《还魂记》，这些名字皆不如"牡丹亭"三字春意缠绵。

看《杜丽娘慕色还魂记》如睹画美人，看《牡丹亭》如睹真美人。画美人亦好，但无真美人之罗袜生尘，更无真美人之活色生香。

《牡丹亭》的好，好在活色生香。

沈德符《顾曲杂言》说，《牡丹亭梦》一出，家传户诵，几令《西厢》减价。《牡丹亭》是汤显祖得意之作，曾言"吾一生四梦，得意处唯在《牡丹》"。四梦者，《紫钗记》《牡丹亭》《邯郸记》《南柯记》。

汤显祖耽于梦。夜气方回，鸡鸣枕上，痴人说梦，慕繁华，爱热闹，系怀闺阁，无事记梦，写出了一场热闹的大梦。汤显祖百年之后，曹雪芹也爱梦，一场《红楼梦》更宏大，更波澜壮阔。《金瓶梅》亦是梦，烟花春梦，浮生若梦。

"得意处唯在《牡丹》"，实则得意处唯在《牡丹亭》洋洋一卷好文字。

汤显祖落墨有种正大的好，不偏不倚，是大风之声，是大雅之言。好得浩浩荡荡，好得横无际涯，好得气象万千。明清一代，小品盛行，格调上来了，局面往往狭窄。汤显祖下笔有楚声，即屈原的风气。不独屈原的风气，纵横捭阖不失史家气派，行迹又有文人爽朗洒脱状，自高处平易近人。

男欢女爱、吹拉弹唱、饮食日常、人情世故，在汤显祖笔下如日似月。《牡丹亭》造句尤为和风丽日，无怨愤，无哀伤，读来清嘉宛媚，不似牡丹，更近碧荷芳草。《牡丹亭》是日影，风动日影，水流日影。

《牡丹亭》有喜悦有深情有心动，描尽男女相悦之悦男女相亲之亲，高情的相遇，缱绻千古。

我读《牡丹亭》，觉得不枉然。世间男女有高情厚意，如梦如幻，带着夏夜的清露，读来喜不自胜。汤显祖是古往今来第一大情种，《牡丹亭》题词有一番明人所无的魏晋风度：

情不知所起，一往而深，生者可以死，死者可以生。生而不可与死，死而不可复生者，皆非情之至也。

汤显祖晚年潜心佛学，自称"偏州浪士，盛世遗民"，说"天下事耳之而已，顺之而已"，以"茧翁"自号。有人作茧自缚，可叹。有人终其一生作不出茧，无所可缚，亦可叹也。

疾虚妄

段玉裁的《说文解字注》，粗粗翻过，翻得出学问也翻得出心血，学问是心血之晶华。

段玉裁是戴震的学生。段玉裁对戴震一见倾慕，决意拜其为师。戴震年长段玉裁十二岁，中举时间却晚两年。段玉裁誊抄他的著作，以弟子谦称，戴震一概坚辞。六年后，方许以师徒相称。

段玉裁恪尽弟子之谊，亦师亦友如同颜回与孔子。八年后，戴震在京逝世，段玉裁悲痛万分，厚赠戴震遗族，亲撰祭文。此后，只要有人提及戴震名讳，一定垂手拱立。每至朔望，必定庄重地诵读戴震手札一通。八十岁时深怀感念："辑先生手迹十五汇为一册，时时览观。呜呼！哲人其萎，失声之哭，于兹三十有八年矣。"

孟子说，人之患在好为人师。

戴震并无此患，学问大佳却不好为师，桐城姚鼐写拜师帖，戴震回信说："至欲以仆为师，则别有说，非徒自顾不足为师，亦非谓所学如足下，断然以不敏谢也。古之所谓友，因分师之半。仆与足下无妨交相师，而参互以求十分之见，苟有过则相规，使道在人，不在言，斯不失友之谓，固大善。"字字可见人情，字字通晓物理。

周作人以"人情物理"为第一要义，辨古今思想与文章之好坏。不懂人情物理，"结果是学问之害甚于剑戟，戴东原所谓以理杀人，真是昏天黑地无处申诉矣"。"学问渊博固然是很重要的原因，但是见识通达尤为难得，有了学问而又了解物理人情，这才能有独自的见解……此又与上文所云义理相关，根本还是思想问题。"

戴震生平传奇，据说十岁才会说话。稍后入塾，过目成诵，日读数千言不肯休。老师授《大学章句》，至"右经一章"以下，问："此何以知为孔子之言而曾子述之？又何以知为曾子之意而门人记之？"师应之曰："此朱文公（朱熹）所说。"即问："朱文公何时人？"曰："宋朝人。""孔子、曾子何时人？"曰："周朝人。""周朝、宋朝相去几何时矣？"曰："几二千年矣。""然则朱文公何以知然？"师无以应，曰："此非常儿也。"

戴震十七岁时立下志向，要以探索古今治乱之源，阐明治国平天下的基本原理为平生治学的目的，也就是"闻道"。

戴震的道在其《孟子字义疏证》一书。曾自况："仆生平论述最大者，为《孟子字义疏证》一书。"戴震是穿古服的现代人文学者，据说纪晓岚拿到这本书，读了几页又惊又气，把书扔到地上。段玉裁也说读不懂这部书。

戴震朝向元典，直承六经孔孟，识见不同常人。

纪晓岚以《阅微草堂笔记》之眼看戴震，或者懂得会多些。

戴震的学问大，我读了，不能说一无所知，更不敢说知，一言概之，或可曰：疾虚妄。

王国维先生

王国维的三段境界论给人抄烂了，有人说毛泽东三段词亦可谈境界："此行何去？赣江风雪迷漫处。命令昨颁，十万工农下吉安。"此第一境也。"四海翻腾云水怒，五洲震荡风雷激。要扫除一切害人虫，全无敌。"此第二境也。"往事越千年，魏武挥鞭，东临碣石有遗篇。萧瑟秋风今又是，换了人间。"此第三境也。

毛泽东的诗词我读得少，姑且以鲁迅的诗试谈学问三境界：

躲进小楼成一统，管他冬夏与春秋。此第一境也。

吟罢低眉无写处，月光如水照缁衣。此第二境也。

芰裳荇带处仙乡，风定犹闻碧玉香。此第三境也。

前几天见到王国维《人间词话》手稿，毛笔字写在小笺上，蚕豆大小，一颗颗墨色如新，看得见诚恳，看得见功力，也看得见才华，写得标致极了，文气极了，只是福气似乎少一些。福气多了，老先生不会拮据如此，老先生更不会跳湖。王国维执笔，转折处有看得见的执拗，作文做学问执拗一点好，做人执拗了容易损了命途。

客居台湾的旧王孙毓鋆，说起爱新觉罗家族的溥心畬说得沉痛。毓老说溥心畬溥老爷子是个烂好人，纯净得不得了，画画写字之外什么也不会。太太死了丫头扶正，天天欺负他，吃也吃不好，卖画都要经她手。毓老当面骂溥先生："咱们先朝怎么能不亡？皇族中尽出了你我这样的货色！"皇族有那样的旧王孙，偏偏文人士子里有王国维这样的硬骨头。

五十之年，只欠一死，经此世变，义无再辱。

死因成谜，争议快一百年了，谁也不能说服谁。生无从择选，死抑或宿命。二十世纪的北京，有几个人选择了水。王国维之前有梁济（梁漱溟之父），之后有老舍。陈寅恪先生将王国维比喻成自沉汨罗江的屈原，认定他是殉情。静安先生到底书生，皇族里蝼蚁如云，他从容赴死。陈寅恪还说静安先生所殉之道，与所成之仁，均为抽象理想之通性，而非具体之一人一事。这样的道理暂且感受不深切，张岱的自题小像倒像是写给我的一样，真喜欢，喜欢其通透，喜欢其畅达：

> 功名耶落空
>
> 富贵耶如梦
>
> 忠臣耶怕痛
>
> 锄头耶怕重
>
> 著书二十年耶而仅堪覆瓮
>
> 之人耶有用没用

王国维的书看了一些，看不懂，那些学问于我到底远了，但遇到了还会翻翻。纯净的书生一脉，值得敬重值得拜读值得供养。

坊间有闲人将王国维学术研究以外的文章编了本《人间闲话》，友人买来送我，这一次认真读了，读进去了。王国维的语言文白相间，今日看来，仿佛看古庙墙上的壁画，斑斑驳驳都是故事都是寓言。《人间闲话》比《人间词话》丰富——人的丰富。

> 挥戈大启汉山河，武帝雄才世讵多。
>
> 轻骑今朝绝大漠，楼川明日下洋河。

这是静安先生的读史诗，有老杜风味。我知道王国维喜欢杜甫，《文学小言》道："天才者，或数十年而一出，或数百年而一出，而又须济之以学问，助之以德性，始能产真正之大文学。此屈子、渊明、子美、子瞻等所以旷世而不一遇也。"木心说《道德经》宜深读。《离骚》宜浅读。《道德经》若浅读，就会讲谋略，老奸巨猾，深读，会炼成思想上的内家功夫。《离骚》若深读，就爱国、殉情、殉国，浅读，则唯美。

　　文化上我大抵亦属遗民，文笔涵养不及静安先生一丝半毫。和王国维怀揣一纸遗书自沉昆明湖的惨烈相比，我的人生安稳得多。没有幻想，不抱希望，乐于平凡。做学问不刻意求精，写文章不指望闻达。闲来案头灯下的片楮散墨，不过是一种归属，一种怀念，一份痴想罢了。提笔清风明月，诗酒品茗中怡然自若，这样的人生安妥。

鲁迅先生

谈鲁迅先生之前，先说其字，我喜欢鲁迅的字超过他的文章。看鲁迅的字，有种特别的味道。"五四"前后，那帮舞文弄墨的人差不多都精于书道，有几位更是此中行家，但鲁迅的字还是显得不同。朝玄虚里说，他的字里，有中国文化人独特的血脉和性情。

鲁迅写字，落笔非常有力度，又非常无所谓，无意于书，也不屑取法。感觉是随随便便找来一张纸，轻轻松松拿起一支笔，慢条斯理地蘸点墨，一路写来，非常艺术又非常自然，这大概和长期抄习古碑有关。

书架上有一本《鲁迅手迹珍品展图录》，收录有鲁迅各个时期手迹，刚硬直接者有之，认真偏执者有之，倔强可爱者有之，风流俏皮者有之，幽默含蓄者有之。鲁迅的字就应该是那样，古雅厚重，又不失文人气。

鲁迅的字倘或写成郭沫若体，浑朴华美是够了，但敦厚不足。写成茅盾体，的确遒劲有力，笔墨间又缺乏意趣。要是他写于右任那种，或者像李叔同那种，古风够了，毕竟还不像鲁迅。康有为的字纵横奇宕，梁启超的字俊俏倜傥，郁达夫的字古朴飞逸，许地山的字有灵动的拙，各有各的妙趣，但统统不像鲁迅的字那样古，又非常新。鲁迅落墨——魏晋脊骨，唐宋眉眼，民国衣衫。

鲁迅写字，非常配他的人，配他的文学，配他的脾气，配他的长相，配他的命运，配他的修养，是可以代表他那个时代的。如果鲁迅一笔王羲之的字，一笔颜真卿的字，一笔米芾的字，一笔八大山人的字，一笔郑板桥的字，一笔曾国藩的字，那样远不如今天我们看到的这样熨帖。

鲁迅的手稿，似乎比其书法更有意思。鲁迅的书法条幅端庄有仪，温肃严谨，味厚而重。鲁迅的手稿云淡风轻里都是心性都是情绪。

从鲁迅的经历看，一个人是否有所作为，开始做什么并不重要。鲁迅先学医，继而从教，然后从文，最终在文学的路上走到极致。纵观鲁迅生平，专业写作的时间并不长，《狂人日记》发表的一九一八年，他已经三十七岁了。

鲁迅真正进入文坛，是中年。中年总是积累了一肚子经验。

鲁迅生活的年代，有人挨过打，有人遭暗杀，有人关进了牢房，鲁迅也避难也逃亡，但从来不是风尘仆仆，不是丧家之犬，而是衣衫干净，步履从容，面带微笑地从北京到厦门，从厦门到上海，真不行，躲进租界的小楼。这正是中年人世事洞明处。读鲁迅的那些杂文，就知道他的老辣。鲁迅有段评价胡适与陈独秀的话，十分出名：

> 假如将韬略比作一间仓库罢，独秀先生的是外面竖一面大旗，大书道："内皆武器，来者小心！"但那门却开着，里面有几支枪，几把刀，一目了然，用不着提防。适之先生的是紧紧的关着门，门上粘一条小纸条道："内无武器，请勿疑虑。"

这段话变一下，用来评价周氏兄弟也蛮合适：假如将韬略比作一间仓库，鲁迅的那门半开着，里面有几支枪，几把刀，你看不清楚。周作人是紧紧地关着门，门上什么也没有。有些时候，鲁迅高明得如同设空城计的诸葛亮。

鲁迅是不容易读的。读他的著作，倘或先读三五本鲁迅传记，抑或年谱，或易得佳境。身世是作品的底色，鲁迅走从文这条路，多少与心性有关。医学枯燥，教学乏味，以鲁迅后来杂文中流露的个性看，他是做不了医生的。

鲁迅从日本回来，先去了浙江两级师范学堂做生理学、化学教员，后来当了绍兴师范学校校长，再任教育部部员。四十多岁了，也不过是讲师，到厦门大学当教授，年近半百。从职业人生上讲，他远远不如胡适、蔡元培，甚至不如闻一多。在职业上，"技"不如人，文学上大显身手。

中国的专业作家，也就是卖文为生的人，似乎自民国才真正开始。中国古代文人，大部分都是职业官员，最不济也是政客的幕僚之类。从政与从文，在中国的传统里，根本上是相通的。"五四"这一代才开始分裂，出现了专业作家。

我的存书里，鲁迅的作品已逾两百册，有各个时期的单行本，还有三种《鲁迅全集》。关于鲁迅的书，也有近百本，还不包括十多种传记、画册之类。这么多年，把鲁迅研究提升到学术高度的人并不多，首先是个难度问题。没有点学问，没有点眼界，没有点情怀，很难明白鲁迅究竟说了些什么。有些研究文章犹如天书，深究之下，不过一些生硬语言的组合，一次术语的赶集。今天的人，性情大都浮躁，也太功利，多数人只是为职称而研究，学问成为吃饭的手段，刻苦打对折，用心缩了水。换句话说，很多研究者对鲁迅并没有兴趣，只不过一份职业罢了。

鲁迅的文章，按照我喜好程度，序跋第一，几本小说第二，小说中最爱《故事新编》，《中国小说史略》《野草》《朝花夕拾》第三，《花边文学》《伪自由书》《准风月谈》第四，书信日记第五，《南腔北调集》《且介亭杂文》等余下的杂文集第六，《坟》《汉文学史纲要》最末。

鲁迅的序跋之美，古今第一，尤其所作自序以及后记，文字结了晶，除了文辞之美，更有思想之深。思想是枯燥的东西，到了鲁迅序跋里，却转换为气。也就是说鲁迅将思想之力消化成文章之气，这个手段，即便放到整个华夏文学史，也不多见。以《呐喊》自序为例，有真性情，有大境界。有真性情者，多无大境界。有大境界者，常少真性情。明清小品有真性情，无大境界。我只有在先秦的文章里读见了真性情大境界，我只有在晋唐的书法里看到了真性情大境界。鲁迅打通了先秦到明清的文学之路，这十分不简单。

鲁迅的深刻与伟大，有厚重的传统文化作为底蕴，现代作家只有他一个人能常读常新、温故知新。他的很多文章，读了二十遍以上还觉得像刚泡的铁观音一样醇厚。

这些年隔三岔五就会读读鲁迅，《故事新编》《朝花夕拾》《野草》等书，过几个月就会翻出来。鲁迅的文学，是新旧交替时候的奇峰陡起，在一种文化行将衰落，另一种文化生机勃勃时突然达到几乎不可超越的孤峰，这是上天对新文学的怜爱。试想，如果鲁迅缺席，整个现代文学史将会多么冷寂，天下读书人又会失去多少享受。

鲁迅是学不来的，为人学不来，作文更学不来。这些年我写了几本书，不少人表示喜欢我的作品。有次无意中看到一个读者在我的书上密密麻麻写了成千上万条的批注，我很得意的。但只要一想到鲁迅文章，得意马上烟消云散。新文学以来的作家，打心眼佩服的，数来数去，实在也只有鲁迅、周作人几个人。

《忆刘半农君》一文里，鲁迅说："半农确是浅。但他的浅，却如一条清溪，澄澈见底，纵有多少沉渣和腐草，也不掩其大体的清。倘使装的是烂泥，一时就看不出它的深浅来了。如果是烂泥的深渊呢，那就更不如浅一点的好。"此话可为文论，也时常为我浅白的写作找到理由与安慰。

如果再过五百年，大浪淘沙，一天天地淘，有多少人物被淘成灰水浆中的一粒沙尘呢？很多年后再回首，"五四"文人可能只有鲁迅、胡适、陈独秀、周作人、张恨水、林语堂、废名等寥寥几个身影站在历史空白处。

在我眼里，鲁迅本质上是一位学者，一位读书人。他一生几乎全部用毛笔写作，尊奉有信必复的古训，喜欢笺纸，喜欢字画，喜欢旧书，喜欢拓片，对于书本有洁癖，自称"毛边党"，这些都具有浓郁的文人气息。但鲁迅又对古董、书法、绘画这些旧文人的把戏，多少持有警惕。偶有娱情，顶多也不过买一点碑帖笺谱之类玩玩，即便是喝茶这样的事情，于他也有与周作人"纸窗瓦屋"完全不同的境遇：

买了好茶叶回家，泡了一壶，怕冷得快，用棉袄包起，不料拿来喝时，味道竟和惯喝的粗茶差不多。这才知道喝好茶是要用盖碗的。"盖"着来喝，味道果然不一样。但这种"清福"，劳动人民无福消受，因为"使用筋力的工人，在喉干欲裂的时候，那么，即使给他龙井芽茶，珠兰窨片，恐怕他喝起来也未必觉得和热水有什么大区别吧"。(《喝茶》)

对鲁迅而言，吃是充饥，饮是解渴，穿是求温，并非一味闲情雅致。鲁迅更多时候生活在一个夜读时间里，翻他日记，买书是重要花销之一。

读鲁迅的文章有个感觉，他对所处的时代没有多少真正想要的东西，即便书来信往的几个朋友，也没有几个人懂得鲁迅。这样的境遇对一个写作者而言，总归是好事。有人拍梅兰芳的电影，不断强调谁毁了他的孤单，谁就毁了梅兰芳。梅兰芳的孤单还能被外界打破，鲁迅呢，却是想打破而不得。鲁迅好骂人，出了名的"坏脾气"，这里也有孤独的因素。

出版《呐喊》时，鲁迅快四十岁。不折不扣的中年人，写长篇小说，不太容易，最起码缺乏年轻时候的激情。鲁迅似乎不是个有足够耐心的人，酝酿了很久的《杨贵妃》终没写成。以鲁迅的文笔，并不适合写长篇。想想看，用《孔乙己》《在酒楼上》《眉间尺》《阿Q正传》的语言，作一部几十万字的小说实在太难为老先生了。

鲁迅是极少数能让文字与思想共同抵达文学内核的人，他在思想上的深刻，汉语上的深刻，至今无人匹敌。有些人的文章，着力之深，的确让人望而兴叹，但文字不好，读后觉得遗憾。有些人的文章，美则美矣，却总担心这么柔弱，会不会容易夭折，会不会长不大。

鲁迅的文字，个性光芒万丈，华丽柔媚是有的，厚朴稚拙也是有的；尖酸挖苦是有的，豁然大度也是有的。一方面让文字乘鲲翱翔，一方面让思想大鹏展翅。花言巧语是鲁迅的文字风格，之所以不断阅读鲁迅，更多是对花言巧语式白话文的沉迷。

鲁迅身上有太多的话题，别有用心或者光明磊落，你总能从他那里得到想要的东西。据说延安准备在后方树立新文学典型时，有三个人选：鲁迅、郭沫若、茅盾。我想最后选定鲁迅，不仅仅是文化重量的倾斜，更多还是综合性考虑。鲁迅的身上集合了太多复杂性的东西，但鲁迅自己能收拾住那一片芜杂。不论郭沫若还是茅盾，与鲁迅相比，内涵上都要单薄得多。正因为如此，鲁迅研究成为显学。

记忆中在乡下，老中医塞给病人药包的时候也拿几块老姜，说是药引子。药引子者，引药归经之用也。鲁迅也真是药引子，这么多年，鲁迅的脸谱不断在改变，这是鲁迅生前的伟大，也是他死后的悲哀。

鲁迅是中国文化的一个异人，似乎是必然，又好像是偶然。杂文成就了鲁迅，也毁了鲁迅。不管别人怎么高度评价鲁迅的杂文，以他的眼界、才华和学养，写那些东西绝对大材小用、暴殄天物。当然，我只是把鲁迅和鲁迅相比。鲁迅去世后，有人写文章说：

无疑地，他是中国文坛最有希望的领袖之一。可惜在他的晚年，把许多的力量浪费了，而没有用到中国文学的建设上。与他接近的人们不知应该爱护这样一个人，给他许多不必要的刺激和兴奋，怂恿一个需要休养的人，用很大的精神，打无谓的笔墨官司，把一个稀有的作家生命消耗了。

这样的话里面有份懂得与关爱。

鲁迅是在乎自己文章的，也在乎在文坛的声名。身为文人，当然无可厚非，但也是致命伤。太在乎别人对他的评价，太在乎别人对他作品的看法，免不了卷到一些没有必要的争议中，最后陷入旋涡。这一点，周作人显然要豁达得多，很少参与各类纠纷。

鲁迅是自负的，周作人也自负。鲁迅会用一切方式维护自己，甚至绝交。很多时候，周作人却不屑维护自己的形象，由你们说去，只要自己自在，即便后来落水，也不想作太多解释。鲁迅不同，看不惯的事，写文章批评，不顺眼的人，写文章讽刺，连

"落水狗"都要痛打。那是个新旧交替的时代，各类怪事层出不穷，任何写作者，只要你愿意，杂文的题材取之不尽，事例用之不竭。

鲁迅的杂文，真是绝品，分寸把握得极稳，话中有话，话外有话，皮里阳秋。想想对手读毕文章时的神态，那种没有还手之力，甚至连招架之功也没有的样子，老先生一定得意极了。有时候写得兴起，烟抽得一塌糊涂，满屋子都是烟草的气息，反正睡不着觉，泡壶粗茶，朝砚台里倒点墨，索性再写一篇。你看他的作品集，很多文章结尾日期是同一天。

现代文学史上那么多文曲星，打起笔仗来，没一个是鲁迅的对手。鲁迅是块老姜，那些人只是生姜，糖姜，咸姜，或者野姜，而有些人，是香菜，大蒜，小葱。鲁迅知道自己是大人物，对人对事取俯瞰态度，做纵览甚至回望。大情怀与大境界中藏着小心眼，这样的人，吵起架来，首先就以绝对的气势压倒了别人，可惜偶尔尖酸刻薄过了头。鲁迅晚年老发脾气，笔头冒火，浪费了学问不说，也伤害身体元气，这或许是不能长寿的原因之一。

经常这样设想，以鲁迅的见识，现代文学里，哪些人的东西他会看呢？眼光在那里，也就觉得没有一本书是最好的。老人家心里，好书无非就是里面有一些句子好，有一些段落好，有一个立意好，或者观点好，它不可能全本都好。周作人的书鲁迅肯定会看，因为写出了那一代中国人的精气神，氛围是好的；然后是那些微言大义，又难得保持着自己的清醒与立场，这一点，鲁迅是欣赏的。林语堂、梁启超、陈独秀的东西也一样，文字当然好，但在鲁迅眼里还够不上经典。郁达夫的他会看，胡适的大概会挑一些来看，郭沫若的瞄一瞄，茅盾的扫几眼。

鲁迅真是去世得早了，从《野草》开始，到《朝花夕拾》，然后是《伪自由书》《准风月谈》，这个阶段的杂文炉火纯青。一册《花边文学》堪称绝响，几乎每篇都是游戏文章的妙品，不动声色，一些小议论，点到为止。今天作家的笔下，实在不多见那样的小品了。

鲁迅晚期的杂文，早期思想中偏激和驳杂的地方也已逐渐理顺，心灵自由，下笔左右腾挪，写作回归到写作本身——借文字愉悦身心。时常一厢情愿地想：如果再给鲁迅十年时间，白话文将会出现一个多么迷人的世界。只能要十年，让鲁迅在一九四六年去世，再长，人生就会进入苦境，甚至会失去自我。鲁迅说话之猛，诅咒之毒，岂是后世所能容得。

鲁迅这个人，眼光太毒，他在俄国小说和散文合集《争自由的波浪》小引中说："英雄的血，始终是无味的国土里的人生的盐，而且大抵是给闲人们作生活的盐，这倒实在是很可诧异的。"这样的话，整个民国，也只有他能说出来。读鲁迅的小说，常常独自笑出声来，鲁迅总是将生活极端世俗化，他让英雄后羿与美女嫦娥成天吃"乌鸦炸酱面"。《离婚》中，地方权威人士七大人手中总拿"古人大殓的时候塞在屁股眼里的"屁塞，并不时地在鼻子旁边擦拭几下。

人间本来就是污垢的堆积地，鲁迅不想美化掩饰，而是用锐利、深切、苍郁与沉重的匕首划开包裹在外面的一层薄膜。即便是禹、伯夷、叔齐、庄子、墨子，这些历来伟大的人物，鲁迅也解开他们的头发，撕烂他们的布衫，踢翻他们的神台，使一众先贤纷纷坠落尘世，坠落到人间的不堪中。

阅读民国文章，我特别看重鲁迅，因此在他书中停留的次数非常之多。《野草》《朝花夕拾》《故事新编》等且不说了，杂文集《花边文学》《准风月谈》《南腔北调集》也曾数次通读。第一次买齐的作家全集是鲁迅的。

孙犁说文章最重要的是气，鲁迅文章的气是热的，散发着勃勃生机。

对于这个生活在民国年间的文人，我常常产生一些遐想。走在深秋的北京或者上海，月色淡淡，灯光朦胧，路过鲁迅先生的楼下，远远地看着朦胧在纸窗上那个握笔写字或者读书闲谈的人影，久久伫立，看一眼再看一眼，直到灯灭。然后返回栖身的小屋，读读《孔乙己》《阿Q正传》……当然，这只是遐想。倘或能潜回到过去，会不会去找鲁迅呢？还是不会吧。读他的书，在字里行间寻找文学上的亲近，这样就很好。

对鲁迅的阐述，后人已经做了太多工作。一拨拨专家学者用巨大的热忱解读鲁迅。可惜的是，很多评价，常常因激情而忘形，因仰望而放大，因排斥而偏见，因隔膜而恍惚，因久远而混沌，更因为没有得到中国文章的滋养，论述常常不得要旨。可不可以抛开思想包袱，抛开意识形态，仅仅从文学上谈论鲁迅呢？

鲁迅的文章，在中国文学史上几乎是空前的。对我们写作的人来说，鲁迅是一座山，看看就在眼前，顺道爬上去，到半山腰才发现这山太高，咬咬牙再往上爬，好不容易到山顶了，人家又变成了另外一座山。

一九三六年十月十八日，天还没亮，鲁迅病重，气喘不止，修书一封，托内山完造请医生，次日早晨五时二十五分，终不敌病魔。时间还很早，深秋的上海凉意浓浓，倘或没什么紧要事，很多人宁愿在暖和的被窝里多歪一会儿。上帝却早早起床了，他在等待鲁迅。

绍兴周伯宜家的长子，走过他不平凡的五十六年，独自一人在通往天国的路上踽踽而行。"褪色了的灰布长衫里裹着瘦小的身子，蓬乱的短头发里夹带着不少的白丝，腮很削，颧骨显得有点高耸，一横浓密的黑须遮住暗红的上唇"。迈进天堂之际，守门人问做什么，鲁迅淡淡地说：

和上帝吃早餐。

附录：

人真多，街对面看见密集的人头。往里走，看两边屋舍，不少旧宅，大先生二先生当年可没这般热闹。人多嘈杂，游兴提不起来。有幸读进去鲁迅那么多作品，总归要看看。这些年好歹懂了点鲁迅文章，这是我的造化。

不少人学鲁迅文章，文法是有了，但章法不像，章法是有了，笔法又不像，好不容易三法皆备，又未入道法。鲁迅的文章，有天真的深刻，醋饱的随意。现在人太急，体会不到毛笔在稿纸上的气息。

进入周家老宅，周氏兄弟文章的味道迎了过来。一间间老房子里，少年周树人周作人探头而出。想象不出鲁迅东渡日本的样子。鲁迅在我的生活中，是没有叫周树人的时候的，他从《狂人日记》的中年开始，渐成《鲁迅全集》。

人一说起绍兴，我就想到周家兄弟。两兄弟是绍兴的标示，王羲之也是，但时间太远，身影模糊了。我喜欢过很多民国人物，现今没几个入心。对周氏兄弟，还是一往情深。

走出鲁迅故里，天清地明，好花好天。

——《在绍兴的几个片段·鲁迅故里》

玉　碎

　　梅兰芳演《晴雯撕扇》，必定亲笔画张扇面，装上扇骨登台表演，然后撕掉。画一次，演一次，撕一次。琴师徐芝源看了心疼，有回散戏后，偷偷把梅先生撕掉的扇子捡回来，重新裱装送给老舍。

　　老舍钟情名伶的扇子，梅、程、尚、荀四位以及王瑶卿、汪桂芬、奚啸伯、裘盛戎、叶盛兰、钱金福、俞振飞等人书画扇，藏了不少。老舍也喜欢玩一些小古董，瓶瓶罐罐不管缺口裂缝，买来摆在家里。有一次，郑振铎仔细看了那些藏品之后轻轻说："全该扔。"老舍听了也轻轻回："我看着舒服。"相顾大笑。此乃真"风雅"也。舒乙著文回忆，老舍收藏了一只康熙年的蓝花碗，质地细腻光滑，底釉蓝花色泽纯正；另有一只通体孔雀蓝的小水罐，也是绝品。

老舍一生爱画，爱看、爱买、爱玩、爱藏，也喜欢和画家交往。二十世纪三十年代托许地山向齐白石买了幅《雏鸡图》，精裱成轴，兴奋莫名。和画家来往渐多，老舍藏品日益丰富，齐白石、傅抱石、黄宾虹、林风眠、陈师曾、吴昌硕、李可染、于非闇、沈周，他在北京家里的客厅西墙换着挂，文朋诗友誉之为老舍画墙。

老舍爱画也爱花，北京寓所到处是花，院里、廊下、屋里，摆得满满当当，按季更换。老舍说花在人养，天气晴和，把这些花一盆一盆抬到院子里，一身热汗；刮风下雨，又一盆一盆抬进屋，又是一身热汗。老舍家客厅桌子上两样东西必不可缺，一是果盘，时令鲜果轮流展出；二是花瓶，各种鲜花四季不断。老舍本人不能吃生冷，但对北京产的各种水果有深厚的感情，买最好的回来摆在桌子上看看闻闻。

老舍爱画爱花的故事让人听了心里欢喜，这是真正的舒庆春。老舍的面目茅盾的面目鲁迅的面目，几十年来，涂脂抹粉，早已不见本相。

大陆有人在乡间小学当校役，成长期碰到"文革"，没有受过正统教育，文笔却好得惊人。亦舒说从来没有兴趣拜读此人大作，觉得这样的人难有独特的生活经验和观点意见，她认为文坛才子是要讲些条件的，像读过万卷书，行走万里路，懂得生活情趣，擅琴棋书画，走出来风度翩翩，具涵养气质。老太太说话锐利了一点，却有道理。文章品位得自文化熏陶，头悬梁锥刺股，囊萤映雪，乃至朱买臣负薪读书，求的还只是基本功，未必能成大器。钱谦益说：

> 文章者，天地英淑之气，与人之灵心结习而成者也。与山水近，与市朝远；与异石古木哀吟清唤近，与尘埃远；与钟鼎彝器法书名画近，与时俗玩好远。故风流儒雅、博物好古之士，文章往往殊邈余世，其积习使然也。

钱谦益读的书多，气节上暂且不论，见识不差。

文行出处，此四字不能忘。古玩字画吹拉弹唱，读书人懂一点不差，笔下体验会多一些。老舍手稿我见过，谈不上出色，比不上鲁迅比不上知堂，也没有胡适那么文雅，但好在工整。前些年有人将《四世同堂》手稿影印出版，书我虽早已读过，但还是买了一套，放在家里多一份文气，"我看着舒服"。

这些年见过不少老舍的书法对联，还有尺幅见方的诗稿、书信，一手沉稳的楷书，清雅可人。他的大字书法，取自北碑，线条凝练厚实，用笔起伏开张，并非一路重按到底，略有《石门铭》之气象。老舍的尺幅楷书，楷隶结合，波磔灵动，有《爨宝子》《爨龙颜》的味道，古拙，大有意趣，比大字更见韵味。

老舍早年入私塾，写字素有训练。在拍卖会上见过一幅老舍的书法长条，二十世纪六十年代的手书，内容是毛泽东诗词。凑近看，笔墨自然蕴藉，浑朴有味，线条看似端凝清腴，柔中有刚，布局虽略有拘谨，但气息清清静静，落不得一丝尘垢，看得见宁死不屈的个性，看得出忠厚人家的本色。

课堂文学史上的老舍从来就不如时人笔墨中的老舍有情有趣。住在重庆北碚时，有一次，各机关团体发起募款劳军晚会，老舍自告奋勇垫一段对口相声，让梁实秋搭档。梁先生面嫩，怕办不了，老舍嘱咐说："说相声第一要沉得住气，放出一副冷面孔，永远不许笑，而且要控制住观众的注意力，用干净利落的口齿，在说到紧要处，使出全部气力，斩钉截铁一般迸出一句俏皮话，则全场必定爆出一片彩声，哄堂大笑，用句术语来说，这叫作'皮儿薄'，言其一戳即破。"这样有趣的人下笔才有真情真性真气，才写得了《赵子曰》，写得了《老张的哲学》，写得了《骆驼祥子》。

少年时在安庆乡下读老舍的小说。大夏天，暑气正热，天天不睡午觉，洗个澡在厢房的凉床上躺着细细观赏老舍的文采。

围墙外蝉鸣不断，太阳渐渐西斜，农人从水塘里牵出水牛，牛声哞哞，蜻蜓在院子里低飞，飞过老舍笔下一群民国学生的故事。小说是借来的，保存了民国面目，原汁原味是老舍味道。只有一本旧书摊买来的《骆驼祥子》，字里行间的气息偶尔有《半夜鸡叫》的影子，读来读去，像一杯清茶中夹杂了一朵茉莉花，不是我熟悉的老舍，后来才知道那是五十年代的修改本。

老舍的作品向来偏爱，祥子、虎妞、刘四是他为中国现代文学画廊增添的人物。后来读到民国旧版《骆驼祥子》，最后，祥子不拉洋车了，也不再愿意循规蹈矩地生活，把组织洋车夫反对电车运动的阮明出卖给了警察，阮明被公开处决了。小说结尾写祥子在一个送葬的行列中持绋，无望地等待死亡的到来。调子是灰色的，但充满血性，是我喜欢的味道。

都说老舍幽默，这太简单也太脸谱。幽默二字不过是老舍的引子，概括不了他的风格。《赵子曰》写北京学生生活，写北京公寓生活，逼真动人，轻松微妙，读来畅快得很。写到后半部，严肃的叙述多了，幽默的轻松少了，和《骆驼祥子》一样，最后以一个牺牲者的故事作结，使人有无穷的感喟。老舍的小说，令人始而发笑，继而感动，终而悲愤，悲愤才是老舍的底色本色。湖水从来太冷，钱谦益跳不进去，老舍跳得进去。

汪曾祺在沈从文家里说起老舍自尽的后事，沈先生听了非常难过，拿下眼镜拭泪水。沈从文向来感谢老舍，"文革"前老舍在琉璃厂看到盖了沈从文藏书印的书，一定买下来亲自送到沈家。

二十年后，汪曾祺先生想到老舍心里兀自难过，写散文写小说表示牵挂怀念。《八月骄阳》写老舍投湖：骄阳似火，蝉鸣蝶飞，湖水不兴，几位老人闲聚一起，谈文说戏，议论时势。穿着整齐的老舍，默默地进园，静静地思考，投湖而逝。井上靖一九七〇年写了篇题为《壶》的文章怀念老舍，感慨他宁为玉碎。玉碎了还是玉，瓦全了不过是瓦。

茅盾先生

参加艺术品拍卖会，看见一幅茅盾书法立轴，清癯入骨，秀气里藏不住傲骨，儒雅得仿佛柳公权附体给董其昌了，或者欧阳修附体给杨凝式了。茅盾晚年和老朋友在信上闲聊，说他的字不成什么体，瘦金看过，未学，少年时代临过董美人碑，后来乱写，老了手抖，目力又衰弱，"写字如腾云，殊可笑也"。老先生谦卑，不显山露水。

印象中，茅盾给不少杂志题过刊名，一律精瘦精瘦的样子，筋道，有钢丝气。字很潇洒，一看就知道是练家子，有功夫，比书法家多了文人气书卷气风雅气。徐调孚说："茅盾书法好，写稿虽然清楚，字并不好，瘦削琐小，笔画常不齐全，排字一走神会排错。"我倒是愿意做一回茅盾文稿的排字工，苦点累点没关系，写在原稿纸上的笔墨养心养眼也怡人。

上次出去开会，偶遇茅盾任职《人民文学》时期的同事。老人家八十多岁，谈起茅盾来，赞不绝口，开口沈先生如何如何，闭口沈先生如何如何。说茅盾为人随和，去他家里，要多随便有多随便。说沈先生脾气好极了，永远温文尔雅，放手让他们去组稿、编辑，关心杂志社小同志的生活。说沈先生的手稿啊，清清爽爽，改字用笔涂掉然后画一根线牵着替换的内容，像穿了西服打了领带一样漂亮雅致。这些我信。

茅盾作品看了很多，小说里，真要说，《春蚕》《林家铺子》比《子夜》好。有年在旧书摊买到两本茅盾的文学评论集，熬夜读完，他的如椽大笔，大开大合，让人心怀敬意。萧红《呼兰河传》，书前有茅盾先生一九四六年八月写的序，有识见有性情有体温。茅盾诗意地评价《呼兰河传》艺术成就："它是一篇叙事诗，一片多彩的风土画，一串凄婉的歌谣。"结论性的定评，很准确，很恰当。

近人文章里很少能看见结论，更不要说定评。王顾左右，东拉西扯，客客气气，几乎成了当下的文风。过去不是这样，茅盾先生的文学评论，枪挑脓疮处很多，需要一针见血，绝不点到为止。一来是文风性情使然，二来也是见识问题。

一九三二年，阳翰笙的小说《地泉》三部曲再版，特意请茅盾写序。茅盾事先就说，你的《地泉》是用革命的文学公式写成的，要我写序我就毫不留情地批评它。于是茅盾写道："《地泉》在描写人物时用了脸谱主义手法，在结构和故事情节上出现了公式化现象，在语言上用标语口号式的言辞来表达感情。从整个作品来讲，《地泉》是很不成功的，甚至是失败的。"

民国很多作家写文章，敢下结论。现在人之所以不敢下结论，主要还是怕献丑。鲁迅的《中国小说史略》，几十个字交代一本书，所谓艺高人胆大，评《三国演义》如此论述："至于写人，亦颇有失，以致欲显刘备之长厚而似伪，状诸葛之多智而近妖。惟于关羽，特多好语，义勇之概，时时如见矣。"这样的才气这样的胆气这样的语气让人神往。

二十世纪二十年代初，商务印书馆的《小说月报》改版，开始发表新文艺作品，茅盾是主编。他执掌后的《小说月报》，成为新文艺最大阵营之一。

茅盾一生条理分明：做人第一，读书第二，写作是游艺，从来没有颠倒过。他当编辑，体贴作者，笼络了一批优秀作家，在文坛上地位高、人缘好。一九四五年，茅盾五十大寿时，重庆《新华日报》为其祝寿，文化界由郭沫若、老舍、叶圣陶、洪深、陈白尘、巴金等十四人发起，声势浩大，成了四十年代最重要的文坛大事之一。各路英雄人马纷纷写文章祝寿祝福，情形如《红楼梦》中大观园的夜宴，与《隋唐演义》各路好汉给秦琼母亲做寿有一比。

看《子夜》，就知道人家多么了解上海社会，对金融市场尤其熟悉。当年《良友》杂志想要介绍上海证券交易所，编辑请茅盾操刀，他一口答应，很快写出一篇香粉弄华商交易所的素描文章，经纪、散户都写活了。

前些时候准备重读《子夜》，几乎读不下去。有报纸副刊编辑老友骂我，说那是中国现代第一部现实主义长篇小说，瞿秋白都称赞。瞿秋白称赞我知道，一个人有一个人的口味趣味，读小说是闲事雅事乐事，给自己找不快我不干。

三十岁后，巴金、老舍、赵树理的小说都读不下去了。他们的创作谈回忆录倒经常翻翻，翻出沧桑也翻出很多陈旧故事陈旧人物，也不乏旧文人趣味，跟他们穿长衫的照片一样斯文。

茅盾去世，巴金写悼念文章，怀念之意且不去说，忆旧之情也不去说，一些小细节、小场景有意思：

一九三七年"八一三"抗战爆发，文艺刊物停刊，《文学》《中流》《译文》《文丛》等四份杂志联合创办《呐喊》周报，我们在黎烈文家商谈，公推茅盾同志担任这份小刊物的编辑。刊物出了两期被租界巡捕房查禁，改名《烽火》继续出下去，我们按时把稿子送到茅盾同志家里。不久他离开上海，由我接替他的工作。我才发现他看过采用的每篇稿件都用红笔批改得清清楚楚，而且不让一个笔画难辨的字留下来。

据说茅盾记忆力不错。一九二六年的一天下午，开明书店老板章锡琛请茅盾、郑振铎、夏丏尊及周予同等人吃饭。酒至半酣，章锡琛对茅盾说："听说你会背《红楼梦》，来一段怎么样？"郑振铎拿过书来点回目，茅盾随点随背，一口气背了半个多小时，一字不差。但我总感觉这一类笔墨多是小说家言，可以聊充饭桌茶楼间的谈资，不能当真。

茅盾的散文底色太红，格调上不如巴金老舍，但气息够足。茅盾的小品文，《白杨礼赞》之类不论，不少篇章写得摇曳多情，读来口舌生香。茅盾的很多小品文有鲁迅《野草》的风格，只是隽永不及，激情有余，损了文格。

茅盾旧体诗写得不坏，手头一册上海古籍版的《茅盾诗词集》，精装本，竖排版，天地开阔，红色的八行笺里印着古典一脉的春风杨柳，虽嫌做作，但气度清华疏旷，雅致又风流。茅盾那批老民国，偶然写点旧诗词，格调不低，说白了还是旧学底子好。

《章衣萍集》序

是老书，旧书铺里偶遇的，北新书局民国十七年五月版《樱花集》。从前的主人惜物，加有牛皮纸书衣。那么多年，书页消退成南瓜黄了，一点火气也无，越翻越喜欢。封面落满片片樱花，清新秀雅，般配书中二十几篇章衣萍的文章。

还是老书，朋友大老远寄来的《古庙集》。舍下书不似青山也常乱叠，几次搬家，一时找不到了。书的内容还记得，书的样子也记得。书前几幅黑白照片，其中有章衣萍与女友吴曙天合影，二人佩玳瑁边圆眼镜。章衣萍穿长衫，意态风流，细看有倔强有不甘有不平有郁结。吴曙天一脸娇憨，眉目间依稀淡淡春愁。

章衣萍以"我的朋友胡适之"出名，是后来的事。有段时间不得志，寄身古庙，抄经为生，自称小僧衣萍是也。"小僧衣萍是也"六字带脂粉味，活泼泼有梨园气。到底是年轻人，我行我素惯了，到街上看女人，办平民读书处，厮混市井间。虽在古庙，文章却不带破败与消沉，又清新又疏朗又敞亮。娓娓记下文事尘事，读来仿佛在古庙庭院坐听树梢风声鸟语，静看人生几度秋凉。

章衣萍与周作人私交不错，知堂写过不少长信给他，不乏体己话："北京也有点安静下来了，只是天气又热了起来，所以很少有人跑了远路到西北城来玩，苦雨斋便也萧寂得同古寺一般，虽然斋内倒算不很热，这是你所知道的。"

与周作人一样，章衣萍也博读，只是阅世不如人家深。好在所思所行不甘流俗，笔底乾坤大，处处是自己的天地自己的笔意。读周作人要的是他老辣不羁的识见学养，读章衣萍取其天真温煦的愤世和略带孤僻的性情。章衣萍曾说："在太阳底下，没有不朽的东西。白纸的历史上，一定要印上自己的名字，也正同在西山的亭子或石壁上，题上自己的尊号一般的无聊。"

有的文章句句本色，有的文章处处文采。本色是性情，文采是才气。章衣萍才气涂抹本色，像孟小冬老生扮相。

章衣萍文章多以趣味胜。如《古庙集》之类，几分周作人的风致与笔意，有谈龙谈虎的影子。章衣萍长于抒情，亦会讽刺，只是不及知堂翁老辣自然。知堂翁谈钱玄同与刘半农说："饼斋究竟是经师，而曲庵则是文人也。"周氏自己亦是经师，章氏则差不多是文人。周作人是中国现代文学的古董，白话文散发出青铜器光泽青铜器清辉，笔下尽是知性的沧桑和冷幽的世故，那样不着边际却又事事在理，心思藏得深，如井底的青石。

个人趣味而言，我喜欢章衣萍《枕上随笔》《窗下随笔》《风中随笔》。这三种随笔隽永简洁，意味散淡，三言两语勾勒旧交新知音容笑貌，文仿《世说新语》，写章太炎写鲁迅写周作人写胡适写钱玄同尤其好玩，鲜活可信。如其言鲁迅的章节：

> 大家都知道鲁迅先生打过吧（巴）儿狗，但他也和猪斗过的。有一次，鲁迅说："在厦门，那里有一种树，叫做相思树，是到处生着的。有一天，我看见一只猪，在啖相思树的叶子，我觉得：相思树的叶子是不该给猪啖的，于是便和猪决斗。恰好这时候，一个同事来了。他笑着问：'哈哈，你怎么和猪决斗起来了？'我答：'老兄，这话不便告诉你。'……"

章衣萍念人忆事文章写得飘逸写得好看，又洋派又古典，性情的亮点与浮光时隐时现，比林语堂简洁，比梁实秋峭拔。浅浅描绘那些年那些人的言行，倒显得才子不只多情而且重义。

章衣萍，一九〇一年冬生于安徽绩溪北村，八岁随父至休宁县潜阜读书。那时其父叔辈在潜阜开有中药铺杂货铺。潜阜是新安江上游码头，许多绩溪人在那里经营小本生意。

章衣萍十四五岁入学安徽省立第二师范学校,即喜欢《新青年》杂志,崇尚白话文白话诗,因思想太新被开除,随后辗转上海南京。在南京半工半读两年,经亚东图书馆老板汪孟邹介绍,投奔胡适,在北大预科学习,做胡先生的助手,帮助抄写文稿。

章衣萍与诸多文人交往密切,和鲁迅也走得很近。一九二四年九月二十八日午后,经孙伏园引见,章衣萍携女友吴曙天拜访鲁迅,开始交往,稍后协办《语丝》杂志。查《鲁迅日记》,关于章衣萍的记录近一百五十处,直到一九三○年一月三十一日止。六年间,两人走得很近,仅一九二五年四月《鲁迅日记》中就记他们互访畅谈达十一次之多,且有书信往来。

北新书局曾请章衣萍编世界文学译本,出版儿童读物,销路颇广,编辑们手头渐阔,大喝鸡汤。不料童书《小八戒》因猪肉问题触犯回教团体,引起诉讼,书局一度被封,改名青光书店才得继续营业。鲁迅遂写诗开朋友的玩笑:"世界有文学,少女多丰臀。鸡汤代猪肉,北新遂掩门。"

章衣萍的成名作是小说集《情书一束》,此书某些篇章据说是与叶天底、吴曙天三人爱情瓜葛的产物。后来章吴情结伉俪,章衣萍又将叶天底写给吴曙天的情书,连上自己的部分,作了几篇小说,收入集子《情书二束》。

章衣萍的文字好,收放自如,缠绵清丽,快一百年过去了读来依然有味有趣有情。某些小说,比茅盾老舍巴金读来亲切,更多些书写人的体温。茅盾老舍巴金读的书多，行文多书卷味。章衣萍不是这样，下笔放荡，多愁善感处有种颓唐美，从灰色的人间看人生的起落，小人物的爱恨苦乐中夹杂着人性的底色，一点也不像他的朋友胡适之。

据说《情书一束》出版后，章衣萍一时说北大俄文教授柏烈伟已将这书翻译成俄文，一时又说此书已有了英、法、日等国文字的译本，自己登报说《情书一束》成了禁书，使得这本书畅销一时，挣了不少版税。这倒和毛姆有一比。毛姆为求文章畅销，有次写完一部小说后，在报纸上登了这样一则征婚启事："本人喜欢音乐和运动，是个年轻又有教养的百万富翁，希望能和与毛姆小说中的女主角完全一样的女性结婚。"几天后，小说被抢购一空。

章衣萍的小说和郁达夫的一样，有天真的颓废，多男女情欲之笔，道学家看了脸红。其实他落笔还算婉约，点染一下就过去了，比后世小说家也含蓄也收敛。看不顺眼的人，说他是摸屁股诗人。只因《枕上随笔》中借用了一诗人朋友的句子："懒人的春天啊！我连女人的屁股都懒得去摸了。"

那些年，章衣萍红过紫过。周作人给他辑录的《霓裳续谱》写过序，校点《樵歌》，有胡适题签题序，林语堂、钱玄同、黎锦熙作跋。可惜章衣萍体弱久病，未能在文字路上深一些精一些。

一九三五年底，章衣萍只身入川，担任省政府咨议，做过军校教官、川大教授等。在四川期间，章氏断断续续写了一些作品，有论者说多属应酬之作，俊逸少了，清朗少了，无从亲见，不好评价。但是一九三七年出版的旧诗词集《磨刀集》甚为可读。自序说"来成都后，交游以武人为多。武人带刀，文人拿笔。而予日周旋于武人之间，磨刀也不会也"。

章衣萍的诗词，自云学张问陶学陆游。张问陶诗书画三绝，是清代性灵派三杰，主张"天籁自鸣天趣足，好诗不过近人情"，又说"诗中无我不如删，万卷堆床亦等闲"。章衣萍作诗填词生气自涌，气魄寓意属高古一路。慷慨悲歌处偏向陆游，直抒胸襟则隐隐有明清风致，处处可见性灵的幽光。譬如这一首：

> 漠漠深寒笼暮烟，晚梅时节奈何天。
> 不妨到处浑如醉，便与寻欢亦偶然。
> 夜永可能吟至晓，愁多何必泪如泉。
> 浦江家去三千里，哪有心情似往年？

章衣萍个性强烈，文如其人，其旧体诗词亦如此，大抵是人之常情的妙然展现。再如这一首：

> 敢说文章第一流，念年踪迹似浮鸥。
> 悲歌痛哭伤时事，午夜磨刀念旧仇。

世乱心情多激愤，国亡辞赋亦千秋。

沙场喋血男儿事，漂泊半生愿未酬。

　　章衣萍生前出版集子好几十本，小说、散文、随笔、翻译、古籍点校、儿童文学之类均有涉猎。章衣萍的文章，率性意气，放浪而不失分寸，许多地方固执得可爱，却永远也抹不掉那几分萧索的神态。他的作品现在看，有些章节写露了，不够含蓄不够熨帖不够精准，年纪不够，人书俱老的话也就无从说起。

　　一九四七年，章衣萍在四川突发脑溢血去世，终年四十五岁。二○一五年，五卷本《章衣萍集》出版，时间过去快七十年了。

无　边

　　又一次失眠了。躺在床上，窗外的风掠过松树，吹出轻轻的"忽忽"声，狗被惊起的狂吠像一枝响箭，射上天空，猛地划开了宁静的空气。风声和猪的鼾声一起穿过玻璃，漫进纱窗，传入耳膜。静下来的时光使每一种声音达到极端，那么清晰，以柔软饱满的形式出现。毛茸茸，松软软，或者刺耳，或者熨帖，用一种轻如蝉翼却毫不犹豫的力量刺入头颅。

　　棉被里，一股暗流包裹着我，携带了山林的气息，远古的气息，有唐宋元明清的气息，有生旦净末丑的气息。人在这些气息里，像一滴水融进海洋。小城的空气带着一股泥土腥，也像海水，感觉有远航的意思了。城是小岛，房屋是轮船，清风是海浪，带着我飘荡在浩渺的尘世之海。

失眠是梦幻的，像春天一个关于柳絮的梦，轻轻地、柔软地，不时撩拨着思绪。

窗外一侧有山，山光黝黑，一侧是城，灯火兀自明了。夜气上来了，灯火通明的小城有种说不出来的静穆，一栋栋房屋掩映在昏黄的光下。

一册又一册图书，在书架上静立，透过昏沉沉的夜色，我看见书脊竖在那里，一脸肃穆。外面有半爿月亮，一片淡黄色的光晕一动不动地照在书桌上，几块玩石，几本图书，沐浴在月色下。小瓷瓶里插着一株仙人掌，吊兰青翠柔嫩，在小茶几上亭亭玉立。那是一株银边吊兰，欠起身子，我看见银边在夜色中仿佛枯黄的叶缘。

满屋子都是烟草味。临睡时，将窗户拉开了一条缝，外面的风轻柔地越过纱窗，吹在窗帘上，窗帘有节奏地敲打着墙壁。失眠的痛苦渐渐退却，我希望能静静地安稳地从容不迫地失眠，反正没有谁来敲门，也没有谁来推门。美丽的狐仙蜷缩在蒲松龄的文字里，无从艳遇，没有红袖添香。豪爽的侠客静卧在唐宋传奇的册页间，无从把酒论世，更不能一诉衷肠。

睡意淡薄若无，躺在床头，少了久坐的累与长途步行的乏，身体是放松的，心灵可以从容地由东至西。天马行空也好，胡思乱想也好，满脑子风花雪月，满脑子春花秋月，满脑子飞花逐月。庄子作逍遥游，列子御风而行，陶渊明锄禾归来，李太白大醉未醒，苏东坡一肚子不合时宜，陆游骑马在剑南跋涉，林逋的仙鹤绕园弄梅，小仓山房的纱灯一地风雅。

很多古人活过来了。身着葛衣的庄周一板一眼地打草鞋，埋着头，有力地搓着稻草，搓成一根根草绳。庄周腰间系一个木制的弯弓形的"鞍子"，他将草绳一端别在"鞍子"上，另一端套在木架子上，根据所打鞋的大小选择桩数。我走过去，他抬头看了看我。他左眼清静无为，右眼悲愤绝望。除了清静无为和悲愤绝望，那目光如水也如雪，像彩虹，像星辰，像圆月，像清风，像森林迢迢树木，像原野无际绿色，像黑夜之灯，像冬日之火，像烈日树荫，像严寒暖被，像深夜天河对人间浩渺的注视，像月光对大海的抚摸。

先生近来读了什么书？

庄周一字一顿地回道："吾生也有涯，而知也无涯。以有涯随无涯，殆已；已而为知者，殆而已矣。"先秦的口音仿佛金石，一字一句在天地间回荡。

先生对名利怎么看？

"名也者，相轧也；知也者，争之器。二者凶器，非所以尽行也。"

我拿起一根稻草，缠绕在指间，缠得太紧，啪的一声，断了。庄周走过来："人皆知有用之用，而莫知无用之用也。夫大块载我以形，劳我以生，佚我以老，息我以死。故善生者，乃所以善死也。"庄周长吟着，缓缓消失。

蹲在洞穴门口熬药的神农氏和森林里采蕨的先民，勘察山脉水域走向的隐士和记载日月星辰运行的星官一个个跃然眼前，无边夜色中有一个比白天更广袤的世界，安宁而深邃。慢慢地，一切重新陷入安静，仿佛什么也没有发生过。

远方，春天的原野半开着鲜花，柳条长出了新芽，猫头鹰在一棵大树杈上半睁半闭着眼睛，森林湖泊里有鱼用鳍翅划开水面，涟漪粼粼，仿佛划开一个世界。荷梗下摇曳摆尾的蝌蚪自由自在，荷叶上刚刚苏醒过来的青蛙愣愣发呆，蚂蚁在树巢或地洞从容爬行……在无边的夜色中，它们进入无我之境。

躺着躺着，身体轻了，内部的虚弱，外部的虚荣走远了，潜伏在一个未知的角落。靠床的墙上挂着《观山图》水墨，没有亭台轩榭，没有花木葱郁，裸露的山石间几株苍松，远山陷入云海中。云海漠漠，路也没有，却有禅意，薄如蝉翼的禅意，不可言说不可捉摸。

不着一字，是大风流，写作或者不过小道。连续传统，接通地气，从源头逶迤而来，从民间缓缓化出，这样的写作有可能是天地间伟大的事业。

越来越清醒，仿佛有泉水从心底汩汩流出。身体渐渐湿润，淡淡的氤氲中如老友的慰藉。被子略薄，突然觉得有些凉意。多像深秋，突然有多年前的深秋之感，或者说多年前的深秋之感突兀而至，或者说多年前的深秋之感瞬间复活，或者说时间倒流，我潜入了多年前的那个深秋。

院子里的桃树干枝临空，只有一盆兰花是青的。门口的梨树砍掉了树冠，空空的树干仿佛刮光头发的女人。十五瓦的灯泡，八仙桌边四把椅子，关紧的木格窗户糊着白纸。母亲裁剪鞋样，乌沉沉的剪刀在干硬的布料上剪出大鞋小鞋。矮凳子上放了针线包，蒲草编制的，淡黄色的纹路，在灯下静静地反光。

夜深得成了半夜，寒意越来越浓，时间更老，仿佛进入了深冬。如果下点雪就好了，在心里胡思乱想。两条腿已经开始凉了，情绪却很好，起床找一段古琴的音频，将音量压低。琴音流出来的时候，时间仿佛凝固了，空气也似乎变得黏稠，有薄凉的况味。在这无边的夜色中，陷入了古琴的世界，睁大双眼，夜愈深愈清醒。

时令已是暮春，暮春的暮没有暮气，鸟声和花叶显示出前所未有的轻灵。钟针指向凌晨四点半，挣扎着起了床。推开窗户，清冽的风扑面而来，从头到尾是松针、青草、树叶、鲜花的味道，混合在干净的空气中濡染着屋子的每一寸角落。

坐在写字台前，从小提包里翻出一叠信纸，给另外一位朋友写信。我喜欢读信胜过日记，日记太个人，纯粹私人化的表达。而写文章时，内心不免会跳出一些读者，非要人留下买路钱。信只给一个人读，有文本的珍贵，还有情感上的肝胆相照。在中国传世书法墨迹里，有很多法帖就是朋友之间来往的信件。

> 初月十二日，山阴羲之报：近欲遣此书，停行无人，不办。遣信昨至此。旦得去月十六日书，虽远为慰。过嘱，卿佳不？吾诸患殊劣殊劣。方涉道，忧悴。力不具。羲之报。

近来想写这封信，没有邮差，不能投递，是以耽搁至今。你的信昨天到的，加之收到上月十六日来信，虽相隔遥远，却十分温暖。向您问好，近来一切都好吗？我突然生病，身体十分差。刚刚踏上路程，身心憔悴，就写到这里吧。

这样的文字有可以让人触摸的体温和日常，衬住了淡淡的愁烦和感伤。六朝的格调大抵如此。想象墨香在信封里静卧着，跋山涉水风尘仆仆的邮差，也变得一身风雅。收信人已不可考，不管是谁，打开信封，看见这一缕来自山阴的手迹，来自逸少指腕间的墨香，都会感觉一分春色人间。

静下来展纸濡墨，况味如"陌上花开，可缓缓归矣"。路边田野，花香四溢，你就慢慢回家，好好欣赏春色吧。写这封信的钱镠，原是私盐贩子，恰逢残唐乱世，拿起刀枪，成为称霸一方的吴越国王。这封写给回娘家的夫人的短札，目的是催她回来，却写得旖旎有致，从容大度，充满了温情，不像赳赳武夫。看得出钱大王的柔情，盼佳人早日归来，却意态蹁跹，说陌上花开，不负大好春光。此情可堪低回赏玩，苏东坡后来以《陌上花》为题作诗云："遗民几度垂垂老，游女长歌缓缓归。"

天色渐渐明亮。快五点了，青山晕化在浅灰色的黎明的空气中，坐在窗前，像面对着淡淡的水墨。举目远望，城市不再空荡荡，山麓之间也没有了草莽气息，无边晨雾还没有散去，空气残留有昨天夜里沉醉的晚风。晚风在清晨里，清晨在晚风中，晚风在清晨里得意忘形，不知老之将至。清晨在晚风中跌跌撞撞，跌跌撞撞却义无反顾地走向上午。那情形颇有些像醉后的我，义无反顾地走在写作的路上。其实即使不醉，我写作也是义无反顾的。

卷
二

日　子

　　陡然冷了，前几天还是暖冬，倏地进入寒天。空街残树，满目灰凉，风刮得紧了，走在马路上，那风刁，能钻过衣衫，细密密往身上扎。腊月里，冷一点更像样子。寒冬腊月，腊月非得寒冬衬一下才好。正要人穿大衣、棉袄的，若不然总觉得冬天流于轻浮。

　　中午的下饭菜是腊肉烧萝卜。白皮水萝卜，圆圆的，鲜、嫩、脆，生吃亦可，配肉更佳。早晨起床，见阳台上挂着腊肉，刚好友人从乡下带过来一些萝卜，勾起了红尘之心。近来一直吃素，红尘之心是腊肉烧萝卜。一片素心要一点红尘点染一下才好。

　　新糊的窗纸洁净如棉。天有些冷了，呵气成烟成雾，时候大概是初冬吧。一道烧萝卜放在铁皮锅里，锅底陶罐炉子旧旧的。陶罐炉子即便是新的，也让人觉得旧。这个陶罐炉子有道裂纹，被铁丝捆住，格外显旧。火炭通红，铁皮锅冒泡，开始沸腾。一个农民空口吃萝卜，白萝卜煮成微黄的颜色，辣椒粉星星点点。筷子头上的萝卜，汁水淋淋，吃萝卜的人旁若无人。这是二十多年前的乡村一幕。二十年前的乡村还有茶饭。

茶饭，实则茶泡饭，也叫茶淘饭。现今不多见此番吃法了，说是伤胃损脾，于人无益。前几天见小林一茶俳句："谁家莲花吹散，黄昏茶泡饭。"真觉得是绝妙好辞，一虚一实，虚引出实，诗意禅意上来了。所谓禅意，关键还是虚从实出。所谓诗意，关键还是实从虚出。

日本俳句有微雕之美。扩大一点说，日本文学皆有微雕之美，仿佛《梦溪笔谈》里的《核舟记》，纤毫毕现。日本文学的敏感小心翼翼，写出了文字的阴影，只有中国的宋词可与之媲美。

小林一茶还说："莲花开矣，茶泡饭七文，荞麦面二十八。"莲花当指季节，夏天热，适合吃茶泡饭。七文大概是七文钱吧，二十八应该也是价格。四碗茶泡饭只抵一碗荞麦面。荞麦面我喜欢，放几匹青菜，煎一个鸡蛋，是我惯常的早餐。

日本人送客时问"要吃茶泡饭么？"客人会意，起身告退。中国过去也有这样的传统，相坐无话，主人托起茶杯说请喝茶请喝茶，客人识趣，告辞而去。

茶泡饭多年没吃了。昨天有兴，用龙井茶泡了一小碗，没有过去的味道了。不知道是茶的原因还是饭的问题。过去吃的是乡下粗茶泡的粳米饭，饭是土灶上烧的，有柴火香。柴火香是什么香，只有吃一次柴火饭才知道。

粳米饭泡在浅绛色茶汤里，染得微红，像淘了苋菜汤。只是苋菜汤泡饭，色彩艳一点，茶泡饭朴拙，红得旧而淡。

祖母不让吃茶泡饭，说小孩子吃多了不长肉。我乡人认为，茶水能刮油。实在抵不过，祖母就让我吃白开水泡饭。夏天的傍晚，胃口不开，偶尔偷偷吃一点茶泡饭。佐以腌制的豇豆或者梅菜或者萝卜干，有平淡而甘香的风味。

夏天里，暮色四合，老牛归栏了，蜻蜓快而低地在稻床上兜圈子，微风吹来，汗气全消。那样的境况，最适合吃茶泡饭。

午间小憩片刻，醒来后，懵懵懂懂有些恍惚，起身泡了杯茶。茶香与水雾扑面而来，方觉得鸟语花香。安静而舒适的瞬间，坐在沙发上翻书，茶水有些热，入嘴温润，让人觉不出烫。

书堆里翻出一枚古钱书签，大观通宝。普通的古币，但宋徽宗"大观通宝"四个瘦金体真好看，笔墨秀挺，舒然洒落，自成一格。想象这枚铜币在宋朝人的手心辗转，买过馒头、饺子、稀饭、蔬菜、烧饼，也可能买过笔墨纸砚，买过烟酒糖茶，它可能从《东京梦华录》《武林旧事》与《清明上河图》中走来。寒意里慢慢想来，一个个念头在脑海翻转，大有意趣。

偏偏喜欢旧气，新物件总觉得少了岁月的摩挲。连照片也是旧的好，老民国黑白色的长袍马褂比现今彩色的洋服华服好看。

前几天见到几幅梁启超手书诗卷，墨迹苍茫，纸色苍茫。小小笔尖字字透着旧气，雄厚饱满，仿佛饮冰室的文章，又硬朗又温润。偶遇劫后的文采风流，大吉祥也。

老派人认为笔墨牵涉福祸，最忌讳不吉利的文字，怕一语成谶，坏了命途，这些我信。近年来，读书写作，喝茶吃饭，日子清闲。人生难得清闲，日子清闲一点好，文章清闲一点也好，作者吉祥，读者如意。

灯红酒绿，养得出髀肉养不出贵气。旧时月色下，心底才有文化的思愁。刘禹锡的诗真好："眼前名利同春梦，醉里风情敌少年。"这诗过去没读过，友人写了送我留念，得大欢喜。此番风月当是遥远的绝响了。古井幽深，以石投水，听不见回音不足为奇。文人心事存在案头片纸零墨中，似也不必过于牵念。

一个人蜗居，冷一点反而平静。暑天，容易燥热。天终日黯淡，灰沉沉的，晦霾里裹着阴恻恻的气息，出行的兴致褪色到发白。冲了一杯咖啡，暖暖地喝完，只剩下暖暖的，没有回味。这些年喝咖啡的兴趣也褪色到发白了。倒是茶越喝越多。红茶绿茶黑茶白茶青茶，甚至花茶。

冬天里，关紧窗户，拉上窗帘，在幽暗的室光里喝茶，音箱里放几首喜欢的曲子，循环播放着，周而复始，让我有虚室生白之感，心头吉祥止止。人开始迈入中年的门槛，多些吉庆好，近来连红茶也喝得多了。因为红得吉庆，红得热闹。

红茶一喝到就喜欢上了，香啊。闻起来香，喝进嘴里更香。鼻底的香缥缈肆意，挥之不散。嘴里的香，遮遮挡挡，断断续续，像读章回体的鸳鸯蝴蝶派小说。嘴里的香比鼻底的香好，好在真真切切回味，又如雪泥鸿爪。

不管是鼻底的香还是嘴里的香，一律香得喜气。香气是出世的，喜气是入世的。香气也好，喜气也好，都是一片琉璃世界。琉璃世界是药师佛的净土，佛经上说，药师琉璃光佛手执药钵，医治一切众生无名痼疾。

红茶泡在浅口玻璃盏里，红茶之红像陈年蜡烛的颜色，香气袅袅，佛光扑面。我觉得自己不是茶客，倒像菩提树下听道的沙弥了。每每喝到红茶总让我恍惚，像读鸳鸯蝴蝶派小说，又像读佛经。

红茶漾起红光，红光中有药气。这药气里有世情人事的暖意。暖意之外，还有时间的味道。红茶之色，像丹枫的叶痕。叶落树空，让人怅然。

一边喝红茶，一边看年画。朱仙镇的木版年画册子。

年画是俗的，茶也是俗的，柴米油盐酱醋茶，说风雅也风雅，说世俗也世俗。俗的好处是快乐。我热爱一切世俗，热爱一切俗世。世俗有人情之美，俗世有生活之美。年画里一段世俗，茶水里一段俗世。也就是说年画有人情之美，茶水有生活之美。乡下的老人，穿着破棉袄，靠在柴火堆边，喝着粗茶，我看见他们的脸上挂着微笑。年画饱满喜庆，饱满是真气饱满，喜庆是色彩喜庆。红茶饱满喜庆，饱满是真气饱满，喜庆是色彩喜庆。

年画一年贴一次，茶每天都在喝。年画的珍贵也在这里，茶的珍贵也在这里。年画每天都看，就苦了。茶一年喝一次，更苦了。

《天官赐福》，这是老题材，杨柳青年画里有，桃花坞年画里有，朱仙镇年画里也有，别处的年画我没见过。喝着茶，看《天官赐福》，真觉得是天官赐福。喝得好茶是福气，泡在壶里的滇红，是绝品也是逸品，那也是天官赐的。

饮茶的时光，天然一段福气。

看完《天官赐福》，看《金鸡报晓》，也是年画的老题材了。金鸡我喜欢，报晓扰人清梦，我不喜欢，近来睡得迟，最贪恋早上一段时光。觉得这金鸡多事了一点。晓是不需要报的，天光自然就亮了。可是年画中的金鸡真好看，色彩斑斓，昂首挺胸，一只眼睛在纸面上目空一切，骄傲。年画里的老鼠也好看，《老鼠嫁女》，一群老鼠，左顾右盼，生机勃勃。生机勃勃让人心生灵感。近来觉得灵感不过生机勃勃，不过生气勃勃，奄奄一息恹恹欲睡，无灵亦无感。

年画里的元气与茶里的元气，一洗河山郁闷，让人心生庄严，复生灵感。元气是灵感之元，二〇一三年四月十四日我曾写过一篇文章叫《元气》的：

天气真好，精神奇差。昨天下午，疲倦之极，恹恹地，颓唐得很。躺在床上，睡到晚上十点，太累了。这些年一到春天，总觉得累。母亲说我春天里身子骨一向弱。我过去是不知疲倦的，仿佛孔子"发愤忘食，乐以忘忧，不知老之将至"，仿佛桃花源中人"不知有汉，无论魏晋"。

有回车前子寄我一幅"身子骨"三字书法。老车好意。千年文章要一身好骨。傲骨是题外话。

醒来后，精神好一些，体内气力倍增。晚饭懒得吃了，饿一顿无妨。躺在床头看书，读先秦文章。那是大时代，天地玄黄，宇宙洪荒，先秦文章里有来自盘古开天的元气，《庄子》《老子》《论语》《韩非子》，诸子文章随处可见一团团元气酣畅淋漓。

先秦文章给中国文章开了一个好头——纵横六国，横扫千军。先秦的元气实在充沛，这一团元气在时间之河里接力，传到屈原手里，传到司马迁手里，再传到曹操手里，曹操太坏，宁可我负天下人，藏下中国文章里来自先秦的元气，掐住了文脉的流通。

曹操是中国文章的奸贼，好在他是行伍出身，骨节粗大，指缝漏下一些元气，被曹丕曹植嵇康阮籍陶渊明辈得去了，后世的韩愈柳宗元欧阳修苏东坡也得了些。

疲倦了，读点古人文章，补充元气，是我的秘诀。

我忘了说，疲倦时候，我也会喝一点茶，补充元气。

周作人说喝茶当于纸窗瓦屋之下。纸窗瓦屋当然好，有中国的黑白精神。黑白是中国文化的底色，黑白也是人间岁月，黑是夜，白是昼。

在博尔赫斯的《庭院》中喝茶也好。庭院是斜坡，是天空流入星舍的通道。这个夜晚的庭院，葡萄藤沐浴着星光，倒影和星光又一起飘落在蓄水池上。博尔赫斯自足的世界就在"门道、葡萄藤和蓄水池之间"。葡萄藤和蓄水池之间，是容得下一张茶案的。

夏日的庭院在记忆中是墨绿的。爬山虎，狗尾草，喇叭花，何首乌，紫苏，水池在葡萄架下，池子里贮有半池水，粗瓷杯放在屋檐下。西头井底沉着一个大西瓜，墨绿的瓜皮在水里绿油油的。转动辘轳发出扎扎的声音，慢而木，那声音能传出很远。葡萄架下的猫睁开眼睛站了起来，复又睡下。窝在藤椅上翻书，还珠楼主、平江不肖生、王度庐，那书翻卷了边，封面漆黑黑脏兮分的，无头无尾，那时候看起来比周作人有味。

周作人文章里多次写过茶，他甚至把自己的一本书取名叫《苦茶随笔》，那首"且到寒斋吃苦茶"的自寿诗，同气相和者无数。博尔赫斯的《第三者》里有如此一记笔墨：

在那落寞的漫漫长夜，守灵的人们一面喝马黛茶，一面闲聊。

女人捧着马黛茶罐进进出出。

马黛茶是木本大叶冬青，树叶翠绿呈椭圆形，开白花，生在南美洲。做法与中国茶仿佛。马黛茶生长在神秘和幻想的南美丛林。周作人的茶是苦丁茶。不同的茶产生出不同的文化。

博尔赫斯生于一八九九年，周作人生于一八八五年。他们命运不同，相同的是他们都是书斋文人，他们共同在这个地球生活了将近七十年。

汉字是东方美学长廊里最生辉的部分，梅兰菊竹、花鸟虫鱼、笔墨纸砚、亭台楼阁、琴棋书画、烟酒糖茶，这些字总是让人顾盼再三。因为这些字里有中国人的生活。

茶的样子好看，身在山林草木间的缘故吧。茶字也好看，楷行隶草篆，哪个字体写出来都好看。书家文人写的茶字好看，粗通笔墨的老农写的茶字也好看。有年在一茶农家喝茶，他捧出经年往来买卖的茶账，别的字写得形神俱废，唯茶字独见风味。他家墙壁上有毛笔歪歪斜斜写的茶字，更了不起，远远看来，俨若汉晋手笔。

茶字字形中庸端正，有君子之风，入神了。字形入神，怎么写都好看。

茶文化在唐朝时候兴起，给中国文化带来了不一样的色泽。此前中国文化的底色是灰色土色黄色，是陶、麻、瓦、青铜的颜色。茶的兴起，使中国文化开始有了绿意茶意。唐宋的传奇，明清的话本，柳宗元、苏东坡，以及后来明清各色文人的小品里，都有茶意。茶意是闲话也是小令。

中国后世不少人谈到柳宗元、苏东坡、张宗子，总对他们悠然神往。这神往是茶文化使然。曹操、曹植、嵇康当然也好，但魏晋文化的酒气里戾气森然，挥之不去，让人望而却步。

在清风明月下，国破山河，醉眼迷离了刀光剑影。如果还能散发，如果还有扁舟，如果还有曹操、嵇康、陶渊明，我也会喝酒，甚至沉醉三天三夜。

我喝酒，与其说喝，倒不如说是读。常常在书中读出酒味。

先秦古文如陈酒，魏晋文章如米酒，唐诗宋词如黄酒，明清小品如清酒，元明话本如啤酒。有人的文章是药酒，有人的文章是红酒，有人的文章是糟酒，有人的文章是果酒。有人的文章不是酒，是醋，是红烧肉，是排骨汤，是猪食，是狗粮，是鸟粪，是一地鸡毛，是漫天大雪。一地鸡毛忽然又做了漫天大雪。有一天我路过屠宰场，看见几个少年拿鸡毛当令箭，不，抓鸡毛当武器——打架。只见一地鸡毛做了漫天大雪。恰恰又是白鸡之毛，那雪越发雪白。

茶里有一份世俗，酒里反世俗。苏东坡与张宗子，酒量都不大。苏东坡说我本畏酒人，而他却为茶写了很多诗词，谪居宜兴时，有饮茶三绝之说：茶美、水美、壶美，唯宜兴兼备三美。亲自设计出提梁式茶壶，题有"松风竹炉，提壶相呼"的句子。

张宗子更是写过茶方面的专著。

苏东坡与张宗子的文章，历来众口称赞，因为茶之意味。不说太远的人，唐宋以来，只有他们有茶风度，让人亲近。

险怪、幽僻、枯寒，远瞻当然令人仰之弥高，但很难生出平常心。韩愈、王安石、欧阳修，他们有文章千秋，也以功业传世，后人却鲜有视其为友者。苏东坡与张宗子是中国人的知己。

元朝刘贯道画过一幅《消夏图卷》，画面疏散。画中的名物有不少茶器，荷叶盖罐、汤瓶、盏托。有茶好消夏，尤其在古代。

刘贯道的画总能让我想起过去的日子：坐在大石头上，爬在枣树上用树枝编一个窝，坐在竹梢晃荡。茶水壶静静躺在草丛里，人在夏日的凉风中恍惚入梦，醒来时，蝉鸣依旧，蜻蜓在天空绕圈子。夕阳的红泼在清澈无边的天色里，枞树老枝上不时传来鸟的叫声。

那时候，我们不知道茶有优劣。很多年后才明白酒过三巡，又是一番场景。人生的月份牌一张张翻，岁月在哗哗作响的纸页声里一唱三叹。即便再伟岸的人，也有些触动吧。

这些年的冬夜，特别迷恋一个人的茶时光。尤其在乡村，夜深入静，对着炉火，昏昏沉沉，木炭燃烧的气息在四周飘飘浮浮。火炉上放几颗花生、板栗，茶一杯杯喝下去，额头与脚心沁出汗来，须臾，背后也出汗了。炉火慢慢黯淡了，只有手心近触才能感觉微弱的暖，寒意渐渐围拢上来，睡意也渐渐围拢上来。

一天又结束了。

雪从傍晚时分开始下，雪意透进窗户，屋子里有一股冷悠悠的光芒。住在高楼上，听不见雪的声音了。雪有声音么？木吞吞的，轻簇簇的，雪总是让人惦记茶的暖，惦记酒的温暖。

过了三十岁开始喝一点酒了，喝黄酒。绍兴黄酒像周作人的文章，绵软，后劲十足，周作人的阿弥陀佛里是有金刚大力的。也是过了三十岁才开始喜欢周作人的。

去年冬天在绍兴喝了很多黄酒。

我过去是滴酒不沾的。

绍兴温热的黄酒，肥厚甘醇，装在锡壶里，暖暖地汪起一泓春意。其色如老琥珀，酒味有旧味，仿佛上古青铜器。或者用小盅浅酌，或者用浅而大的陶碗慢饮。如对美人、如观薄雪、如视晚霞、如坐松下、如嗅兰桂、如会名士。

将进酒，如果这酒是绍兴黄酒，我愿意一樽复一樽，坐喝至微醺。此间有真意，不能与外人道也。

饮食文化中的酒发端比茶要早。差不多先民粗糙的陶碗里就有酒的芬芳了。与茶相比，酒是野蛮的，茶更高级，茶文化是精致文化也是精英文化。饮食之饮，没有茶，无疑会空洞很多。

酒之骨，石也。酒有棱角，有峥嵘，有锋芒。哪怕是红酒黄酒清酒，喝在嘴里，兀自有热风。

茶之骨，玉也。茶光润、圆融、清白。古人说茶性洁不可污，玉精神亦如此。损之又损玉精神。苏轼认为茶"骨清肉腻和且正"，有君子性，君子如玉。

柴米油盐酱醋茶，柴米油盐不必多说。在我故乡，酱醋的饮食是排在茶之后的。我小时候，几乎没吃过醋，乡村小店里似乎也不见有醋卖。酱，吃得多的是酱油和辣椒酱。酱油不过炒肉的时候放一点。辣椒酱是下饭的。几点红艳艳的辣椒酱点在白米饭上，颇有些风致。

茶，在乡下却是最平凡最朴素的饮料了，一年四季饮用不绝。手工做的炒青，经泡，止渴。

我是喝岳西炒青长大的。

岳西炒青像文言文写的笔记，少年时代读不出好。十三四岁之际，囫囵吞枣读了不少笔记，《东坡志林》《聊斋志异》《阅微草堂笔记》《子不语》，岁数不够，没读出多少好来。如今猛地想起，吓一跳，那些笔记的好，让人吓一跳。并不是说如今就懂得了那些笔记的好，但至少吓一跳，不复当年的瞎热闹。

炒青是茶叶的加工方法，与其相对的是蒸青。蒸青从唐朝发端，一直蒸到明朝，终于式微了，岳西炒青大行其道。

炒青火大。有年春天，喝多了手工炭火烘焙的炒青，上火了，嗓子失音半个月。读来的印象，明朝人清朝人火气大些，不知道是不是喝多了炒青。

炒青耐泡，哪怕是泡残了，仍有烈士暮年壮心不已的慷慨，不经意间立马南山、拔剑四顾。这一点蒸青比不上，蒸青有水气，做得不好，泡出的茶汤易流于寡。我喝茶不怕苦不怕涩不怕淡，唯独怯寡。茶汤一寡就没有回味，不如白开水来得舒爽。

朋友知我，每年惠送一斤岳西炒青，用雨前或明前茶精制而成。茶味甘滑，嫩且老，仿佛坐在春风里看秋景。雨前明前茶做的岳西炒青，一来有空山新雨后的轻灵，又不乏天气晚来秋的惆怅。好茶都是这样，有阴有阳，阴阳互补。

有月亮的夜晚，坐在庭院里，泡杯绿茶。院子里鸡冠花丛边，有几根竹子，风吹过，竹影碎了一地。竹声清凉，竹影也清凉。

绿茶如月，清凉如夏夜的月色。饮进喉咙，月色直抵肺腑，身体一清，那清幽到后来都要出汗解衣裳，那清幽使人难忘。如今，冬天我不大喝绿茶了。冬天里泡一壶黑茶或者白茶，红茶或者青茶，觉得日子悠长。

茶没了，茶渍还在。茶几是白色的，茶渍格外醒目。

那茶渍让人想起往事：

我家厢房墙壁刷有白色的石灰，屋顶渗雨，墙面有雨水漫漶的痕迹，那浅淡的褐色常能引人联想。这一块公鸡形状的像中国地图，那一块像桑叶，这边一点就像云霞，看着看着，仿佛从什么地方传来了森林的潮气，似乎还有落叶的霉味……屋子里很静，静得可以听见墙上石英钟指针嚓嚓的声音。那种缓慢的节奏，仿佛两个慢性子的人欣赏一帧发黄的古画，小心地一点点打开挂轴，画面上出现了落霞孤鹜、水天一色的景象。

在小屋幽暗的天光里，我会想一些事。情绪的语言飘浮在空气中，它们流动、漂浮、漫溢，让心里暖和安定。

和雨水漫漶在墙壁的痕迹不同，茶渍更丰富。喝完茶后，茶几上的茶渍都是不同的。

有一晚喝完普洱，茶渍像弥勒佛。禅茶一味，佛茶一味。

有一晚喝完滇红，茶渍像几片桑叶图，采桑采茶好辛苦。

有一晚喝完铁观音，茶渍也如观音图。那观音端坐莲花。

有一晚喝完黑茶，茶渍如徐渭的《墨荷图》中的荷叶。

有茶渍像老猫，有茶渍像小狗，有茶渍像南瓜，有茶渍像枯树。

擅饮者得茶之趣，不善饮者得茶之味，其实擅饮者趣味兼得。

水乃茶之母，好茶须用好水，不然，纵有好茶也不得入味。张大复《梅花草堂笔谈》云："茶性必发于水，八分之茶，遇十分之水，茶亦十分矣；八分之水，试十分之茶，茶只八分耳。"陆羽《茶经》道："山水上，江水中，井水下。"住在城里，不要说山水，井水也遥不可得。

我乡多山，山常有泉。那水晶莹不可藏物，顺涧而流，自成清溪。人缘溪徐行，布底砂石清晰可见，鱼纹虾须历历在目。水凉且润，触手有冷意，蓦然一惊。乡人日常起居皆倚此山水。犹记村口一眼泉，水质轻洁，用来泡茶，甘滑无比。想来闵老子当年泡茶的惠泉之水也不过如此。经年所用之水，无有匹敌者。惜乎我乡偏僻，无人赏鉴耳。

水贵活，存得过久，水性僵了，入嘴硬一些，发不开茶味。刚打上来的山泉水，归家后即来烧用。水不可烧老，我的习惯是，沸开后水面微微起了涛纹即可。

古人用雪水、雨水泡茶。《红楼梦》第四十一回中妙玉给贾母喝的茶，用的即是"旧年蠲的雨水"（蠲，音同涓，清洁之意）。后来宝玉、黛玉、宝钗几位在妙玉耳房喝茶，又换成了玄墓蟠香寺梅花上的雪水。妙玉收梅花上的雪，共得了那鬼脸青的花瓮一瓮，埋在地下五年。

有古人说，雪水冬月藏之，入夏用乃绝佳。我以为，此番藏水法，有悖常识。妙玉将雪水埋在地下五年，真真替她担心，恐成臭物一洼了。我宁愿相信贾宝玉《冬夜即事》里说的，扫将新雪及时烹。

据说雨水清淡，雪水轻浮。雨水没尝过，不知究竟，雪水吃过一次。十来岁时，有回落雪，我好奇，在松枝上扫下几捧雪球，化开来烧水泡茶。水是滚的，却有凉意，不是口感的冰凉，而是说水质的火气消退净了，入喉如凉性之物。说雪水有轻浮的口感，也贴切，但更多是空灵，有"空山新雨后，天气晚来秋"之况味。唯一的缺憾是雪水浑浊，要沉些时间才好。信了小说家言，是我多事好事。

喝茶兴致最好的时期，家里有十几种茶叶，经常不知道喝哪一种好。绿茶清雅可人，红茶迷离周正，黑茶老实本分，花茶清香四溢，常常这样，看乱了眼，也就没了喝茶的兴趣，索性倒一杯白开水。

虽是茶客，我也极爱白开水。喝白开水省事，有时懒劲上来，懒得泡茶，就喝白开水。人都说白开水无色无味，实则无味之味乃至味也。白开水有开水之色，带开水之味，分明色味双全，难道赤橙黄绿青蓝紫才是色？非得酸咸甘苦麻辣甜才是味？

在乡下，偶尔喝到山泉烧的白开水，感觉几如艳遇，当然，更多是意外之美。乡下的水纯净，山泉清冽，我能喝出丝丝甜味；井水甘郁，我能喝出一片冰心；河水澄澈，入嘴是短平快的酣畅淋漓。

玻璃杯晶丽无瑕，如果水倒得太满，从视觉上看，依旧空空如也。饱学之士常常谦虚，浅薄之徒总是自大。这是杯水告诉我的。

喝茶要趁热，烫点没关系，可以慢慢品。茶一凉，香气就尽了，再低劣的茶，趁热喝总有些味道；再优质的茶，凉了，进嘴也如同寡水。喝水要稍凉，水一热则烫，茶烫有香有色，有甘有甜，水烫，则是一烫到底，干而硬。温凉之水，喝起来才从容，才潇洒，或气吞长江，或蜻蜓点水。

在酒店吃饭，我一般不喝茶。大碗茶不温不火，喝了只是胀肚子，如遭"水厄"，宁愿拿杯白开水。喝茶有时候像写格律诗，讲究稍微多些，一个平仄不整，一个对仗不工，就有失风雅。白开水通俗易懂，是梆子戏、快板书、大鼓词，热热闹闹。

烧白开水尤其热闹。以前住所附近有家水站。每天清晨和傍晚，男男女女排长队。路过水站，总能闻见空气中漂白粉和煤火气融成一体的味道，与两侧的发廊、小吃店、杂货铺、豆腐坊应和着。这是过去的风致，多年没见到了。

最喜欢的还是老家红白喜事时烧白开水的场景，两眼土灶柴火熊熊，大铁锅装着满满的水，水汽蒸腾，雾弥厨房，灶门口有一个人在添柴把火。几十号大小不等的保温瓶在一边静静地列阵，俨然沙场点兵。

我小时候喜欢用白开水淘饭，淘冷饭。开水淘饭粒粒爽，再佐以咸豇豆，我能连吃两碗，虽然这种吃法无益健康。

十五年前，我坐在门槛上，捧着一大碗白开水，祖父躺在堂屋，我的眼泪滴入碗底。

十年前，我坐在门槛上，捧着一大碗白开水，堂屋两管红烛，我的笑容印在碗底。

白开水不变，变的是人。

白开水，作为液体，穿过我今夜的喉咙，流进肠胃。想象身体是透明的，一根水线渐渐推移，安静却坚定。伊睡熟了。喝完杯中的开水，握着空杯，小声嘀咕：真快，一转眼，这么多年了。

空杯在手，仿佛打灯笼的古人。

日子，从古人那里一路过来。多少年的岁月啊。

山水风月

梦里在飞在跑在静坐在登山，有美梦有噩梦，稀里糊涂斑斑驳驳的梦与清清爽爽明明白白的梦。真真觉得梦中人是我，梦醒了，那人并不是我。恍恍惚惚，靠在床头，盯着头顶的白墙，白墙一片素白，一时忘了是梦还是醒。

雨中奔跑，跑入屋檐下，脚下一汪水印，衣衫尽湿，忽觉得跑有何益。

荒废的学校，青藤爬满教室，操场长满麦苗，篮球架还在，破球网在风里吊着。过去的事醒而复散。

乡下变化太大，老宅不见踪影，庭前的树有些枯死了，有些连树桩都已不见。过去盈盈一握的小树如今一抱粗，过去俯看的树如今得仰视。树是绿的，花依旧红颜正好，竹笋尖尖往高处蹿，麦穗灌浆了。二十多年前树丛花地竹林麦田老宅里走出童年少时的我，不认识了。

老家先前的睡房如今是柴房，屋子里只剩下一块镜子是当年的旧物。对镜子站着，童年的脸不见了，少年的脸不见了，镜子里现出一副陌生又熟悉的眉眼。镜子是当年的镜子，镜中的人却改了当年模样。

翻老相册，旧时岁月一张张定格在照片上。看久了，觉得自己还是当年人，觉得当年人亦是如今的自己，是耶非耶，生生隔了那么多年。

参加聚会，一客高谈阔论怪力乱神。人枯坐某一角落，魂魄溜回家在书桌前。魂魄想着肉身不易。

不耐烦又极耐烦和人喝了一杯茶。

独自回乡，起个大早，在当年走过的山路上闲逛。兜头遇见往昔的身影，于是拥抱，双双坐在路边，太阳出山了，肚子饿了，才想起回家。

写出文章，发现不是要的模样。

墙上写着群贤毕至，墙下群魔乱舞，自己在其中喋喋不休。

夜里想着白天的我，觉得那不是真的。白天的我忘了夜里的我，不知道哪个是真人。

山野游荡，在山坳深处或者山高处长啸。啸声穿林过树，野鸟一惊。身体里一下子走出很多个人，饕餮之人，妒忌之人，懒惰之人，傲慢之人，暴怒之人，淫欲之人，贪婪之人，也走出淡薄之人，茹素之人，仗义之人，勤劳之人，平和之人，宽容之人，谦雅之人。

初春三月天，独居深山。窗外安静，推开窗子，觉出大地回春，夜气来了，山气来了，夜与山，山及人，人与天地融为一体。

清晨，一轮明月，在尖顶房屋上，一只灰鸽子停在窗前。不知其鸣，不知雌雄，忘了身在何地，如坠梦中。

翻书架，一人从十年前的旧纸里走了出来，是我。相对无言，闷坐一刻时间。

没有书读时，翻山越岭几十里只为借一本小说，借来之后，连夜读完，人家明天要还。如今家里处处都是书，却读得少了，只想着读风月读山水。只道山水是好风月，岂料风月亦是好山水。

戏　人

刀马旦

一个女人，在舞台中央顾盼自若，抬刀带马，周遭的人仆地又起来，起来又仆地。大红毯子铺在楼板上，脚步轻盈飘逸，如风行水上。万种风情，千般滋味，像流水一样淌进双眼。她是京戏里的刀马旦。

刀马旦者，不过人生如戏。人生如戏，世事一场大梦。曾取过一个笔名叫刀马旦，我喜欢这三个字的排列，蕴藏一股旧气盈纸斜行，有种斑驳美，像月下美人，也像夏天正午的树影。美人是旧时月色了，而树之不存，影将安在？寂寞的人在空山徘徊。

刀马旦的笔名让文章多了一段旧时风月。近来写作常常怀旧，怀旧以憧憬为底色，同时笔涉风月。血肉之躯里深藏了一颗好色之心，好文字之色。墨分五色，然文色何止五种。

声色犬马，声居其首，我却最后才体会出它的好。声要仔细玩味，境界不到，玩不了味，更玩不了物，只能玩乐，甚至玩山玩水都不行。声色犬马，色排第二，世间好色之徒，多好皮囊之色。色分多种，皮囊之神皮囊之态更甚玩味。

刀马旦之美在神在态，虞姬的面孔，穆桂英的面孔，樊梨花的面孔，扈三娘的面孔……一个个英姿飒爽的面孔慢慢浮现，须臾，走远消失，一切水落石出。历史退回去，蜷缩在一个模糊朦胧的暗角，只剩下刀马旦在舞台中央，穿蟒扎靠，念着说着，身后斑斓的锦鸡长毛翎子如三月桃花般艳丽。

桃花开在枝头，或者含苞待放或者灼灼其华。刀马旦浸在铜锣与皮鼓里，顶盔贯甲，潇洒地甩起衣袖，丹凤眼斜挑，柳叶眉轻扬，红唇粉脸里装有说不尽的金戈铁马，大靠戏服中藏着看不完的刀光剑影。花枪的红缨抖落一团团红霞，翻滚、泼辣、凌厉，更有鲜活的神秘，更具有汪洋肆意的大美。大美不言，大音希声。刀马旦在静立时兀自有种气势，一身豪壮怀抱沧桑，疲乏抑或无奈，男子气的女儿身是点缀沙场的一抹绯红。

刀和马一起组成金戈铁马。刀的刃口，马的铁蹄，是一章历史册页，也是一章传奇长卷。历史往往演义成传奇，从高头典籍的黑字里转化而出，流连市井，幻作后世舞台的一场好戏，交织着邂逅在刀马旦身上。

舞台锣鼓喧天，刀马旦美艳登场，刀寒剑冷的故事涂上一抹瑰丽的暖色。华丽明亮的唱腔隐约传来，有点热闹喧嚣，有些清寂空灵。那样的氛围，属于现世的欢乐，身在其中，让人满心欢喜。台下一时好声如潮，窗外暗夜如同昨天案头磨开的浓墨。一个末代王朝的背影，一个乱世王朝的芳魂，在灯火下恍成一曲高歌，恍成一幕隔帘花影的雅韵。

刀和马，刀客与马贼。刀是静的，马是动的，刀客静若处子有侠气，马贼动如脱兔打家劫舍拦路。

刀客马贼都是往昔的事了。往昔的事情，最让人惦记。

时过境迁，刀马旦的笔名早已弃之不用，成为写作人生的一截如戏插曲。插曲的刀马旦是过场的刀马旦，回忆的刀马旦，幻觉的刀马旦。她贴在年少时的木窗上粉墨登场，微笑，豪情，悲壮。京胡、月琴、弦子、单皮鼓、大锣、小锣，交织如雨，一切悄悄谢幕……

青 衣

忘不了许多年前的那个晚上，暗淡的客堂里，一个人独坐深夜。黑白电视机的图像于眼前闪动，虚无在雪花点里，有个女人走来走去，咿咿呀呀唱着什么，虽不能懂，但可以体会那悲切的剧情。

京剧的舞台上，悲切的通常是青衣。青衣的名字很好听，像轻灵的小鸟，像一片飘浮的白云。青衣二字，柔嫩嫩唤出来，发音轻得不能再轻，舍不得似的从容道来，像她们着一身青素褶子裙缓步出场。

西晋孝怀帝，被刘聪所俘，宴会时身穿青衣给宾客斟酒，遭人摆布，受尽侮辱。山河破碎几多恨，青衣行酒皆是愁。舞台上许多青衣的身世也与此类似，被命运捉弄，燃尽生命之灯，最后只剩浅浅的一窝泪水。

戏楼风泠，油灯下青衣身影修长。

京胡苍凉，舞台上女声腔调疏朗。

舞台的悲切冲淡了现实的疲乏，戏曲的力量喷薄而出。

曾经看过一场好戏。记得是冬天，太阳慢慢向西天斜斜归隐，剧场的宫灯渐渐昏黄，是蜡黄、焦黄、枯黄，像老南瓜的颜色，又像秋天熟透了的橘皮，空气里似乎漂浮着黏稠的汁液。

不知坐了多久，蓦地，清越的京胡声劈面响起，锣鼓铿锵。青衣一袭花边的青衫褶子裙，甩起长长的白色水袖，站在幕布后面，凝视琴师，流水般唱出声调。唱腔婉转温柔，细而慢，像远方迤逦而至的溪水。千般柔媚，万种风情，让人忘了尘事，换了心肠。

缓步而出的青衣，目光迷离，像踩着云端走向前台的。时间猛然静止了，空气积滞，连挥手、眨眼这样的小动作也变得凝重。回响在剧场的声音像阴雨天玻璃窗上的漫漫水帘，有种魔力，撩拨得人心旌神摇。端坐在那里，感觉却有假象的移动，似乎穿行在迷宫中或者园林里，走一步是山色葱茏，退一步有湖水清清。一时在牡丹亭中流连，一时在西厢房内望月，恍惚、迷幻，惊醒了桃花扇底的红楼梦。

兰花指优雅伸展，细碎的莲花步，水袖生风，娥眉微蹙，回眸一笑，舒缓，动人，像寒霜下的三秋老树，又像冷月下的二月新花。火气尽褪，丝丝清凉的气息迎面而来。青衣舞动着身子，一个穿越时空的幽魂在眼前盛开。

丑

感冒了，情绪不高，懒得说话，懒得读书，懒得写字，突然想去看一场戏。

刍豢口欲之味，耳目声色之好，其间有一种柔和的情调让人忘记柴米油盐。我喜欢丑角，插科打诨，嬉笑怒骂给舞台增添了明亮的色彩。丑角是氛围，氛围有了，喜气也就有了。丑角以喜气游戏人间。

生命以哭向笑，由笑转闹，因闹变得无所顾忌。悲中取乐，彻底勘破冷嘲与热讽，在舞台上横戳出一道邪姿，独步梨园，这是人生的大境界。

丑，是竹外一枝斜更好。不是仙风道骨的神圣，不是一身肃容的高官，不是娉婷袅袅的仕女，但丑里有人性有市井。

戏剧风雅，丑角疯雅。真是疯雅的，疯中带雅，雅中带疯。丑一色，凝聚了中国文化对生命的态度。丑更接近老庄的无为，无为中藏着有为。

蟒袍宽幅，敦厚儒雅，疾恶如仇，有现实之外的亲切，到底疯癫痴狂更畅快。丑是大餐里的猛料，膏腴中的素食。把戏演得又老又丑，骨子里何其沉重。

春夏秋冬差不多可以对应生旦净丑。春天是旦，夏天是丑，秋天是净，冬天是生，四种面孔有四季性。如果把旦认作娴静，生则是儒雅，净老成持重，丑花里胡哨。丑的表演，脱下一身束缚，变得随心所欲。

但凡好戏，内容绝不会一成不变。好戏是丰富的，一会儿书香世代，一会儿耕种传家。一会儿寒窗苦读，一会儿金榜题名。一会儿金缕玉衣，一会儿布衫褴褛。一会儿金戈铁马，一会儿歌舞升平。一会儿斯文幽雅，一会儿笑料百出。为了皆大欢喜，舞台上离不开丑角热闹的一笔挥洒。

有一天，我看见白鼻子的丑从楼台上纵身而下，也不卸妆，穿着戏服走街过巷，来到三岔口的酒楼，潇洒地高声对老板说：

拿酒来！

花　脸

　　冬天，穿着厚厚的棉袄，坐在露天剧场，一抹帽子，湿津津一头雾水。那番景象，此去经年，记忆犹新。夏天，水稻开花了，青蛙在池塘里乱叫，戏文也像露水浸过一般，带着湿润的气息，淌进台下人的眼眸。

　　难忘那些听戏的时光，更难忘记那些舒朗的唱词。

　　花脸张开嘴，拧眉立目，舌头搅动着发出哇呀呀的声音，神定气足如狮子吼一般悠长起伏。

　　戏曲舞台上，婉约佳人，济世儒士，跳梁小丑，误国蠹贼，风尘奇侠，你方唱罢我登场。一曲戏里有芸芸众生的世间况味。

　　生旦净末丑，酸甜苦辣咸。老生的髯口安闲沉稳，青衣的戏服楚楚动人，丑角的扮相滑稽调笑，武旦的花枪凌厉泼辣，花脸的面妆粗犷雄浑……

　　花脸是净角通俗的说法，花开于脸，脸上开花。面部涂抹得青一块，紫一块，白一块，红一块，黑一块，绿一块，却偏偏称之为净。"净角"像内藏机锋的禅语，"花脸"是直来直去的白话。

　　花脸的脸谱五彩斑斓，黑脸、老脸、奸白脸、铜锤花脸、架子花脸，一张花脸，就是一曲好戏。勇猛胆大，老奸巨猾，诙谐纯真，刚直不阿，通过颜色，通过线条，基本可以让人区分开来。

我收存有一些脸谱面具，独特的图案和浓烈的色彩。偶尔取出来戴上，俨然踏上了绚烂的舞台，耳畔顿时锣鼓喧天。

脸谱不仅代表一种角色，一种性格，更暗扣了人物的命运，豪放，鲁莽，憨厚，尽在脸上，更有戏里的复杂诡秘与戏外的跌宕起伏。

少年时，在村里的庙会上扮演猖神，画过一次花脸。路过人家的镜子，匆忙瞟一眼，仿佛陌生人，不知镜中人是谁。

晋剧、秦腔、豫剧中也有花脸，几乎所有剧种都有花脸。我喜欢的还是京剧花脸，觉得有更浓的韵味。京剧花脸着色炽热明丽，鲜艳不失温和，线条神采飞扬，有些男人女性化的味道，有旦角之媚，又有净行的壮美。

少年听戏，是寻乐趣、凑热闹。青年听戏，情有余而闲不足。中年听戏，情可浓可淡，味似寡犹鲜，心底添了闲情，戏也听得真切。到了老年，戏，变成了口头的一道谈资。

常不舍，逝去岁月的剧场。离散戏越来越近，月亮越发明亮了，皎洁抖擞。夜色被月色消融，身体被剧情消融，剧情被演员消融。剧情越陷越深，无数双睁大的眼睛，一只小黑猫悄悄爬上童年的肩膀。花脸轮着板斧，拖长了调子，哇呀呀哇呀呀哇呀呀呀呀呀呀呀呀呀呀呀呀呀呀呀呀……

豆绿与美人霁

那几天，雨丝绵绵，阴寒不散，云从小姐约我看朋友新收的一批旧物。昼短夜长，不求甚解，读了几本旧书，从《太平广记》到《聊斋志异》，又信手翻开了《阅微草堂笔记》《夜雨秋灯录》，不觉漏尽更残。雨声越来越密集，半夜三更，蛰伏在泛黄的纸页间，怀旧越怀越深。

云从小姐面前的红茶袅着香气。粉面红茶，红茶衬着粉面，越发艳若桃花，倘或不知究竟，我还以为迈进了《儿女英雄传》的世界。一个陈旧的楠木箱子收着几十件瓷器和古钱，还有几本册页，两卷挂轴。我打开一幅，工笔豆绿牡丹，青豆一样的颜色映着窗外的细雨。云从小姐悄悄站在一边细细看着，豆绿牡丹下那双丹凤眼更添了几分古典的媚韵，还有一丝出落大家的贵气。

"我祖父手上藏过于右任一百多幅字，于先生是我们家女婿。"云从小姐淡淡地说，微微翘起的嘴角露出一丝倔强，转眼又轻声道，"可惜后来全烧了，"顿了顿，跟着说——"破'四旧'。"

那年头，人如蝼蚁，况且物乎。呜呼。

我想象一百幅于右任书法投身火海的情景。

尘世难容神物。神物但随祝融去，只留灰烬在人间。

尽管"惟有牡丹真国色，花开时节动京城"，我还是觉得牡丹太俗。周敦颐似乎颇有微词——"自李唐来，世人甚爱牡丹"，这里面是有情绪的。

描在宣纸上的几朵豆绿，一看惊艳，二看静心，再看，喧嚣不在，几欲一心如洗。濂溪先生倘或见了，亦会喜悦吧。

一件康熙年间的笔洗，黄布包裹着，着实养眼得很，据说是御窑烧制的铜红釉。尤其那美人霁，色调淡雅，幽幽的豇豆红中一抹浅色绿苔，真可谓"绿如春水初生日，红似朝霞欲上时"。拿手摸去，冰凉中尽是温润。都说旧物养人，这样的笔洗简直尤物，放在案头，比红袖添香更多了风雅，更不输风流。

回来的路上，起风了，吹乱云从小姐的头发，一刹那，愈见灵秀。我只记得"豆绿与美人霁"，梦耶，醒耶。我还记得《水浒传》的开篇是这么写的：

试看书林隐处，几多俊逸儒流。虚名薄利不关愁，裁冰及剪雪，谈笑看吴钩。

辛弃疾《水龙吟》说得更好：

把吴钩看了，栏杆拍遍，无人会登临意。

最坏的，无人会登临意。最好的，还是无人会登临意。

鹤　影

　　在秋浦河，一只鹤从头顶悠然掠过，优雅、自在、遗世而独立。太阳快下山了，青山阴翳呈墨黑色，仿佛兽影，白鹤之白微微薄亮。黄昏飞鹤，山谷留不住影子。

　　想起曹雪芹笔下"寒塘渡鹤影，冷月葬花魂"一段。《红楼梦》中的夜晚，宛若梦境。鹤影之夜，尤其像梦。那个夜晚的大观园，史湘云弯腰拾了一块小石片向池中打去，打得水响，一个大圆圈将月影荡散复聚者几次。只听那黑影里戛然一声，飞起一个大白鹤来，直往藕香榭去了。

　　《红楼梦》多次言及鹤，二十六回写贾芸看到松树下有两只仙鹤。贾府钟鸣鼎食，松树下的双鹤是有暗喻的。在七十二回"凸碧堂品笛感凄清　凹晶馆联诗悲寂寞"一节，不可捉摸的夜色里，贾府的白鹤飞向藕香榭。藕香榭，藕香凋谢，白鹤已去，大厦将倾矣。鹤影至此消失，变成鲁迅笔下的乌鸦。《药》结尾荡开的一笔余音绕梁：忽听得背后"哑——"的一声大叫；两个人都悚然地回过头，只见那乌鸦张开两翅，一挫身，直向着远处的天空，箭也似的飞去了。

和朋友去湿地看鹤。三三两两的鹤到水洼边饮水，长长的嘴巴浸在水中，松软的羽毛仿佛披上了一层云一层棉。喝饱了水，鹤扑开翅膀忽喇喇腾起，鸣声四散，在天空中久久回响。因为空旷，鹤影格外漂亮，肢体或翅羽摩擦的发声，或修长或短促或爽朗或迟疑，原野骤然生动起来。动物有自己的声色，天下之鸣何其多，唧唧凤鸣，足足凰鸣，雍雍雁鸣，啾啾莺鸣，喔喔鸡鸣，嘒嘒蝉鸣，呦呦鹿鸣，萧萧马鸣。相比起来，我更喜欢鹤鸣，喽喽鹤鸣。鹤鸣于九皋，声闻于野，声闻于天。

同样是写鹤鸣，杨素如此着墨："雁飞穷海寒，鹤喽霜皋净。"穷海指是荒僻滨海之区，霜皋指是积满重霜的水边高地。鹤有金石音，鸣于布满严霜的原野，令人感到寒气之苍茫，到底高处不胜寒。

有人惊叹群鹤的场景，说足以使《一千零一夜》中的大鹏黯然失色。群鹤翱翔，只有庄子《逍遥游》中的大鹏才可比翼吧。"北冥有鱼，其名为鲲。鲲之大，不知其几千里也。化而为鸟，其名为鹏。鹏之背，不知其几千里也。怒而飞，其翼若垂天之云。"这样的开头意味深长，是站在云端的俯视。

庄子之后的文人，纷纷从云端跌落，在草泽花丛中仰望或者寻觅或者怀古或者遐想。陶渊明诗云："云鹤有奇翼，八表须臾还。"《列仙传》说仙人王子乔乘白鹤升天而去。云鹤有神奇的羽翼，可以高飞远去，又能飞回来。陶渊明不相信有神仙，不作乘鹤远游的诗意幻想，而自有独异的地方："自我抱兹独，僶俛四十年。"独自抱定了认真的信念，勉力而为，已经四十年了。

古人常作高飞远走的想象，庄子的大鹏，苏轼的飞鹤。李白有一篇《大鹏赋》，想象自己变成一只大鹏，遇见一只稀有之鸟，我呼尔游，尔同我翔。杜甫旅食京华，朝扣富儿门，暮随肥马尘。残杯与冷炙，到处潜悲辛，也愿意变成一只白鸥，消失在那烟波浩荡的大海上，离开失意痛苦的尘世。

李白和杜甫都没能飞走，陶渊明飞走了。在陶渊明那里，鹤影在天空盘旋翱翔，越飞越远，越飞越高，和云霞融合在一起，最后落入山川，呈现出自然的生机。

《宣和画谱》说薛稷能画鹤飞鸣饮啄之态，顶之浅深，氅之黦淡，喙之长短，胫之细大，膝之高下，别其雄雌，辨其南北，一一写生于笔下。李白杜甫曾为薛稷画鹤题诗作赞。

薛稷的鹤影遁迹而去，二百年后，飞入南唐徐熙勺西蜀黄筌的笔下。画史称为"黄家富贵，徐熙野逸"。《宣和画谱》里的鹤迹，徐氏有《鹤竹图》一件，黄氏也不过《竹鹤图》三件、

《六鹤图》二件、《双鹤图》《独鹤图》《梳翎鹤图》《红蕉下水鹤图》各一件，总共九件而已。据传黄筌任职后蜀画院待诏，奉诏在偏殿壁作《六鹤图》，计绘"唳天、警露、啄苔、舞风、梳翎、顾步"情态六种，尽写其真，生动传神，引得鹤飞至驻足以为同类。

徐熙勺、黄筌的鹤影再一次遁迹而去，飞到八大山人的笔下。八大山人的鹤好，好在孤芳自赏。鹤之精神，正好在孤芳自赏，常常与孤树一起，作回视状。

看到鹤这样的飞禽，元世祖的猎鹰也会扑过去。带着弓箭和猎鹰出去打猎，本是忽必烈最大的乐趣。马可·波罗在游记中说，忽必烈在查干湖那座富丽堂皇的宫殿四周留置了一大片肥沃的草原，种植有各种谷类，让那里栖息的鹤没有挨饿之虞。林逋纵鹤，是隐之鹤。忽必烈豢鹤，是玩之鹤。春秋战国时卫懿公也养鹤，最终因鹤身死国灭，是丧志之鹤。

《易经》的爻词中有两只鹤，一只在山阴处鸣叫，另一只在旁边互应。"鸣鹤在阴，其子和之。我有好爵，吾与尔靡之。"《易经》的鹤影留在先秦，白云千载，碧空悠悠。读八大山人的鹤，可解此中惆怅。

凤楼常近日，鹤梦不离云。

秋　水

　　立秋后，雨多了，整天整天下。那雨瘦，枯寒地在天空飘着，细且长，迎向地面，盈盈浅浅，像刘旦宅笔下仕女的凝眸。昨天晚上随手翻《红楼梦》，泛黄的书页中插有刘旦宅的画作，是有颜色的脂砚斋——粉彩淡里透艳，手如柔荑，眼似秋水，簪花髻上飘起幽香，或站或立，一袭薄纱轻衫让人如坠梦境。秋光易老，美人迟暮，刘旦宅的画风雅依旧，艳丽依旧。

　　今年秋天，在经史子集中流连了不少光阴。夜深人静，拿一本书闲读。陷在沙发中，一团温暖的橘黄色瞬间包裹了我，秋水的气息漫卷纸页间，使人于夜读时平添了意外亲切的低回。飘飘然融会在宁静柔和的氛围里，想到古村，红袖，檀香，清箫，越发觉得秋水撩人。夜静昼喧，夜雅昼俗，夜朴昼巧。心静好读书，孟子有"夜气"一说，以为一个人入夜后最容易得气，最容易得道，最容易通神。

清晨起床，打开窗户，秋水满帘，雾气正浓，天地间如一个大蒸笼，竟生出"烟波江上使人愁"的感慨。想到《红楼梦》也是四季书，大观园中的姐妹春去秋来走一遭，落了个白茫茫大地真干净。

烧饭间隙，开窗换气，夜雨稍停，看对面房子一旁的桂花树、紫竹林，想象晶莹的秋水在枝叶滴落。远处街道有积水反光，微弱剔透的亮，像玉器的包浆。街道旁的花木仍旧依青偎翠，感觉已满目秋水清凉了。秋水清凉，忽然觉得冷，回房添了件秋衣。时令已过霜降，要暂别单衣条裤的生活了。女儿还在睡觉，鼻息均匀，长长的睫毛有笑意。有了孩子之后，人生似乎一下子进入了秋天，身体里，惊涛骇浪缓缓消退了，渐渐汇流成一泓秋水。

昨晚下半夜，睡意朦胧中隐约有雨声。和孩子在一起的夜晚，总是一觉睡到天亮，沉沉的，梦也不做了，这是得到孩子元气滋养的缘故吧。轻轻搂着她，肉乎乎一团，让人变得既柔软又平静。

早饭后，从南城前往东城。一路漫行，窗外的车流徐缓潺湲。老城区墙角的青苔幽幽散发着秋意，爬山虎枝叶凋零只剩一身虎骨，嶙峋静默。薄雾中，尾灯昏黄的光洇开来，心里变得闲淡，睡意也越来越淡。人行道上的灰衣人举着伞，挡得住秋水挡不住秋意，缩着肩膀，茕茕独行。空街行人寂寥如白壁一纸挂轴。

几户人家阳台上的花草，蓬蓬散散，现出老相了。因为秋水的缘故，窗前的绿萝亮绿起来泛着光泽。悄然落下的几片梧桐叶被风推动着，娉婷复袅袅，像个优雅的女人，也像个调皮的童子。

　　近年写文章尚气，张岱说人无癖不可与之交。我癖女人身上的阴柔气与儿童身上的元气。阴柔气与元气是一切艺术之源。单个的汉字是硬朗的，需要注入阴柔气。古人说文章行云流水，书法行云流水，行云与流水恰恰是阴柔气的表现。《庄子》与《兰亭序》的好，恰恰是硬朗中有阴柔气，恰恰是行文走笔的不见阻塞如行云流水。

　　秋天的行云秋天的流水总使我沉迷沦陷。秋天时候，在故乡山岗上，头枕双手仰观行云。少年的时光忧伤阴郁漫长，现在回过头看，那些日子竟也凝结成铃铎叮叮当当响在心灵的角落，悦耳澄澈，盈盈一握，使人怀念。或许和秋水有关，秋水照映了过去。

　　秋水下的乡村是桃花源，清静独孤。雨抹在狗尾草、红马蓼上，抹在番茄叶、豇豆藤上，轻轻地，庄严极了。倘或雨下得紧些，汇聚到屋顶的瓦沟里，从檐上落下来，掉进稻床边一溜儿整整齐齐的小水凼里，错错落落，仿佛编钟之音。池塘两侧的石头窠被阳光和雨露漂白磨光了，垫坐在上面，凉意袭人，坐得久了，才觉出热来。细脚蜘蛛在旁边爬，也有一种叫百脚虫的东西懒而蠢地蠕动。山涧溪流在谷底躺着，干净透明如同融化的水晶从石罅间漱流，水中石子淘洗得颗颗浑圆。

子在川上曰：逝者如斯夫。一定是在秋水之岸。春水青嫩鲜亮，是人生第一阶段。夏水走泥，洪波涌起，是人生第二阶段。秋水无声绵延，山高月小，水落石出，是人生第三阶段。苏东坡写《赤壁赋》正是中年时候，也正是秋天。一厢情愿地想，或许是秋水让苏轼情不自禁。情的美好正是不自禁，情的痛苦也是不自禁，不自禁如同秋水，流得缓慢却义无反顾。

《赤壁赋》中，秋水笼罩一切，是节令之秋水也有庄子的秋水。壬戌之秋，七月既望……霜露既降，木叶尽脱……庄子与苏轼都适合在秋天阅读，通体清凉，风的肃穆中虫鸣唧唧作金石声，远处田野翻开的泥土以及田野小径上乱栽的枫树，更接近他们文字的氛围。

邓石如自题联：春风大雅能容物，秋水文章不染尘。这秋水文章只能是明清文章，不可追溯苏东坡，更不能比拟庄子。庄子的秋水苏东坡的秋水渗透了尘世之土。我在乡下的时候，经常挖地。一锄头下去，泥土湿润鲜活，仿佛读庄子苏子的文章。

很多年前的庄子和苏子，在一小小院落中老槐树下的瓦房或者茅屋中轻描淡写，抒怀追忆寓言。秋水自树干枝叶间漏下，心思澄明，若有所悟，若有所契，无滓渣无凝滞。秋水流入庭院，不成烟，不成雾，自成一片雨帘。不知不觉中，天已垂暮，柴门静掩，沾泥的草径，有人回家了，粗朴的桌椅上放着陶碗。

想到追忆，进入秋天的标志，就是追忆吧。追忆比憧憬频繁，人生差不多已站在秋水边了。这些年越来越喜欢读庄子、杜甫、苏轼。李白的对酒当歌，晏殊的声色迷离，如同秋水岸上老旧的涨痕，春潮退下去上不来。

　　在庄子那里，秋水弥漫，无处不在，秋水的气息裹挟着他身体的肌理。苏轼的秋水盈盈如一杯清茶，庄子在秋水中游泳，另有一番快意的萧瑟。苏子在秋水中驾一叶小舟，举杯盏且饮且行。人生如蜉蝣置身于天地，渺小如沧海一粟，只在须臾，不像江水滔滔无穷无尽。携仙人遨游各地，与明月相拥而永存世间。这些都是梦，人生的憾恨在秋风秋水秋思中。

　　常常听人说，水流处必有灵气。有年夏天在黄河边看滔滔洪水，浑浊沉重，泥腥气与江流声席卷了一切，骇人听闻，不明漂浮物沉沉浮浮。这不是我心中秋水的模样，秋水共长天一色，秋水应该是湛蓝碧青如天空的。

　　秋水的颜色是王勃青衣的颜色。读来的印象，王勃着一氅青衣，青得生机勃勃，青得郁郁而结也郁郁而终。王勃是早夭的天才，人间留不住。《滕王阁序》中"落霞与孤鹜齐飞，秋水共长天一色"一句，太冷冽，弥漫着岁月的秋意。人生几度秋凉，王勃体会得太早。

　　夜晚的秋虫在秋水后孤鸣，声若游丝。多少人事在秋水中老之将至老之已至。只有庄子不老，苏子不老，王勃不老，他们渡过秋水之河，在彼岸无老死亦无老死尽——在秋声秋色里语惊四座，在秋意秋水里鼓盆而歌。这样的声音在秋水岸头与案头绵延不绝："秋水时至，百川灌河。泾流之大，两涘渚崖之间不辩牛马。"庄子手腕轻染出一片辽阔，令人有飞天之感。一篇《秋水》深邃覃思，神游天地间，超然碧落外。秋光如水小花开，雨过台阶蝶不来，人如花瘦倚妆台。冬心先生题在海棠画上的句子，真让人低回。

风　暖

繁霜夜降，木叶多半凋零，庭前的一株小小的枫树变成红色了。

"霜叶红于二月花"一句几乎成了俗语，前一句"停车坐爱枫林晚"也是名句。"枫林晚"三字有禅意。枫叶本来就很红了，在夕晖晚照下，如烁彩霞。江南二月的春花，我见过，但少了枫叶的艳丽与铺张。一直不知道用什么词形容枫叶之美，现在觉得"铺张"二字恰当不过。枫叶美得铺张，不带一丝节制，全无机心的烂漫。

枫叶为掌状，五裂，中间三片大的裂片有突出的齿，基部为心形，大概是红叶寄相思的由来吧。前几天见朋友在枫叶上题诗，真是十足风雅。枫叶叶面粗糙，上面为中绿至暗绿色，下面脉腋上有毛，秋冬之际，变成黄色、橙色、红色，还有青色、紫色。一片小小的枫叶，比墨色还丰富。

枫叶在秋叶中独树一帜，是有名的秋色叶树种。枫树可作庇荫树、行道树或风景园林中的伴生树，与其他秋色叶树或常绿树配置，彼此衬托掩映。西晋潘岳《秋兴赋》中有"庭树槭以洒落"的句子，大概那时候有很多人将枫树栽在庭院中观赏吧。

酒旗在路边的风中飘着。

那路通向汉赋唐诗宋词元曲明小品清话本小说。一些青灰色衣服的男人，一些皂衣皂靴的男人，一些绫罗绸缎的男人，一些佩剑挎刀的男人，一些淡绿色衣服的女人，一些素色衣服的女人，一些红色衣服的女人，一些环佩叮当的女人。一些男人和一些女人，或许也有内务府的宦官，熏香与体味杂糅一起。马的铁蹄踏在路上，老远就能听见。驴鸣哎哎，呵出一口口白气。车行辚辚，日夜蜿蜒不停，渐行渐北。

因为酒旗，让人觉得那风是暖暖的，又十分湿润。湿润的风轻拂耳际，有碧玉的温度。放在胸口的碧玉，似乎是一只娇小的狸猫，又好像女人窝在怀里。女人吐气如兰，那是锦心绣口的风，亦是暖风。

水红色的宫灯挑在屋檐下，屋檐的檐角上蹲着走兽飞禽，鸱吻、凤、狮子、天马、海马、狻猊、押鱼、獬豸、斗牛、行什。文章是案头的山水，山水是案头的文章，而它们则是房子的文章——屋顶文章，指向静谧的黑夜与未知。

黑夜像一只充满了水的葡萄，又像熟透的樱桃。站在廊子下，舍不得踏入这庭，这院，这夜。戏楼、耳房、通楼、大厅、天井、神堂，连同那些古老的器具睡在夜晚的大床上。山风牵动衣角，凉意入骨。恍惚中似乎回到了过去，回到了小时候的时光。

一个人是不可能回到过去的，无论精神还是身体。或许朝花可以夕拾，旧事却不能重提。旧事如烟，怀抱着寂寞，像怀抱着一片漆黑的盲人，又像怀抱着天际的星火。

庭院锁着一弯夜色，夜色裹住人，人想着一腔心事。

水漏滴答，月亮升出墙头，淡淡的白光拉长淡淡的身影。视线明亮了一些，不复刚才的昏暗，我看见一个假山环绕的庭院。因为夜的缘故，庭院散发出一股神秘的气场，亭台楼阁，瓦柱石雕，在黑幕里一身诡谲。长廊里的铺地方砖，入口一截，清凉凉匍匐在月光下。地上是刺槐树的投影，枝头浸在月光里，像蘸过水银，汩汩生辉。风吹动槐树的枝头，地上的影子明明灭灭如烛火照壁。芭蕉枯了，紫竹倒还茂盛，隔着夜色，入眼如一轴水墨。

水与墨，黑与白，虚与实，浓与淡，干与湿，荣与枯，阴与阳，世间万物相生相克，一切都是水墨。文章是字写的水墨，书画是笔写的水墨，人的一生也不过一轴水墨山水。

墨即色，水调五彩——焦、浓、重、淡、清。沈括在《图画歌》里说："江南董源传巨然，淡墨轻岚为一体。"我喜欢淡墨，近来写文章也愿意用淡墨。情节要淡，情味要淡，行文要淡，转折要淡。人生到了后来，也不过是洒在毛边纸上的几点淡墨痕吧。

身侧曲水流觞，温润的泥土气弥漫在四周。朦胧中但见得残荷林立，残荷的筋干仍支撑着叶子，像条古老的旧船在池边摇晃。有风吹过，水里摇起粼粼哀伤，一汪一圈一汪一圈地漾开来：

> 彼泽之陂，有蒲与荷。
>
> 有美一人，伤如之何？
>
> 寤寐无为，涕泗滂沱。

这个先秦的女子在荷塘边见到一个美男，彻夜思念难以入眠，竟而至于"涕泗滂沱"。荷花早凋，几千年前的荷畔人，几千年前寤寐无为的女子，也一一归于尘土了。

月亮投在水底。捡起一个小石块，投向水中，月化作无数碎块四散开来。月影一时杂乱，心绪一时杂乱，久久复归平静。

走入庭院，一片皎白裹挟着身体，像披了光滑柔软的丝绸。月无处不在，无孔不入，似乎能透过肺腑，心神与其汇成一体，一股凉意流入四肢百骸，心头逸出淡淡的芬芳。

细细的，从厅堂外传来琴音。娉娉婷婷，袅袅如炊烟，又舒缓似流水。时间静止了，能听见心跳，也似乎能看到血管里流动的血液，看着它们流经心脏散向四肢。驻足听了半刻钟，琴声兀自不绝，叮叮咚咚，弹的是嵇康的《广陵散》。这首琴曲，几乎妇孺皆知。妇孺更津津乐道的是——

> 康将刑东市，太学生三千人请以为师，弗许。康顾视日影，索琴弹之，曰："昔袁孝尼尝从吾学广陵散，吾每靳固之，广陵散于今绝矣。"

嵇康死得从容恢弘。

慷慨捐生易，从容赴死难。像嵇康这么死，真是死出了境界，死得让人向往，让人仰天长啸。

忘了是哪朝哪代的故事，说某大臣获罪，皇帝赐下毒酒。此人正在和朋友下棋，对朋友说，这杯酒我就不劝了，从容饮下。我读春秋战国的史籍，多少个重义轻生的侠士。我读晚清民国的史籍，又有多少个贪生怕死的虫豸。一代代传承，萎缩的是文化，连精神也猥琐了。

东汉末年就有《广陵散》琴曲的记载，明朝《神奇秘谱》录有此谱。《神奇秘谱》的作者朱权说："然广陵散曲，世有二谱，今予所取者，隋宫中所收之谱。隋亡而入于唐。唐亡流落于民间者有年。至宋高宗建炎间，复入于御府。"《隋书·经籍志》云"炀帝即位，秘阁之书，限写五十副本，分为三品，分屋藏之"。隋炀帝或者无道，对图书古籍却有收罗之功，到底还有文人心性。说到嵇康，我总觉得他身上有季节性，一身肃秋的气息——目送归鸿，手挥五弦，在目送与挥手之间，无边落木萧萧而下。

很多古人的身上都有季节性。墨子、扬雄、龚自珍是夏天；孔子、曾子、李煜、苏东坡、黄庭坚是春天；韩非子、韩愈、章太炎、鲁迅是冬天；当然，他们身上也偶尔混季。现在人的身上很少有季节性了，顶多有季节性感冒，季节性过敏。

季节交替，人容易生病，不是伤风就是受寒，好在伤风不败俗，受寒不受惊，吊吊水就好了。古人生病吃药，煎几服中药，现在人生病，一律输液。去医院，见人一手提着药瓶走过去，仿佛举着手榴弹。

中药要趁热时喝，没听说过谁输液前将药水加热。今天的人生病也生得冷心冷肺。古人温药治病，今人温水服药。

在庭院中走动。透过时间长河，看见一个个人影晃动的窗格，聆听到静夜中衣袖和饰物的喧哗。一群身穿戏服的小生施施然走来，娃娃生、穷生、扇子生、翎子生、纱帽生。

娃娃生头上戴着孩儿发，身穿茶衣，一摇一摆，摇摇摆摆如风吹荷花。那荷花是映日别样红的荷花。穷生携一卷破书，一壶残酒，脚步踉跄，青色长袍上补了许多补丁，潦倒得像末世秀才的诗文。扇子生手执折扇，头戴文生巾，穿褶子衣，风流潇洒，文质彬彬。翎子生头插两根雉尾，雄健英武，精气勃发。纱帽生白净净的脸上写满春风得意。

昨日布衣书生，今日探花郎君。状元文章冠天下，探花才貌要双全。天下好事都被探花得了。唐朝科举无榜眼，却有探花，进士榜公布后，以最年少者为探花郎，原意只是戏称，与登第名次无关。到了南宋后期，第三名进士始改称为探花。江西丰城黄氏族谱载：北宋徽宗宣和三年，黄彦正为进士第三名，兄弟中有三人同榜进士。徽宗对其家人大加赞赏，赐诗一首，末句云："胜似状元和榜眼，探花皆是弟和兄。"这个句子让我觉得有暖风吹来。

我看戏，也觉得暖风拂面，才子佳人升官发财五子登科，锣鼓咚锵，像大碗茶，大烩菜，真是解渴解馋。我读小说，喜欢看悲剧。我看戏，又喜欢喜剧。小说非悲剧不足以动人，戏剧非喜剧不足以暖心，天荒地老，心暖暖的，便觉得岁月不曾流逝。

印象中，只有老人喜欢戏剧。看戏看戏，看的是戏，体会的是人生白驹过隙，几十年光阴一晃而过的感慨吧。岁数大了，看戏是人生的反刍与品味。我常常一厢情愿地猜测，是不是看戏可以触摸到旧时的涓涓月色？让人年轻呢。

唱一桩往事，演一踪旧痕，听一段花腔，看一曲好戏。情窦初开的眉目传情，露水夫妻的男欢女爱，天宫水府的精怪神通，仙女牛郎的相依相爱。才子坎坷，佳人倾心，这些生来存在于想象中的故事真是唱不烂的老调，足已消解尘世的苦乏。在庸碌的生活间隙追逐舞台上宽衣紧袖的清丽背影，也算是追逐一份风雅，谁都有一副浪漫的骨子。

能静下心来听戏，大抵是心智走向成熟的表现。一个人太年轻，往往不能领会戏曲的底蕴与内涵，及至长大，染世渐深，直到有了戏梦人生的沧桑时，才体会出舞台深处的粉墨滋味。

我第一次听戏，是在故乡老街祠堂二楼的戏阁。观众不少，远远近近的村民都来了，闹哄哄挤满中堂庭院。一男一女在台上咿呀呀唱着，几个老太太轻轻地点头相合，很陶醉的样子。那次演的什么，现在想不起来了，不能忘记的是看戏人那一颗颗晃动的脑袋。那出戏没完没了，似断又续，我坐在母亲腿上，完全被阻挡在热闹之外，不大一会儿就睡着了，旋即又被吵醒，索性溜了出来。

一隔二十年，再次相遇，是一年春节，猛地从路边的老宅里传来故乡的黄梅调。一个轻妙的女声袅绕在风雪中，朗朗的，说不出的柔顺，像轻泉流过山石，忍不住停下来听了好久。此后若是天气不佳的日子，书读厌了，也不想写字，就守在影碟机边，打发着飞雪连天、阴雨绵绵的时光。

天南地北的戏剧有各式各样的生长环境，水土不一，样式迥异，真是一方水土一方人，一方男女一方戏。昆曲是精雕细琢的苏菜，京剧是五味杂陈的火锅，秦腔是粗犷飞扬的西关大汉，越剧是素面朝天的邻家少妇，黄梅戏则是布衣钗裙的小家碧玉。

中国文化有两支大流，一士一民。士文化的底色是苍凉的，老子、庄子、佛经以及稍后的《红楼梦》，骨子里都有股透彻心扉的凉意。而民的文化，《好逑传》《玉娇梨》《平山冷燕》《金云翘传》《春柳莺》《雪月梅》，才子佳人鸳鸯蝴蝶，最终落个皆大欢喜，要的是打发浮生苦短，何必那么沉重。

一个手拄藤杖的老翁提着灯笼，满头华发，麻衣葛履，从月门里进来。皮纸灯笼里的光晕散开成一团，像油炸麻球。

油炸食品好吃，可惜有害健康。油炸食品也是暖风，空调里吹出来的暖风。今年南方大冷，办公室里靠空调取暖，暖得人口干舌燥。

暖风入诗，除了著名的"暖风熏得游人醉"一句，我知道的还有：

> 暖风鞭袖尽闲垂，微月帘栊曾暗认。（晏几道）
> 暖风迟日柳初含，顾影看身又自惭。（杜牧）
> 一霎暖风回芳草，荣光浮动，掩皱银塘水。（苏轼）

朝回花底晓星明。瑞烟凝。暖风轻。（陈允平）

暖风回，芳意动，吹破冻云凝。（张镃）

是平分秋色，梦草池塘，暖风帘幕。（赵长卿）

暖风摇曳，香气霭轻氛。（赵佶）

肯定还有，但我学问浅，搜肠刮肚也找不到一句了。现在一点点体会出浮生多苦，觉得暖风不过诗里写写，歌中唱唱罢了。倒是弘一法师的《送别》，无数次引人低回：

长亭外，古道边，芳草碧连天。晚风拂柳笛声残，夕阳山外山。天之涯，地之角，知交半零落。人生难得是欢聚，唯有别离多。

长亭外，古道边，芳草碧连天。问君此去几时还，来时莫徘徊。天之涯，地之角，知交半零落。一壶浊酒尽余欢，今宵别梦寒。

记得第一次在电影中遇见这首《送别》，唱得银幕下的人泪光闪烁。人生大苦，悲欢离合，生老病死，世代生生不息。

很多年前，第一次看见长亭，恰恰在古道边，恰恰是黄昏，恰恰有芳草。山岚的晚风撩拨起亭角凌霄垂下的藤蔓，抚摸着那株不知名的野草。一定有古人在这里送别过，走累了，邀朋友进

155

去小坐一会儿，歇歇脚。残阳夕照，亭外大片的田园种着一望无际的瓜果蔬菜，松涛滚滚，像充满杀伐之声的琴音，远处鸡鸣犬吠交织，鸟儿开始回巢了。

坐在亭子里，太阳融融悬挂西天，斜穿过亭柱照在我们身上。时序已是深秋，静坐亭台，身上披了一层淡淡的古意。乔木的树叶渐渐没了火气，消退成枯草般淡淡的黄。用手摸摸那亭柱，朱漆斑驳，曾经的绯红变成了岁月的酱紫，像祖父被岁月和风尘以及生活摧残的脸。

二十年过去，一直记得祖父那张脸，我甚至觉得那张脸比很多青年人英俊的脸更好看。杜拉斯小说《情人》有个著名的开头：

> 我已经老了。有一天，在一处公共场所的大厅里，有一个男人向我走来。他主动介绍自己，他对我说："我认识你，永远记得你。那时候，你还很年轻，人人都说你美，现在，我是特为来告诉你，对我来说，我觉得现在你比年轻的时候更美，那时你是年轻女人，与你那时的面貌相比，我更爱你现在备受摧残的面容。

我喜欢这样的句子，突兀而来，来得短狠快。

一九二五年，时势动荡，鲁迅在北平。在《雪》中，大先生写道："江南的雪，可是滋润美艳之至了；那是还在隐约着的青春的消息，是极壮健的处子的皮肤。雪野中有血红的宝珠山茶，白中隐青的单瓣梅花，深黄的磬口的蜡梅花；雪下面还有冷绿的杂草……朔方的雪花在纷飞之后，却永远如粉，如沙，他们决不粘连，撒在屋上，地上，枯草上，就是这样。屋上的雪是早已就有消化了的，因为屋里居人的火的温热。"写的是雪，字里行间却有暖风吹过。

恍恍惚惚，一切都作了碎片，又像墨汁滴入池水，叮咚一声，池水复归平静、澄澈。娃娃生、穷生、扇子生、纱帽生、翎子生、老翁、庭院，定格成花花绿绿的剪纸，慢慢模糊，然后是极淡的一团，终于一无所有。一无所有得像我们的生命，一无所有地来，一无所有地走。

那年，陆龟蒙酒乡偏入梦，花落又关情。

今夜，胡竹峰无花又无酒，笔耕纸作田。

晚上躺在床上，风吹着窗户，想象是《聊斋》中碧眼幽幽的狐女，从泛黄的册页上醒来，轻叩门扉，我是夜宿荒村废址的士子。夜深了，燃在炉中的藏香飘幽枕畔。熄灯，闭目，想想上下五千年，只剩床头柜上的几卷诗书。

双凤呈祥

记得那幅《双凤呈祥》，图录上见过。一个穿吉服的女人端坐红绸椅上，眉目安详，一脸温润一脸柔情。背景图是一对青凤，见尾不见首，作开屏状，形态如孔雀。脑中想起本子上的那句话："良辰美景三生梦"。

凤的样子见得多，少时睡床上即有彩绘的双凤，翩若惊鸿。还有大朵的牡丹，绯红色，花蕊以黄漆点染，叶脉是褐色的淡笔线条，大朵的叶，绿茵茵的，漆工以大写意绘出，一张床显得绿意婆娑、花草疏秀。蚊帐钩亦墨绿色，成凤形，双双对着。入睡早起，日子一天天在双凤的注视下。

说来都是三十年的往事了。

在民间匠人笔下，凤珠冠雉羽，深绿锦袍，虽不能言，顾盼之间自有一股雄壮，虽不能动，却给人蹦跶欲飞的感觉。喜事新房里，总少不了凤影，有平人的繁华在内。不独平人的繁华，也有平人的潇湘。广西民歌说："走遍江湖走尽乡，得见人乖无比娘，得见人乖无比妹，人乖无比妹潇湘。"有人说潇湘是潇洒加上颜色，那颜色是行走时香风细细，坐下时淹然百媚。

中国人爱凤，古人名字里有不少叫凤的。凤是神鸟，百鸟之王。雄凤，雌凰。其间有中国人的审美，也有中国人对生活的态度，明朗吉祥。旧时富家女子出阁，装束以凤冠霞帔，以示荣耀。凤冠我见过，一团锦绣一团富贵。

《尚书》记载，当演奏虞舜时期的箫韶乐时，音乐美妙动听，把凤凰也引来了。正所谓"箫韶九成，凤凰来仪。"《史记》上也说禹兴《九招》之乐，凤凰来翔。凤凰来翔、凤凰来仪后人大多写作"有凤来仪"。《红楼梦》中贾宝玉为潇湘馆题匾即"有凤来仪"。苏州定园有"来仪厅"，堂号出自祝允明手下，书是大楷，不像他的行书，圆润清朗，墨色淋漓元气淋漓。祝允明的大楷我见得少，老成持重，不染明人轻靡之病。"来仪厅"三字一味苍辣挺拔，秀处如铁，嫩处似金，以手书空，深觉前人笔墨之妙，一笔笔天姿所发，一笔笔功夫精纯。

南朝时南京有凤凰台。《江南通志》载："凤凰台在江宁府城内之西南隅，犹有陂陀，尚可登览。宋元嘉十六年，有三鸟翔集山间，文彩五色，状如孔雀，音声谐和，众鸟群附，时人谓之凤凰。起台于山，谓之凤凰山，里曰凤凰里。"李白曾游此台，赋有《登金陵凤凰台》一诗：

> 凤凰台上凤凰游，凤去台空江自流。
>
> 吴宫花草埋幽径，晋代衣冠成古丘。
>
> 三山半落青天外，二水中分白鹭洲。
>
> 总为浮云能蔽日，长安不见使人愁。

如今亭台已废，凤去台无江自流，读此诗平添了一股怅然。

江苏多人杰，地脉非比寻常，故有凤来仪。晋时，僧人支遁讲学至苏州，寻访名士瞿硎，两人席坐秉烛夜谈，忽见东南方有五色光闪烁。支遁携其弟子追至太仓，遇一高地，上有两株合抱大树，师徒停下，静坐树侧观察究竟。半夜，树南丈余处，五色光闪射而出。天明后，支遁率众在射光处掘土，下冒蒸气，续下掘，现一石函，内藏神龟一对。远近乡民闻讯，前来围观。神龟化为双凤凌空而去。支遁乃于此处，开基创寺，因名"双凤寺"。此地方圆百里，亦得名双凤。

二〇一六年十二月十一日的上午，走了一趟双凤寺。走着走着，肃穆的佛音飘过来，风吹来，忽然断了，风一吹，又忽然续上。恍恍惚惚我也走成了一僧人。大雄宝殿的门口，卧有一狗，毛色黄褐，静静地晒太阳。我上得阶来，狗忽起身看了看我，眼神如猫，极温顺。我怔了一下。

双凤境内河塘泾溇纵横。拍江渚白沙无数，渔樵白发无数，想必那些蟹、蚌、虾、蛤、牲畜之族也惯看秋月春风。初冬的江南风光的池塘里水萍清欢淡淡，岁月静好。

时令冬天，空气并不干燥，水和风暖，一丝温润的若有若无的水气在四周弥漫。水上的木桥，尚绿的荷叶，干枯的荷梗。灰鸭与白鹅在水面划水，偶尔潜下去，片刻又冒出来，抖抖脖子，水面激起几片水花。

那些老房子倚水而建。衣不如新人不如故，房子也是老的好。老房子里有一种让人追忆的繁华。繁华在追忆之际蓦然回首，一惊一叹，惊是惊艳，叹是叹息。惊叹之间，逝者如斯夫。老院古宅大门前的铜环，包浆的厚亮里是一代又一代人的体温与光阴，乳燕衔春的马头墙下，家长里短的前世岁月一幕一幕衣食住行。

双凤的老房子，屋连屋，房连房，粉墙黛瓦，风格近徽式民居，砖木结构，留有天井。远处看，重重叠叠、错落有致，宛如城廓。一户户农家小院被一条条纵横交错，既窄又小的巷弄串连着，每条巷弄中间有一条条青石铺就的路，路路相通，如蛛网相连。雨雪天气，人们可以不带雨具穿堂越户，衣衫不湿。

一切都很静很慢很柔和，又很有底气。这底气是双凤呈祥。

我来的时候天色晴朗，双凤呈祥。

我走的时候天色晴朗，双凤呈祥。

又及：

过去没有去过道观。我乡多寺庙，并无一个道观。在双凤，第一次去了道观——玉皇阁。《西游记》上说玉帝历经一千七百五十劫，一劫十二万九千六百年。做人不易，成仙更难。

双凤，太仓市境内一乡镇。太，古作"大"，也作"泰"，凡言大而以为形容未尽则曰太。太仓好地名，双凤好地名，好在亨通顺利，好在虚室生白，吉祥止止。

双凤羊肉有名，冬季里饭点时，大街上清香不绝。

三祖寺

下午在办公室无所事事，办公室里不办事容易无所事事。今天无公事，就做点私事，我的私事无非作文。

昨晚读散文《五祖寺》，废名说："我喜欢写五祖寺这个题目。"五祖寺的题目美，三祖寺的题目也美。

我的家乡没有大寺庙，遗憾得很。中国寺庙里有中国人的生活，这生活是精神的，当然还有世俗的。冯梦龙的话本，汪曾祺的小说，写到的寺庙都不是方外净土，简直比红尘还红尘。寺庙有庄严处，庄严的是法相。寺庙也有滑稽的地方，譬如有求必应，差不多就是游戏了，这游戏是一个人身体与内心的较量。

一个人的宗教意识战胜了生活现实，他是快乐的。上次去一居士家玩，居士已经很老了。她一点都不怕老，也不怕死，说死是解脱，死是美好的轮回，这让我觉得美。让我觉得美的还有：乡下老妇人跪在寺庙的蒲团上，对着木偶或者泥塑或者铜像喃喃自语，求五谷丰登，求合家团圆，求人财两旺，求多子多寿，求老头子的脚痛赶快好起来，求小孙子的疝气赶快消停。

如果没有佛教影响，中国民间世俗里巫气只怕要多些。近些年接触佛教，同时也看了点道教的书籍。感觉道教全心全意为自己，全心全意为世俗生活，一派烟火气。佛教无我，或者说忘我，佛教是一元世界，不二法门，佛教比道教伟大无私。

小时候喜欢去寺庙里玩，很小的土庙，孤零零供一尊神位。十来岁的时候，去过一趟安庆迎江寺，那是我当时见到的最大寺庙，可惜年纪小了，记忆不深刻。后来再去迎江寺，可惜年纪大了，看不到新鲜的东西。

老家离三祖寺六七十里。我很小的时候，有人走路去三祖寺，有人骑车去三祖寺。有个叫水霞的女人，走路去过，骑车去过，每次回来，高兴地谈论三祖寺，给别人看求来的签文。真希望有一天我也可以骑车去三祖寺，像他们一样去玩。家里的大人似乎对此兴趣不大，印象中没有谁谈论过有关三祖寺的事情。

有一回，水霞又和几个邻人去了三祖寺。我在屋前的沙子岗上坐着等他们回来，坐到夕阳下山，坐到暮色四合，心里有点孤寂了，他们还没有回来。第二天，人都笑话水霞，说她这一次脚走路走肿了。

去外婆家的小路上，晴朗的时候，可以看见天柱山的主峰，三祖寺在天柱山脚下。

后来上学了，念到"南朝四百八十寺，多少楼台烟雨中"的句子，忽然想起三祖寺也是南朝的寺庙。慢慢地，差不多将三祖寺忘了。再后来，我离开了家乡。

每次回家的归途，汽车路过三祖寺的山门，车上总有人指指点点，又想起三祖寺，每每扭头去看。有几次睡着了，坐过了地，没能看成。现在想想，并没有看到什么，无非瞟几眼掩映在树木下的山门。那酱红色的庙门，有些岁月。一个少年，摇晃在进山的车子上，一车子烟草的气味，一车子身体的气味，一车子车子的气味，一车子聊天的声音，一车子嗑瓜子的声音，一车子打电话的声音。少年沉默着，看看三祖寺，看看路边流过的水，看看车子甩远的桥。

有一年在天柱山游玩，走过三祖寺，摸了摸门，到底没有进去。不知道为什么不想进去。年纪大了，寺就是寺，庙就是庙，庵就是庵，堂就是堂，无非一座房子。

快到三十岁才去三祖寺。

春天三四月里，还是薄凉天气，朋友约我去潜山，吃过饭，想起三祖寺，去逛了逛。在寺里随便走走，满心枯寂，以为可以拾得一个很大的喜悦，岂料没有。朋友认识庙里的和尚，和尚送我几本经书，还送了两枚供在菩萨法座前的苹果。坐车上吃苹果，心想，算是到过一回三祖寺了。

水霞去世多年了，死时不到四十岁。外婆也去世多年了，享年七十有七。

后来我见了三祖寺的主持。一起吃饭、聊天，说了两个小时的话。我没有告诉他小时候喜欢三祖寺，也没有告诉他，现在对三祖寺漠然得很了，对很多事都漠然得很了。

游石林记

独木不成林，独石亦不成林。密石成林，人称石林。

石林只有两种颜色，乱起的黑石和石缝里的绿树。那些石若古墨，墨分五色，一时缭乱。

蓝天在上，头顶的云一团团密集，白而虚，阳光落下也一白。树簇簇乱生，让一片光罩着，越发苍绿，绿而静。有两株树连成一体，自石缝长出，以为它们永无出头之日。抬头一看，生生高过四周石头半截。阿弥陀佛，我们是同门。

石林之林诘屈聱牙，半圈走下来，像读了一卷《昌黎集》。韩愈说周《诰》殷《盘》，诘屈聱牙。实则他的诗文也诘屈聱牙。

石林之石骨骼嶙峋，远看有兵家气，一身不平。兵戈乱起，向天呐喊。

石隙错综，沟壑复杂，择一缝而入，愈进愈深，走一圈又回原地。

石隙错综，沟壑复杂，择一缝而入，愈进愈深，无路处豁然洞天。

一尊胖石如佛，一尊皱石如仙，一尊怪石如兽，一尊瘦石像笔，手抚其上，祈祷石笔赐人好的命运，笔健人也健。人来了，人走了，人皆拿手触摸那石的突兀处。经年积月，石闪闪发亮，像涂了蜡，生出文气来，有些竟陵派文章的意思。与一尊石看久了，恍恍惚惚浮起刘侗《帝京景物略》的辞章。

在石林寻幽探路。安宁，宁静，静寂，寂寞，寞然，然后怀古——有石头像龚贤笔下的焦墨山水，在无上清凉世界里寂寞。阿弥陀佛，我们是同门。

入口处有人叫卖杂物，阳光忽烈，我们离开。行百步，忽闻桂花香。时在二〇一七年七月炎夏，幻境乎。

此石不孤，此行不孤。同游石林者，彝人包倬。

登长城记

此时此地，如果有雪，是有意思的。雪正在下或者已经停了，雪落长城或者雪盖长城，都是有意思的。墙头一片雪中，有墨色有留白。倘或雪开始融化，大块的黑衬着大块的白，更有意思。

秋日无雪，秋阳似霜。

来京十余次，今日初登长城。上得城头，或远望，或近观，若有思，若无思。城已易砖易石，山也易树易草，登临客易了一天天一年年无数。

残垣废台极美，美在沧桑上。枯荣盛衰，城有了生命。

长城如龙，山起则龙升，山落则龙降，往复盘旋如藤架，不知其首不知其尾，或无首无尾耶。

人在城墙上，又在城墙下。城墙在山之外，山在城墙之外。

山在城墙上，城墙又在山上。山是城墙，城墙也是山。攀登时一步步数着脚下的台阶，不多时眼乱如麻，于是重数，数不胜数，眼乱心也乱，只得作罢。

走过一个烽火台，又走过一个烽火台，觉得那楼台近在眼底，上得前来，前方又见一烽火台，一座连一座，不知何处是尽头。呆坐良久，思忖并无尽头。忽然解脱，下山吃午饭去也。这一天是二〇一七年九月二十九日。

岳西高腔手记

它像乡村人的农具，挂在墙上的剪纸。

岳西高腔，不是声高，腔是关键。有腔不在声高，我听昆曲，细若游丝的声线有蝉翼美。高腔不是这样，高腔有土腥气。春天时，用锄头一锹锹翻开泥土，蚯蚓蜷舞，土腥气在空气中飘散。高腔差不多就是这样。

高腔描绘出乡下的风土与人情，也不仅仅限于皖西南。市井，传说，神话，男男女女，吃吃喝喝。

高腔里某些作品，可以用来驱鬼。

高腔里某些作品，可以用来辟邪。

高腔里某些作品，可以用来祝寿。

寿戏要唱《庆寿》《讨寿》《上朝》等。贺新屋要唱《观门楼》

《修造》《贺屋》等。部分演出还有一定的仪式和程序，形成固定的"戏俗"。《闹绣》用于"闹新房"，先在大门外唱《观门楼》，进大门后过中厅时唱《过府》，至堂轩落座时唱《坐场》，用过茶烟稍事休息后再进新房。

高腔是立体的风俗画。

高腔表演分两种形式，一种是"围鼓"，我没听过。人说由五七艺人围鼓而坐，各执一件打击乐器，以鼓板师领头，一唱众和，属清唱类。另一类则化妆登台，艺人分为正生、正旦、小生、小旦、净、丑、末、夫、外、杂十行角色，扮演剧中人物，基本沿用青阳腔的行当角色体制。

高腔与黄梅戏不同。黄梅戏刚开始之际，品位要高些，有些段位高一点的文化人介入其中。最开始的黄梅戏，非常民间，也非常世俗。但她的民间是梳理过的民间，她的世俗是美化过的世俗。高腔不是这样，高腔是打破了的粗瓷大碗。打破了的粗瓷大碗放在摇摇晃晃的八仙桌上，桌子旁的椅子看起来有些年头了，靠背光滑滑的，一把锄头靠在上面，锄根兀自带着地里锄草归来的残泥。

岳西高腔是明朝前后发萌的，给我的感觉，却像先秦的老先生一样，也有股古风。高腔不是明朝衣冠，明朝衣冠什么样子，我不知道，民国衣冠见过不少，老照片中长袍马褂有旧时风流。我想象先秦人身上的麻衣葛服，高腔就应该那样，有种粗粝美。

高腔有徐悲鸿《愚公移山图》的感觉，在我眼中，高腔是徐悲鸿画笔下那个白头老翁的短服。黄梅戏是明朝衣冠，精细风流倜傥，像面容姣好的女人用细瓷杯喝茶，高腔则是满脸皱纹的老汉用陶樽饮酒。

中国的地方戏和中国书法中国绘画中国文章一样，各有情态。京剧是草书，墨薄而匀，飞白赏心悦目，令我回味。黄梅戏是唐人写经，宁静、清新、含蓄、淡雅、简洁明快，清幽之气尽洒纸面。秦腔是魏碑，笔画凝重，有种超凡脱俗的感觉。豫剧是唐人大楷，凝练严谨，视觉上清丽而典雅。昆曲是赵孟頫董其昌的书法，线条安闲、平和，呈现出极其美好宁静的生命状态。

京剧有明朗美，上午的太阳穿过树梢，地上斑斑驳驳是时光的影子。昆曲有颓废美，这么说玄虚了，实则是美人扶醉的感觉。醉也不是真醉，而是气息上的醉意。黄梅戏有绿叶之美，早春枝头的嫩芽与绿叶。高腔有浑浊美，秦腔也浑浊，秦腔的浑浊是黄河之水天上来，高腔的浑浊是小溪涨水、泥沙俱下。

高腔与诸多传统戏曲的衰落，在我看来，是逐渐摆脱了农耕，其艺术形式不适合表现现代文明。声色迷离的世界容不下粗瓷大碗。在今天，很多民间艺术，基本没有生存的土壤。中国传统的社会秩序不复存在。

昆曲、京剧、豫剧都是民间艺术，如今呈现曲高和寡的现象，需要欣赏者具备修养。我看过几次高腔，说是老谱新编，那时候年纪小，没看完全场就走了，至今让我耿耿于怀。

中国的很多戏剧里，有那种老成深厚的光辉，新改良的不行。古董的包浆要把玩摩挲，而不是人为快速做新。我听过一些地方戏，地方戏给我的感觉还是没有内心。也就是说地方戏的风格是虚心的，虚心得什么都可以接纳，这样一方面成全了地方戏，一方面毁灭了地方戏。

岳西高腔中还有一种雅调，我没看过，记一笔备忘。

皖西南腊月手记

打豆腐，拧浆，看黄色的汁水从麻布缝隙里流下来，木盆接住，海海一汪浆水。

炸生腐，豆腐条放入油锅，膨胀松软金黄。用线串起来，累累坠坠。

腊肉咸鱼挂在楼阁上，晃悠悠的，阳光正好，肉和鱼冒着油光。老人拢起手，双脚放在火炉边，歪在屋檐下打盹，竹杖歪在一旁，竹烟筒歪在一旁，花猫歪在一旁，黄狗歪在一旁。

夜里炒干果，铁砂与瓜子花生交织的气味汹涌如春溪涨水，滚滚而来在池塘上方，滚滚而来在小路上。

梅花上落满积雪，白梅更白，红梅积雪如胭脂如鸡血石，黄梅如琥珀，小儿穿着红色的棉袄在树底下玩冰溜儿。

清早，牵牛出栏饮水。阳光未及处，霜色朦胧，牛蹄踩出脚印。牛饮水时，一只鸟站在牛角上东张西望，一小童在牛后跟站着。

几个人廊下打纸牌。一男孩跪坐椅子上一张张收拢打出的纸牌。

山是枯的，白的，灰的，青的，绿的，黄的，一切都暗淡着。

阳光大好，挂面上架了，像瀑布，一架又一架。

回乡的车远远地过来如一黑点，黑点渐渐大了，一点点大起来，轰隆而至。

行李包裹由家人扛着，回家的人空着手，跟在后面，一路向村子里走去。

整日冒着烟气的烟囱，灶上做糖、蒸米粑、打年糕、卤肉……灶下柴火熊熊，堆在屋檐下的柴矮了半截又矮了半截。锯好的枞树段一堆堆，树轮对外，一圈圈一圈圈。穿短襟袄子的庄稼汉劈柴，手起斧落，一劈为二。劈好的柴码在墙角，长了半截又长了半截。

大胖猪泡在桶里，黑毛猪。毛一点点褪尽，猪肉白，像璞玉一样。须臾，猪肉倒挂在梯子上，猪头在案板上奋拉着大耳，笑眯眯的。午饭后，吃杀猪饭的三三两两地散去，农妇在猪肉上撒一把粗盐，压上石头，腌进大缸里。

白色的米粑摊放在竹筜里，挤在一起，一团团富贵。

石臼里捣碾芝麻，咯吱有声，一缕幽香飘向屋顶。

上坟，踩在荒草上，穿过田埂穿过山坳，鞭炮声里有一种寂寥。静静地看纸燃起来，渐渐成灰，有一种失落，也有一种生息。冬阳照耀，近映山际，山鸡飞过，一只，两只，三只，平添伤感，又增野趣。

背一布袋的少年扛着锄头在竹林里挖冬笋。

祭祖，新妇挈新儿，新儿着新衣。红烛高照，一家子跪在牌位前，鞭炮如雷。

小品文集

写了一组随笔，长达万言，短的也有千字。好久没写过小品文，作长文章酣畅淋漓，但我更喜欢小品文，性灵不可泯灭。

生活中沉重太多，写小品文是给身体松骨。古玩文物，山川草木，花鸟虫鱼，人世清欢，闲情乐事谁个不爱？

鲁迅先生《小品文的危机》有云："唐末诗风衰落，而小品文放了光辉。但罗隐的《谗书》，几乎全部是抗争和愤激之谈；皮日休和陆龟蒙自以为隐士，别人也称之为隐士，而看他们在《皮子文薮》和《笠泽丛书》中的小品文，并没有忘记天下，正是一塌糊涂泥塘里的光彩和锋芒。"

抗争和积愤是人的一面，淡然与从容也是人的一面。

把生活过得有滋有味，充满情趣，是人性本色之一。不会写小品文的写作人生，多么乏味。小品文有三种：

一种小得盈盈一握。

一种品出弦外之音。

一种文气风雅可人。

需要风

今天下午，文思枯萎。枯若秋天的野草，萎似霜打的瓜蔓。想作两篇文章，终于没作成。这几年，我写作从来是等文章上门，而不是赶文章上架。今天下午，文思枯萎。文章的手指叩门不止。咚咚咚，呵呵呵……以为文章来了，开门出去，白花花骄阳一片。于是，回房修改旧作。

冯雪峰《真实之歌·风》中有云：

风啊！它岂但吹走山野的枯萎，而且使山陵显出稀有的妩媚。

《邹书》与《列子》

今天下午秋雨淅沥之声中想起前天晚上的梦：

四周混沌仿佛盘古开天辟地之前的世界，迷蒙蒙虚实难辨，一个身穿淡灰色衣衫的青年抱书而行，时行时飞，怀中一本《邹书》，一本《列子》，那情景有些像庄子《逍遥游》。洋洋乎，荡荡乎，梦醒了，窗外天光大亮。

《列子》我至今没读过。《邹书》者也，此前一无所知。西汉邹阳被谗下狱，于狱中上书梁王申冤，因而获释，后人遂以"邹书"为上书鸣冤之典故。为何入我梦中？怪哉。

一直写

可以这样读：一直写。

可以这样读：一直，写。

写并不重要，重要的是一直写。

一直写一直写一直写一直写。如此而已。

还可以这样读：一，直写。

花是主人

千唐志斋，黑的墓志，一方又一方。金戈铁马，骑驴看花。不知人从何而来，却知终归何处。

花是主人，谁非过客。此八字张钫先生所言，刻其石屋书房门侧，书房名为"听香读画之室"。听香读画四字是我前生之志今生之志来生之志。张宗子云："人无癖不可与交，以其无深情也。人无痴不可与交，以其无真气也。"

胡竹峰道：

人无志不可与交，以其无心性也。

谁非过客，听香读画。

山河在

入得山里。不知山之大，不知山之高，但知山之多。一山连一山，一山连一山，一山连一山，一山连一山，一山连一山，一山连一山，一山连一山，一山连一山，一山连一山。山连山，山连山连山山山。

群山重重，你怎么超越得过？

夕阳在山，山影散乱，人迹一个也无。忽生悲意，不见古人，不见后人，唯有山在，唯有河在，唯有我在。

我不在，山不在，河不在，日月不在。

寻 味

　　酸甜苦辣是味，清坐闲谈是味，高卧冥想是味，把卷长吟亦是味。游历得山水味，怀古得前时味，看书得文墨味，写作得文章味，赏画得水墨味，观帖得士子味，读碑得金石味，种菜得稼穑味。日色有光明味，月色有清凉味，山中有林下味，水畔有幽僻味。金圣叹说花生米与豆腐干同嚼会有火腿味，金圣叹有奇味，石破天惊处不动声色。石破天惊是味，不动声色也是味。人间处处有味。人间味不过风物味、烟火味。

枯 荣

　　燕地干燥，但觉枯如核桃。有人日进斗金，有人日进斗酒，我日进斗水。日进斗水，下笔忽荣，欣欣向荣。欣欣向荣是大境界，木欣欣以向荣。木欣欣以向枯，阴沉木。好文章如阴沉木。好笔墨之枯，枯如阴沉木，枯荣自守。枯荣自守不难，枯荣自然，天地之境也。

王　气

北地有王气，或山大王气，或庙堂王气。王气者，旺气也，如兵家纵横家。河朔多苍莽，其文词义贞刚。得王气之上者，雄而健。得王气之中者，正而烈。得王气之下者，躁而野。南方多士气，或湿气或水气。士气者，清气也，如儒家道家。江南温柔富贵，其文词清绮。得士气之者，或庄严或清贵或素雅。

《兰亭序》得王气亦得士气，《庄子》得王气亦得士气。

手起刀落

铭文之好，手起刀落，快刀乱麻。

二〇一七年六月六日初游故宫，见名物无数，独记铭文数款。

"秦子作造，中辟元用，左右师鉣，用逸。宜。"此秦子戈之铭。"唯番君伯自作宝鼎，万年无疆，子孙永用。"此番君鬲之铭。"毛叔媵彪氏孟姬宝盘。其万年眉寿无疆，子子孙孙永保用。"此毛叔盘之铭。"唯正月初吉丁亥，陈子子作孟妫女媵匜。用祈眉寿万年无疆，永寿用之。"此陈子匜之铭。"邛王是野，作为元用。"此邛王是野戈之铭。

见此铭文，我之幸也。铭文经数千年，得见我，彼之幸也。

铭文之好，字挟风霜，声成金石。

一卷星辰

夜里散步，天空晴朗，没有月，星星极亮。呆看漫天星辰，如一卷古书，看久了，觉得人也古了，多年前的往事泛上来。突然一影子从一卷星辰里晃出来，是以前的我。相对无言，觉得陌生。

树木花草泥土与风的气息来了，风带来不远处湖泊河流的气息。这些气息透过衣服，沁入心脾，与身体交融。

蛙声与虫鸣不休，满天星光里，迢迢银河，看得人冷。

夜渐渐深，露意上来了，夜雾慢慢在远方凝结。风吹衣袂，身体没了，灵魂飘散在四野，一时无天无地无古无今无前无后无上无下。

农闲之香

下午天气很好，不冷不热。空气里有炒货的味道，南瓜子、板栗、花生、葵花子炒熟的清香交融一起。老的房子，青砖白墙仿佛往昔又似乎是梦。黑白色的梦，斑斑驳驳，一个又一个片段，不成记忆。二十余年如一梦，此身虽在堪惊。三十余年如一梦，四十余年如一梦，八十余年如一梦，张恨水有小说《八十一梦》。

《红楼梦》《青楼梦》《玉楼梦》，人生如梦，黄粱梦，文学也是黄粱梦，要的是叶上藏珠——露珠。

人生如梦亦如戏，戏是春秋大梦。

小心翼翼嗑着南瓜子，听戏。演的是三国故事。锣鼓咚锵，墨玉碎作金石声，依稀河山郁闷。

听着听着，恍惚里我也成了舞台的一人，是一老生，九州皆在眼下，山河草木深深。突然想起陈与义《临江仙》：

> 忆昔午桥桥上饮，坐中多是豪英。长沟流月去无声。杏花疏影里，吹笛到天明。
>
> 二十余年如一梦，此身虽在堪惊。闲登小阁看新晴。古今多少事，渔唱起三更。

古今多少事，渔唱起三更。

弹腔是三更鱼唱，得农闲之香。南瓜子、板栗、花生、葵花子炒熟的气息，磨粉，蒸糕、点豆腐的气息是农闲之香。

仙　气

好的小品文一股子仙气。王羲之是赤脚大仙，人说赤脚大仙性情随和，笑脸对人。柳宗元是游仙，山水小品里祥云蔼蔼。苏东坡贪恋人间，不想成仙，他是灶王神。张宗子是地仙，情味堪玩。《钟吕传道集》云：地仙者，天地之半，神仙之才。不悟大道，止于小成之法。不可见功，唯以长生住世，而不死于人间者也。鲁迅不是仙，鲁迅是钟馗，专斩五毒。唐吴道子始作钟馗，历代画家皆喜写钟进士。钟馗是玄宗之梦，《野草》是鲁迅之梦。经年偶梦，我亦累累写之。周作人差一点成仙，落水了，羽翼湿透，不得高飞也。废名是求仙者，盘坐蒲团，自言自语。林语堂是访仙者，与木石交，与鹿豕游，草泽而入大荒。胡竹峰太闲，不得成仙。《易经》爻辞：初九，闲有家，悔亡。象曰：闲有家，志未变也。

人闲桂花落，人不闲桂花也落。人不知而已。斯人不知有汉，无论魏晋。汉、魏晋亦不知斯人。

以气灌之

一等文章以气灌之，二等文章以力灌之，三等文章以技灌之。庄子得气，司马迁得力，韩愈得技。

好文章真气饱满，好文章力透纸背，好文章技惊四座。

嵇康打铁

嵇康打铁，钟会一无所得。

嵇康问：何所闻而来，何所闻而去。

钟会答：闻所闻而来，见所见而去。

嵇康打铁，钟会一无所得。

文章之好，正在一无所得。抱元守一，故无所得，好文章抱元守一。守一不难，难在抱元，只因抱怨太多，牢骚太盛防肠断。

我读书闻所闻而读，见所见而去。

雉尾生与捧剑奴

雉尾生之好在色，雄姿英发，华衣锦服，神采奕奕。倘或下点雪，看见雉尾生更好。想象雉尾生行在雪上如红梅映白，好个颜色，好在乱石穿空，惊涛拍岸，卷起千堆雪。

灰色的衣服，灰色的瓦房，灰色的案板，灰色的器具，灰色的脸风尘仆仆，头顶绾一髻，双手捧剑，此人正是捧剑奴。

捧剑奴，咸阳郭氏之仆。虽为奴隶，尝以望水眺云为事。遭鞭箠，终不改。后窜去。

望水眺云里有我的少年。

望水眺云不难，难在鞭箠而不改。诗心亦佛心，有金刚法力。后窜去则令人怀想。临行之际留诗云：

珍重郭四郎，临行不得别。

晓漏动离心，轻车冒残雪。

欲出主人门，零涕暗呜咽。

万里隔关山，一心思汉月。

"万里隔关山，一心思汉月"句，有唐风，下笔正大浩荡。捧剑奴今存诗二首，一为《题牡丹》：

一种芳菲出后庭，却输桃李得佳名。

谁能为向天人说，从此移根近太清。

一首无题：

青鸟衔葡萄，飞上金井栏。

美人恐惊去，不敢卷帘看。

诗未必好，然捧剑奴三字佳妙，妙在捧之一字。举剑奴、持剑奴、携剑奴、佩剑奴、铸剑奴，生气是有了，却少了素然与肃然。素然里有肃然好，想起金玉奴，棒打薄情郎的金玉奴。

捧剑奴如紫砂壶，金玉奴是明青花。捧剑奴如墨，雉尾生是水。捧剑奴性阴，雉尾生纯阳。

木奴家风

李衡呼橘为奴，畜橘养家。

李衡为三国时吴人，官丹阳太守。种柑橘千株。临死，对其子遗言："汝母恶我治家，故穷如是。然吾州里有千头木奴，不责汝衣食，岁上一匹绢，亦可足用耳。"可谓木奴家风，清白庄严。

李衡后有苏东坡，好种植，尤好栽橘。云：当买一小园，种柑橘三百本。后来齐白石感慨，立轴《柑橘黄时》题跋"当画柑橘三百幅，与东坡抗衡也"。争得好文气也。

柑橘有富贵气，三百本柑橘越发富贵。我去过柑橘园，橙黄之际，一片灿然一片苍莽，远望得气，得富贵气。

少年好才子气，中年要富贵气，老年求健朗气，永年永昌，如意吉祥。

奇　崛

九华山。正午时分，峰高月明，透明。

透明的月如损了半边的古玉盘，土沁在焉。月离太阳两丈余，淡云系着。山里芒花一片，触目白茫茫。初秋的沟涧有层雪意。雪意是白石是山水是芒花。停车，推窗远望，仿佛冬晨醒来，窗外飘雪，更像是早春轻薄之雪——桃花雪，轻轻的，薄薄的。

早春轻薄之雪好看，轻薄如日本文学。一些日本文学行文轻薄如蝉翼，蝉翼里现禅意。近日看《枕草子》，轻以心性出，薄以灵性出，其妙处正在轻薄。寄轻薄以苦寒，偏偏不哭喊。

山居饮酒，友人大醉，索纸笔，以地为案，不成书画。我索奇崛二字，果然奇崛。有酒气、怪气、乱气、神气在焉。

骀 荡

汪曾祺画玉兰花，题"骀荡"二字，大雅博伦。汪先生的文章也可谓骀荡。庄子骀荡，列子骀荡，屈原骀荡，魏晋骀荡，唐风骀荡，宋人骀荡，散曲骀荡，公安骀荡，竟陵骀荡，鲁迅骀荡。

春风骀荡。

周作人说："文人里边我最佩服这行谨重而言放荡的，即非圣人，亦君子矣。其次是言行皆谨重或言行皆放荡的，虽属凡夫，却还是狂狷一流。再其次是言谨重而行放荡的，远出谢灵运沈休文之下矣。"

荡的是轻是气是意。

《梦笔生花》跋

晚饭里三条鲫鱼新鲜，在碟子里鲜活如生，实则熟透了。喝了一杯黄酒，宣城的古南丰黄酒。瓶子上印的是"古南豐"，三字由简入繁，仿佛喝酒。饮茶是删繁就简，喝酒却化简为繁。黄酒下肚，又喝了杯红酒。酒意上来了。酒意者，诗意也。

人不可不醉，不可大醉。归家，酒意不散，如烟似雾里看《梦笔生花》水墨。车前子来合肥所赠，妙品，妙在花苞如笔，新生喜悦，心生喜悦。李白少时，梦见笔头上生花，后天才赡逸，名闻天下。老车好意，送我吉兆也。

《金瓶梅》跋

此书万历丁巳刊本至今四百年，金瓶梅四百年不谢。好文章与人世共存亡，人世存而文章存，人世灭则文章灭。不朽乃人世之不朽，非宇宙之不朽。世间万物终归寂无，此大悲也，天地之不仁如斯。《金瓶梅》之好，好在朽，好在无可奈何，故欢喜如香柱之火星，火尽香散。人兴于欲亦灭于欲，饮食男女，人之大欲，方以淫靡之笔点染。读《金瓶梅》不可不读猥词，不可专读猥词。

一只躺在瓦片的冬瓜

冬瓜躺在瓦上，如负暄之白头翁。黑瓦白瓜，黑瓦也不是真黑，而是深灰色，老旧之态不知其几十年，白瓜也不是真白。白沙下青兜兜的苍青，亦见老态，瓜叶焦黑如宿墨。

这是一只好瓜，拙，壮，粗，憨。躺在徽州人家的院墙上。

米元章拜石，胡竹峰痴瓜。回首再三而去。

一只挂在屋檐的南瓜

太平湖畔人家。

夕阳西下，一只南瓜挂在屋檐下。瓜叶星星有深褐与浅褐色斑点，酣睡于墙角檐头，沉醉秋风。

瓜无言，人无言，屋无言，屋檐无言。风吹大树，流水潺湲。

一只吊在篱笆的丝瓜

九华山中天柱峰，天柱峰下天柱馆。天柱馆外篱笆墙，篱笆墙上吊丝瓜。今天上午想起。九华山去过两次，天柱峰去过两次，天柱馆去过两次。第一次看见馆外的丝瓜。瓜蒂戴花，瓜绿花黄，吉祥。

天柱馆初名天柱山房，继称天柱书堂。故主人施下之先生曾自撰门联：

除夕酌金樽，与父老共谈风月。
星桥开铁锁，任儿童大放花灯。

与父老共谈风月自有寂寞，任儿童大放花灯到底热闹。
人生自有寂寞，到底热闹。

一只飘在松枝的黄瓜

不知其山何名，不知其水何名，但知其树为松。藤蔓疯长，绕上松枝又垂下，一只黄瓜飘着，在山风里。

"山风吹乱了窗纸上的松痕，吹不散我心头的人影。"

前尘往事远。
无窗纸无松痕无人影。山高路远，一时无我。
今朝风日在。

一只垂在竹梢的苦瓜

竹是苦竹，瓜是苦瓜。谢灵运《山居赋》曰，竹则四苦齐味，谓黄苦，青苦，白苦，紫苦也。越又有乌末苦，顿地苦，掉颡苦，湘箪苦，油苦，石斑苦。苦笋以黄苞推第一，谓之黄莺苦。周作人《苦竹杂记》中所见。

苦竹秀美如仙，苦瓜貌寝，嶙峋有奇崛气。苦瓜和尚石涛嗜苦瓜，常以苦瓜为食，以苦瓜为案头清供。

苦瓜的格，在甜瓜之上。有年从广西归来，一路吃甜瓜。

山中所见苦竹，所见苦瓜，农人之面亦苦瓜状，人生实苦。

天下白

空坐楼头，秋风起山野，自窗口看见。不知风何自来，不知迹归何处。几万万里之外，星辰落在银河。

一人独坐，枯若木鸡。心底突生天地苍茫感。秋风星辰是岁月天地的，也是独自一人的。文章是岁月天地的，也是独自一人的。

岁月忽已晚。想起一个老人，布衣葛服，在纸窗下以墨为饮。笔底漫漶，斑斑驳驳是他的年华。年华老去，文章留下。年华不老去，文章也留下，好文章留下。好文章皆是天数，自有一段活泼泼天赐良缘。坏文章人留天不留。

淡淡的墨迹淡淡的梦影。梦淡了好，梦里不知身是客，一晌贪欢，醒来惆怅。梦淡了好，文章淡了更好。《二十四诗品》，尤爱冲淡。

鸡鸣枕上，夜气方回。一只公鸡在黎明稀亮的天光里长鸣，决绝、孤寂又一脸烂漫诡谲笼中，毛色灿然。

多年未闻鸡鸣了。

鸡鸣是徐渭的猿啼鲁迅的呐喊。

好文章不过一阵风雨一块金玉一方木石一声鸡鸣一天下白。

如　意

存印数十方，闲时钤纸试之。用得最多的是"如意"章，仿齐白石单刀。

人生难如意，故妄想如意。读《东坡志林》，见有人吹洞箫饮酒杏花下。觉得如意。然大如意还是饱时吃饭，饭了好睡，醒来又吃饭。

如意有三，动静相宜养身，无牵无挂养心，知福惜物养德。

下笔有种

　　读书万卷，下笔有种。亲到其处，始觉有种之妙。世人但知有神之妙，识得有种之妙者，尤为不易也。

卷
三

荼月令

一月。真冷。

呵气成雾，玻璃窗上的霜花谢了又开，山里的雪散了又聚。

村庄静悄悄的。人歪在被窝里，棉花与阳光的味道包裹着，很舒服。倘或没什么紧要事，冬天里总要赖会儿床。栏里的猪等不及了，霍霍霍候食。男人催女人赶紧起来，心疼女人家的早已悄悄给猪喂过食了。

磨磨蹭蹭穿好衣服，缩手缩脚走出家门。天地懵懵，不知道是什么辰光。庭院里，公鸡伸直脖子好一声长鸣，抖抖毛，径直朝树林走去。树粗粗胖胖有憨态，间或有雪球从枝头滚落，散开来，碎了一地。

炊烟一根根竖起来，厨房里锅碗瓢盆坛坛罐罐开始忙了。

茶林里悄无人烟，静谧辽阔，茶树睡在白雪下。麻雀从这里跳到那里，叽叽喳喳。

积雪下的茶林清凌凌有凉气，那种凉气近似初夏荷花边之况味。

二月。立春。

清晨公鸡的鸣叫唤起了村头的太阳，也唤醒了人的睡意。扭头向窗外看，那一抹绯红分明色如鸡冠。紧跟着炊烟袅向屋顶，随着门板吱扭一声，乡村又走进了新的一天。

天还是冷，但不再有刺骨的寒意了。风吹在身上，凌厉中带着柔软，身体有些松动的意思。春气萌发，荠菜正肥，人在田间地头挑挑拣拣，用来包饺子，吃火锅。有人喝酒，有人以茶代酒。

雪早化了，只有深山的凹荫处偶见斑白。雨水时节，几场雨下过，那几处斑白也不见踪迹。惊蛰时节，柳条活泼泼浮翠了，茶树上现出新绿。农人给茶园除草，松土，挑着担子，担子里装满有机肥，在一棵棵茶树下撒上一层。男人女人从茶园边的小路上经过。

漫山春茶遮遮掩掩在云雾中。

三月。天气很好，云白如米糕，风吹来，一点点移动。

冬装收起来了，年轻人迫不及待穿上了春服。风吹来，觉得一阵通脱，有些想喊出来的意思。远山蜿蜒青翠，地上铺了层细绿，孩子们在上面滚来滚去，老人在那里放风筝。

茶树初上新芽，芽极小，尖如锥头，风一吹开始长大，从锥头长成钉头，渐渐分成两爿。月底，一双双手将它们一叶叶采回家。手极轻，巧巧地掰断芽头，放入小竹篮。竹篮嫩绿铺底，忍不住凑前去闻一闻，凉凉的茶草气让心里一松。

第一季茶陆续下树了。青涩的茶香从农舍袅出围墙，过往的行人深深吸一口气，咦，谁家在炒茶呢，真香。

茶香醉人，稻草人被风吹着。

映山红开了。

新茶上市了。

新茶泡在杯子里，茸茸软软。

也有人将鲜茶叶放在杯子里泡，翠滴滴也娇滴滴，嫩生生，很好看。只是茶味寡薄，少了韵致。

四月。茶园真热闹。地头的桃树开花了，一朵朵，又灿烂又害羞。各色鸟儿，蜻蜓蝴蝶，都来了。阳光大好，采茶的妇人，用纱巾裹住头，运指如飞，边说边笑。茶叶纷纷扬扬落在挎篮里。

茶园真美，像十八岁的小姑娘，蓬勃向荣。地气蒸腾，茶树拼命拔芽，隔日见长。一场春雨后，能蹿高半寸。春雨贵如油，春茶更贵。刚上市那几天，茶草能卖个好价钱。江浙一带有乡谚：

做天难做四月天，蚕要温和麦要寒。

秧要日头麻要雨，采茶姑娘盼阴天。

怕误了茶期，只要雨不大，茶园里总有采茶人。雨洗过的茶树，更绿更翠。鲜茶草装在采茶人的袋子里，映着山间的映山红，越发显得新芽绿得透明，绿得发亮。采好的茶，摊在竹筐里，有种富足美。

乡村的小路上，三三两两的买茶人提着袋子匆匆走过。

五月。天一天天热了，茶叶呈片状，长得越发粗壮，几天不见又有寸长。茶园里绿得苍翠，采茶人还在忙活，采一些自家人喝。那茶随意堆在堂屋里，像小丘。

月底，茶园渐渐安静了，采茶人开始了别的农务。

六月。修枝。

大清早，给茶树修枝，喀嚓一剪刀，喀嚓又一剪刀。剪掉的茶枝堆在地头，过些时日主妇把它捆回家，做烧饭的柴火。

修枝后的茶园，一下子精神了。

采摘两个月，该让茶园休养了。女人催不过，说采完茶叶，总不能不管茶园。天一亮，男人去给茶园锄草，挑着担子，担子里是有机肥。茶叶疯长，一簇簇如剑戟林立，人不管它，蜻蜓立在上面，动也不动。蝉不晓事，大叫不止，捕蝉的少年轻蹑蹑蹑在茶树旁伸手欲捉。快近身时，蝉一跃而起，飞走了。

七月。茶园敞在阳光下，宁静慵懒，像解甲归田后的一身轻松。

田里地里的活儿越来越多，麦子割完，地里又该种玉米了。芝麻节节高，水稻节节高，人下田薅草施肥除虫，顾不上茶园。人忘了茶园，只在口渴时喝茶园里的茶。夜临了，茶园上空到处是萤火。孩子们指给祖母看，说那一颗真亮，祖母看时，萤火虫已飞入草丛里不见了踪影。

八月。人安静地从茶园边走过，感叹好大一片茶园，茶园不响。人无事，摘过一枝茶叶，放嘴里嚼，真苦，吐了出来，茶园不响。牧童在草丛里睡着了，不知道谁家的水牛在茶园里吃草。

有人在茶园里种一排玉米，笔直地，和茶树对望。先是仰视，再是平视，很快玉米就可以俯视茶树了。

九月。茶树果子很大了，或者棕色或者紫褐色或者黄褐色或者苍绿色，一颗颗像黏在一起的小汤圆。

天空深蓝且辽阔清远，牛羊在山坡上吃草。孩子们戴着芒草编的帽子，从茶树上摘果子，外衣兜着，互相丢茶果。你追我赶，茶园里一片笑声。

茶园里玉米长出饱满的穗，玉米须在风中轻颤。

十月。早已立秋，天还是热，好在清晨和傍晚不见暑气。田里的水放掉，该割稻了，拿起镰刀，弯腰一镰又一镰。喝了很多茶，汗水浩浩荡荡，身子透湿。人都说茶好，又解渴又香。一垄垄稻子被割倒，轻轻躺在田里，稻穗饱满。

有人在茶园里掰玉米，有人在茶园里采秋茶。老人说：春茶苦，夏茶涩，要好喝，秋露白。秋茶香气平和，泡在杯子里，悠长悠长空落落像老巷。

茶园外几株红枫的叶子作玛瑙色。

十一月。早晨有霜，厚厚的。远远看去，茶园朦胧在霜色中，像古人的青绿山水，有种萧瑟美。

茶花盛开，星星点点一阵白。白的花瓣中一簇黄色的花蕊，幽香冷冷，扑鼻而来。茶花经霜不落，凋零枝头。

十二月。下雪了，厚厚一层，盖住了屋前屋后，竹林被雪压弯了。

茶园空地上，几行足迹向着山边，不知道是什么动物留下的。太阳出来了，雪化了，茶园又青了。

有农人将当年生的茶摘下来，炒揉后焙干，泡在大茶壶里，特别香，说春节的时候喝，格外消食。

茶香里，人忙东忙西。制新衣、碾米、磨粉、打豆腐、杀年猪、糊灯笼、除尘、收拾庭院，腊月过后，就是春节。

茶　书

壶　说

壶以紫砂为上。陶质也不坏，有古意，但沧桑感不如紫砂。以壶而论，沧桑少了，俊俏也就少了，紫砂壶有一种沧桑的俊俏。

有些壶拙，呆头呆脑跌宕可喜。

有些壶巧，顾盼有情眉目生辉。

有些壶奇，嬉笑怒骂一意孤行。

有些壶雅，低眉内敛拈花微笑。

有些壶素，抱朴见心尽得风流。

有些壶正，荣辱不惊八风不动。

胡竹峰壶论六品：拙巧奇雅素正。六品之外，为外道也。紫砂壶我存十余把，用来泡常喝的几款青茶、白茶、黑茶、红茶、黄茶。一款壶，一类茶，不混用。绿茶多用玻璃杯冲泡，无他意，好色耳。

舍下紫砂壶没有一款绝品，只是日常的茶器，为一己喜好之物，皆在六品之外。壶身都不大，其中一壶仅拳头大小。有人家的壶几乎要双手合抱。又不是开茶馆的，用那么大的壶，吓人一跳。壶雅何须大。紫砂壶是风雅器物，书前清供，以小为贵，手掌盈寸之间一握方好。有款壶曾自撰壶铭一条：

竹林藏雪，一壶风月。

壶不小心摔了。小心也会摔了。人间何处藏雪？遑论一壶风月。

粗 茶

灶头上贴着木刻的人物版画，起先以为是高老爹。高老爹是我乡清朝乾隆年间人，是名兽医，医术如神。

高老爹：真是好马，可惜肚子坏了，三日必死。

官差：你个跑江湖的说瞎话。

高老爹：三日内，此马不死，我不为兽医。

官差：走着瞧。

愤愤离去。

见死不能救，高老爹一脸无奈，叹息而归。

三日后，马毙。开膛破肚，脏腑焦黑。

高老爹的故事自小听得熟。祖父一边喝粗茶，一边给我讲故事。故事又老又土，诡异，充满巫气。

灶头上的木刻人物版画，后来才知道是灶神。我乡人称其灶王神，或称灶神爷。烟熏火燎，灶神满面油灰。

他们在炒粗茶。

春茶舍不得喝，卖了补贴家用。粗茶是夏茶，劲大，苦涩。乡下人出力多，粗茶止渴。

田间地头，粗茶泡在大玻璃杯里，枝大叶大，粗手粗脚。

一个小男孩躺在树荫下睡觉。

那个小男孩是我。

好　茶

好茶有两种。

一种唯恐易尽，一种不忍贪多。

安　详

天南地北的茶一款款在家坐喝。有客共话也好，无人独饮也好，不损茶精神。

茶精神者，兼济天下、独善其身是也。红茶绿茶黑茶白茶青茶，有的菩萨低眉，有的金刚怒目，有的平缓疏朗，有的急促陡峭，这是茶的性灵也是茶的趣味。

倘或是红茶，喝出一身热汗。肉身不知不觉消散了，遁迹虚空而去。

倘或是绿茶，茶香微细，畅通全身，飘渺间如坠烟雾。

倘或是黑茶，黑夜晴空里一道赤霞，车行辚辚驶入大荒。

倘或是白茶，顺畅润喉，让人静下来，如沐月色。

倘或是青茶，黏稠生津，味一沉，而后气贯全身。

茶气如一炉香，袅在鼻息间，让人顿入空寂之境，似有若无，一片空明又踏踏实实。

茶予人力量，让人欢愉，也给人安详。

猴　韵

绿茶里有韵的不多，太平猴魁为其一，或者也是唯一。其他绿茶似无韵之一说。

韵为何物？是口味，又不仅仅是口味。是情致、是风韵，也不独如此。我的理解是蕴藉的回味。

猴韵里藏着一段往事，鲜亮中潜散有睡意，似醒非醒似梦非梦，像晚年沈从文先生用淡墨写在隔年旧宣上的一帧章草手札。

沈从文的书法，书的是才情与性情，还有心情。我见过他不少条幅，信笔写来，如柳枝拂面。

太平猴魁泡在杯子里，老苍里透着清润，又像是白头宫女说旧事时手里摩着的那一支碧玉簪，清幽，碧绿，包浆厚实，处处是岁月，处处是岁月不着痕迹。

绿茶气息大抵菩萨低眉，太平猴魁气息昂扬，偶有金刚怒目处，这是猴韵决定的。猴韵之贵，全在清厚，鲜活，悠长。

有人说藏芽、味浓、香高、成熟、脉红、含情，称为猴韵。到底泥实了。

韵为何物，我说不好。

韵如道，道可道，非常道。

猴韵高标清远如禅，不立文字，无迹可求，无处不在。

瓜棚下，豆架旁，架子上牵着扁豆藤，藤上有紫白相杂的扁豆。如此天地，闲饮一杯猴魁，可得其韵也。

音　韵

音韵为观音韵。据说观音是女相男身。音韵沉郁顿挫，有点须眉气概。音韵宝相庄严，哪怕是喝残了，汤味里还有一份端庄。

音韵有王气。王气里偶尔略带调皮，也就是烂漫之心不去，清香型铁观音更明显。

铁观音卷曲紧结，质沉如铁，以醇厚论，当为茶类第一。

暮春，翠竹潇潇听春雨，况味几近音韵。

陈　韵

陈韵里有梦，是陶庵的梦忆。冬天里，一人索居，无事时，常常就普洱茶读几篇陶庵的文章。苏子美汉书下酒，胡竹峰陶庵佐茶。

紫檀架上的古物下，普洱在白瓷壶里缓缓舒开，有中年人的不动声色。酱红色的茶汤凝在白瓷盏里，有中年人的不动声色。

这是经年陈化使然。

陈韵清澈，又得隔年温润。普洱茶入喉，微静的刹那，忽然宁谧，俄而心花静开。陈韵之独特，正独特在前时气息，仿佛陶庵文章。张岱下笔，追忆之际，有痴人说梦之美。

两三年的陈韵还有燥气，如跳脱的少年。

八年的陈韵，变得老成持重了。

十年的陈韵，开始波澜不惊。

二十年的陈韵鹤发童颜，又老又新，有一种湿润的干爽，有一种干爽的湿润。

三十年的陈韵，落尽咽喉，养老杖乡。《礼记》云："六十杖于乡。"谓六十岁可拄杖行于乡里。南朝梁沈约《让仆射表》："养老杖乡，抑推前典。"

印象中有老人拄杖，须发皆白。那杖杂木所制，高过人头，累时可以用双手扶一扶。

如今，很难看到拄杖的老人了。

三十年的普洱茶，有幸喝过两次，云淡风轻，一片烂漫。

岩　韵

岩韵清绝。

清似轻舟已过万重山，绝如两岸猿声啼不住。

岩韵含药气，很多茶都有药气。音韵是厚，猴韵是扬，唯岩韵的药气沉，压在舌根，沉甸甸的。再看汤色，倘或是夜里，让人恍若喝药。

岩韵老于世故又一片天真。老于世故是茶味渊博，一片天真是茶味纯朴。前天在绍兴书圣故里喝了两款岩茶，一道黄观音，一道肉桂。黄观音老于世故，肉桂无邪天真。

一卷雪

　　立冬之后，到底冷了。风也多了起来，细如针尖，钻进人的棉衣里，也钻进树梢山头。只要不是晴天，空气里总隐隐透着一抹雪意。小寒大寒小雪大雪，雪意越来越浓，先是起云，再是起风，风吹动杨枝吹动松枝吹动地上枯黄的野草。继而渐渐风大，呼啸复呼啸。雪子开始落下，细细碎碎一颗颗精亮，散在屋檐下，从松针上滚到山沟里。山沟是最先白的。那白是灰白，然后浅白，终至纯白。

　　雪开始下了，虚虚地积起来，伸手一蘸，指尖染有一层棉絮。树梢白了，瓦片白了，继而天地一白。弯弯绕绕走过弄堂走过小路，眼前是黑白的世界也是黑白的味道。雪静静下着，四野一片白一片黑。除了雪花飘落时一种轻软的簌簌之音，听不到一点声响。古老的砖木建筑，幽微光线淡得寻不到前尘往事。黑夜睡在白雪里，幽静而壮美。

喜欢在旧式古屋的窗后看雪，看腊月的雪，一夜不绝。晨起的炊烟显得孤寂清冷，雪浸透了烟囱近处的屋顶，瓦片湿漉漉的，越发灰暗，一直灰暗到眼底。庭院外樟树叶子上的雪积得太厚了，忽地倾下来，打在鱼鳞瓦围墙上，四散开，惊得竹丛里的几只鸡四处闪躲，抖开翅膀复又卧下。竹枝上的雪也厚了，在北风里泻过，冬天的样子弥漫整个旧式的庭院。

在旧式古屋的窗后看雪，从冬雪看到春雪，从少年看到中年，雪冷雪白。蒋捷的《虞美人》似也可以用来看雪：

少年看雪歌楼上，红烛昏罗帐。壮年看雪客舟中，江阔云低，断雀叫西风。而今看雪僧庐下，鬓已星星也。悲欢离合总无情，一任阶前，点滴到天明。

小时候喜欢玩雪，现在是看雪，看雪比玩雪格调高。但玩雪有一片灿烂一片天真，常常令人怀念。有年春节从乡下回城，一路看雪，不亦乐乎。早春之雪比初夏的花更美。坐车看雪，仿佛走马观花，洋洋乎喜气。坐在车上，大地一白，春雪连绵两路，心境甚好，大有一日看尽长安花的欣然。

湖上看雪最好。雪景堪赏处，往往要寂寞相随。草木被雪染白，大地隐在一片茫茫中。有鸟觅食，低空盘旋几回，翅膀用力扇动浓重的雾气，扑喇喇的声音就在左右，一无所获，怏怏而走。

坐在船头，如处云端，白茫茫的流烟散散淡淡。有风，冷冷刮在脸颊上，寒意侵人。偌大的湖中只有双桨划水的声音，哗啦，哗啦，有节奏地从水中传来。人在看雪，不知雪也在看人。雪地远处有人影，仿佛丈二宣上一点墨。

雪可以看，雪也可以听，在静中。在暗夜的静中听雪，倘或是瓦屋，听觉上总是一种诗意。总觉得那些飘动的雪影是夜里浮动的暗香，幽幽然萧散而下。

院子里无风，躺在床上可以听到屋顶上与窗外雪花落地，开始是绵密的木墩墩的声响。不多时，雪积得一铜钱厚了，声音越来越小，四周越来越安静。一扭头看见隐默于夜色的树干，冰雪在窗灯里氤氲。冷飕飕的风刮过，家家户户关紧木门。灯火下，一张桌子，一只火炉。虽然未能围炉夜饮，一个人，一本书，一杯茶，却得独处的自适。

听雪听风听雨听水听鸟鸣听蛙声，这种美感与惬意常见古人诗文书画。文徵明说："古之高人逸士，往往喜弄笔作山水以自娱，然多写雪景，盖欲假此以寄其岁寒明洁之意耳。"古人诸多雪景里，有山有水，多有一人，或抚松或坐石或驾舟，或隐于窗后或坐于案前。此人是画家自己，身处画中看雪听雪。

黄公望画《剡溪访戴图》，层峦叠嶂，峰岭竞立，陡峰雄奇壮观,直插云际。山下是蜿蜒曲折的剡溪。小舟上,船家用力划桨驶离村落。山麓处村舍错落,屋内空寂无人,庭院盖着积雪。这积雪遥遥呼应王维的《雪溪图》,江村寒树,野水孤舟,白雪皑皑,天浑地莽,一片寂静空旷。这是天地之雪,也是人间的雪。

古人画雪,雪景极其铺排,人却微小,几近于无,常有舟船。譬如赵佶《雪江归棹图》、王诜《渔村小雪图》、高克明《溪山雪意图》,况味如《前赤壁赋》所云:"驾一叶之扁舟,举匏樽以相属。寄蜉蝣与天地,渺沧海之一粟。哀吾生之须臾,羡长江之无穷。挟飞仙以遨游,抱明月而长终。知不可乎骤得,托遗响于悲风。"

冬天下点雪才有意思,小雪怡情,大雪壮怀。有时雪太大了,出门几十米竟也白了头。

人在城里,玩雪是奢侈事,比不得过去乡下,可以玩山丘雪树林雪竹枝雪茶园雪草地雪庭院雪。

玩山丘雪如看古画,况味如明清山水手卷,底色是苍莽的。

雪天的山林,青白相间,浮漾湿湿的白光,青而苍绿,白而微明。清晨起来,站在屋檐下远望,看见那发白的山顶,大片的是绿的松,马尾松,密密匝匝。那些马尾松是乱长的,大小高低不一,一棵一棵挨着,依山势上下起伏。

竹枝雪是水墨小品。一枝雪，淡淡冷气袅在三五片竹叶上，况味如宋人宫廷画，尽显幽清之态。茶园里的雪一垄垄洁白，没有风，雪色下平静安谧。草地雪仿佛一张大宣，不忍落墨不敢落墨，不忍落脚不敢落脚。庭院雪最有趣，像个大馒头。有年在山东见到枕头馍，枕头那么大，吓人一跳。

下大雪，庭院的荷叶缸中落满了雪，盆栽里落满了雪，老梅枯枝上的积雪一寸厚。

北国雪如豪侠，江南雪是文士。江南的雪是娇羞的，轻轻然，又像是旧时未出阁的少女，涩涩地飘舞着，落个半天，才放开胆子，肆意地撕棉扯絮簌簌而下。顷刻间，田野皑然。

雪片飞舞，伸手去接，直落掌心，一片又一片，湿漉漉的清凉。

江南的雪下满湖堤下满板桥下满勾栏瓦肆，下在农人的黑布衣上，下在文人的油纸伞上，下在乌篷船的斗篷上，也下在田间地头，下白了山尖下白了塔顶下肥了峡谷下厚了屋檐。在白的世界，时间似已静止，只剩昼夜。

于一个江南人而言，没有什么比冬天里下一场雪更动人心。一年后的再次重逢，雪色依旧，人事全非，颇有一番思量。独临雪于屋檐下，泡杯热茶，默默打理着往日岁月遗留在体内的燥热、喧嚣与不安，聆听雪落大地的声响。

午后，流连于水乡弄堂。窄长的石板路，灰褐色的老墙，墙角边有菊花盆。菊花残了，枝秆兀自立在雪白里。空气里没有什么声音，巷子停滞在旧时雪色的意兴阑珊和波澜不惊中。

空旷的大路边，天空泛出灰蓝色。

暖国的雨，向来没有变过冰冷的坚硬的灿烂的雪花。如今我不在江南，而在江北，滋润美艳之至的江南雪，无从得见。江南雪，璨若冰晶，握手盈盈成一团球。很多年前，我还是个爱玩的少年，落雪天常常抓把雪藏在掌心，任其慢慢融化，蒸发，或者有一部分吸收于体内，永存在七经八脉与五脏六腑之间。

如今，旧时雪团带给我的触骨冰凉，随时间的推移，变得模糊，已经转化为暖暖的记忆。只是没有人知道，当年还有一丝雪片从天空飘至树梢，从树梢落到眼底，让我冷泪盈眶。是以这么多年，别人冷眼看我，我也冷眼观人。去餐馆吃饭，不点冷盘，上来就吃热菜。

南方下雨，北方落雪；南方是花城，北方是雪国。穿过县界长长的隧道，便是雪国，夜空下一片白茫茫。一本来自异邦的《雪国》，打动了多少男男女女。

记得有一年落雪，竹子，茶树，松柏都冻住了。雪压着它们，晶莹中但见一抹深绿。窗户玻璃上也布满了冰凌花，像贴了无数白色的星星，不过这是别人家的景致。我家的窗户照例只用光连纸蒙着，纸变潮了，湿泪泪地奄在窗格上，荧荧隔住一窗风雪。

落雪的时候，总想出去玩。去看屋后的池塘，还有屋前的田垄。赏雪之地要幽要阔，幽中取静，阔处见深。

雪中的池塘，风情十足，盈盈盛一窝清水，寒冰覆面，走上去，提心吊胆，居十步折返。站在塘埂上溜达，芭茅裹着冰雪，细溜溜如一杆白缨枪，不怕冷的鸟犹自在其间跳跃。雪地的鸟是孤独的，聒噪着，找不到食物，乱蓬蓬灰色的羽毛，映着洁白，刺眼的一团野趣。用脚扫出一块干净空地，掏出口袋里细碎的爆米花，洒上，不多时，有鸟落下如小鸡啄米般点头吃食，不时警觉又怯生生四顾看着。

田垄上看雪，情形不一样。清冽的寒气顺着鼻孔吸入肺部，胸际一凉，脚底似乎飘飘然浮了起来。辽阔的梯田，盖在棉绒似的雪下，显得阒然宁静。细长的电线上糊满了雪花，臃肿粗大，逶迤架过小河，横在山间。人迹难寻，雪白惹眼，这时坐在火炉档上就更妙了，天大地也大，人却觉得天地都收在眼底下。

天晴了，雪渐渐融化。日影光明，雪入水中。

屋檐下终日响着滴答答的水声，偶尔会有一滴凉滋滋的雪水落在头顶或脖梗，顺着后背往下滑。树枝、檐角、晾衣绳，到处挂着凝结成的亮晶晶的尖耸耸的冰凌，像倒插着一把把锥子。冰凌圆润，细长，像老冰棍。很多孩子叉根竹棒，在棕榈叶上敲冰凌，敲下来吃，冰得嘴唇凉凉的，舌头都冻木了。

落雪不寒化雪冷。冷，我并不怕。记得有一次，接了澡盆冰水，再放入许多雪，跳进去洗澡，洗得浑身蒸腾着热气。一个瘦小孩，在雪水里洗澡，被雾气包围着，影影绰绰，这是留在脑海中童年最后的影像。

人往往是一夜间长大的。

喜欢春雪。春雪如春色，春雪易逝春色易逝。

春天路过梅林，花似开不开，藏在干枝里，似乎在等着一场春雪。雪后访梅者说梅花开了。

白梅是画在纸上的好，王冕一生画了不少梅花，多是老梅，或一枝或繁枝，梅影参差，密蕊交叠，以淡墨圈花法勾勒花瓣，好看幽古。台静农先生亦好作梅，圈圈点点有骨骼有风致，又自负又寂寞，不染俗尘，有一种高贵的落魄不羁。

白梅白得不一般，我想可以称作梅花白。黄梅之黄是梅花黄，红梅的红也自然是梅花红。我喜欢的白有梨花白、杏花白、梅花白，白出一片冰心。一片冰心未必非要在玉壶，在枝头也颇好。红梅是生在地上的好。

近日教五岁小女背《梅花》诗：

墙角数枝梅，凌寒独自开。
遥知不是雪，为有暗香来。

王安石宦海沉浮，不失书生心性，不失诗人心性。

219

少年时，我家庭院栽有几株梅树，曾祖手植。当真是老梅愈老愈精神，尤其是大雪天，开得精神抖擞，梅香馥郁。二十多年前的雪天了。

一九九〇年代的某个隆冬，我家旧庭院的红梅开了一树花，清秀可喜，又吉祥又好看。祖父高兴，带我们在梅边赏玩。寒梅清幽探雪，祖父清癯临风，风动围巾。快三十年了，我忘不了。《红楼梦》上薛宝琴披着凫靥裘站在山坡上遥等，身后一个丫鬟抱着一瓶红梅。快二十年了，我也忘不了。丁酉初春，我与友人在老家小城访梅不遇……

梅花落满了记忆，大雪落满了记忆。

雪后的园地仿佛一卷宣纸，踏雪寻梅更是踏雪寻春。红梅落在雪地里，密有密的风韵，疏有疏的神采，如胭脂点染，疏朗清雅，入眼靡瑰，春意比杏花枝头足。

有僧问何为摩诃般若？青笋禅师答："雪落茫茫。"摩诃是大，般若是智慧。大智慧就是雪落茫茫。百丈怀海禅师以雪山喻大涅槃。茫茫的雪意是智慧的渊海，沉稳、内敛、深邃、平和、空无。无边的雪光也是智慧的渊海，沉稳、内敛、深邃、平和、空无。

夜雪初霁，雪光混在云里雾里，混在山石与草木上幽幽闪动，无处不在，充满了所有的空间。甚至穿过窗户，投入室内，与室内的石灰白融为一体，人心骤然充满光亮。

室内雪光大亮，给器具杂物上镀了一层很淡很淡的柔光，像时间形成的包浆。阳台上衰败的藤草，在雪光的蒙蒙光亮中仿佛前朝旧物。此时，室内空气也是冷白的。如果是下午，夕阳的金光与雪光的冷白交融，定睛细看，空气里浮动的尘埃以金黄的冷白色或者以冷白的金黄色在半空中自由无声地缓缓游弋。

　　雪光很凉，没有暖意，却异样清澈明亮。

　　雪后遍地银白，反衬天色益觉无穷的湛蓝深远，在头顶上空无边无际地展开。冬日雪后的天空似乎更大了，大得人感觉渺小。

　　暮夜交接时分，在雪地里看星空。山顶阁楼亮起一盏孤灯，风很冷，顺衣领而下。河流凝住了，波纹不生。寒空中星星闪闪，半弯月亮悬挂在旷野天边。人冷冷看着那星月，星月冷冷看着人，对视久了。忽生凉意，忽有悲欢。独行雪地，两行足迹从山顶到山脚，孤单决绝。转身回望，人定在那里，突然痴了。

　　少年时敞头淋雨，中年后撑伞避雪。

墨　书

　　徽州的雨天有旧味。出门一看，处处是弘仁的山水。山间错落着变灭的云雾，隐约的花青、石黄、钛白、铅粉、胭脂、青金，阴郁着缓缓移动。鱼鳞瓦的屋顶烟雨迷蒙，薄雾如清墨，古桥像焦墨，远山似重墨，天光若淡墨，瓦屋近浓墨，越发弘仁。春燕啄泥仿佛水墨丹青，树梢的鸟大小错落立在枝上，亦如小品画。春江微雨，竟秋气低垂，气韵萧瑟，浑然不似春日。暮色将至，山更寂静。天地相合如一块明清古墨。

　　徽州地区的白墙黑瓦，有的几年，有的几十年，有的几百年，黑白颜色的浓度不尽相同。黑有焦黑、浓黑、重黑、淡黑、清黑。白有米白、粉白、灰白、黄白。黑白间变幻莫测。田间地头油菜花旺盛，到底洗了些古秀。

制墨者在老城巷子的尽头，朴素的四合院。

弄堂斑驳露出陈旧的砖石，破壁之美如残墨。明清的旧墙，粉黛落尽，繁华落尽，其粉白成老象牙黄。时间久远，雨痕透迤如宋人长卷。颜色在苍黄之间徘徊，给人以安静的感觉，有远离现实的安逸。据说大多人做梦的场景都是黑白的。我喜欢这样的氛围，色彩淡了下去，入眼一片黑白与青灰。

黑瓦与青砖修造的院子，朴素有古时气象。制墨者亦有古时气象，门口宋体字署曰"古法造墨"，无落款，书写在杂木板上。

推门而入，工房青砖墁地，上年头了，砖缝面目模糊，墙根隐隐有苔。从窗户看见后院，墨影散缀，院子里两棵枇杷树。垂柳拖出一尺多长的新枝，配了灰色的砖墙黑瓦，越发显得花木清疏。

墨工躬操杵臼，灰手黧面，形貌奇古，着宽幅衣衫，一身墨气。墨气是和气静气粉墙气黛瓦气松林气青烟气。

几方墨立在桌上，也像青砖垒就的庭院。夜深了，无星无月。

过去乡下青砖垒就的庭院很多，围墙上盖着鱼鳞灰瓦。院子里有树，栀子树、香樟树、柑橘树。石头与仙人掌栽在瓦盆里，头面峥嵘，刺向天空。还有一簇竹，乱蓬蓬在檐下。夏天的夜晚，在院子里闲坐，天光如青墨。心里静静的，风吹过梨树叶哗哗响，河塘泛出泥腥气和水草的湿气。

墨的形态好看。我喜欢狭长方墨，搁置在书案上，安安静静，如同寒夜的星子，身长玉立，又像穿古服的士子。

　　墨的起源，宋人高承作《事物纪原》认为与文字同兴于黄帝之代。陶宗仪说上古无墨，以竹点漆书写。古代原始的墨，用天然石炭磨成粉末，渗水融汁使用。还有人取树汁充墨，是为植物墨。乌贼腹内有墨囊，亦可作墨用之，是为动物墨。

　　《述古书法纂》说邢夷始制墨，字从黑从土，煤烟所成，土之类也。徽墨产地歙县有这样的传说，有一天邢夷在溪边洗手，见水中漂来一段松树木炭，随手捡起，手为之黑。于是捣炭为末，以饭粥拌和，搓成扁形和圆形，凝固成型后，用来研磨。他所制的墨，史称邢夷墨。因为墨制作成小圆块，不能用手直接拿着研，必须用研石压着来磨。这种小圆块的墨又叫墨丸。老庄、孔孟、司马迁写在竹简上的墨迹就是这样化丸成字。

　　到了东汉，墨的形状从小圆块改进成墨锭，经压模、出模等工序制成，可以直接用手拿着研磨。研石渐渐绝迹了。

　　秦汉时出现了松烟墨。采取肥润的松树，截作小枝，将其经过不充分燃烧制得烟灰，再拌以生漆、鹿胶、麋胶，也有人用牛胶拌和制成。其质远胜石墨。最著名的是隃麋地区（今陕西千阳一带）隃墨，因为自古就生长有茂密的松林。树龄古老，枝条中油脂含量高，适于烧烟制墨。

隃糜地区所产之墨，当时已成为墨中佳品。朝廷常常用来赏赐大臣。《汉官仪》记载，尚书令、仆、丞、郎，每月给赤管大笔一双，还有隃糜大墨一枚，隃糜小墨一枚。

隃糜之墨，名气很大，"隃糜"也就成为墨的别名。后世制墨者，有人袭用"古隃糜"之名，以显名贵。

那些松林，历经几百几千年春秋。空山无人，山林才成为世人想象憧憬的桃源。松间明月与日色互映，并无笙箫，却终日萦绕着最永恒最美妙的声乐，风声，雨声，水声，雷电声，鸟虫声，化入山林，山林化为烟，烟凝为墨，墨里自有天地乾坤。

汉人用松烟制墨，规模不大，石墨依旧有人使用。曹操在邺城建铜雀台、金虎台、冰井台，并在冰井台藏储大量石墨。陆士龙曾得曹操藏墨数十万斤……送了二螺给他的兄长陆机。螺是墨的一种计量名称。南朝有墨为螺状。墨的计量名称也是多种多样，有丸、枚、螺等，后来还有量、笏、挺、锭、块之类。

曹操存世"衮雪"二字碑刻，有波涛澎湃之势，不知原稿是否为石墨所书。陆机真迹有《平复帖》，旧雨滂沱，枯涩、老辣、苍茫、高古，纠缠扭曲，充满荒凉的况味，墨痕是凄厉的回声。据说用的是松烟墨。

曹魏时书家韦诞是第一个明文记载最详备的松烟墨制作者。韦诞制作的墨，百年如石，一点如漆。后世称他为墨的发明者，尊为制墨祖师。《齐民要术》详细记下了韦诞《合墨法》：

先要纯净的烟子，将其捣好，再用细绢在缸里筛，筛掉草屑和细砂、尘土等。因松烟极轻极细，不能敞着筛，以免飞散掉。每一斤墨烟，用五两最好的胶，浸在梣皮汁里面。梣皮是白蜡树皮，树似檀，取皮浸水呈碧绿色，写纸上作青色，可以稀释胶，又可以使墨的颜色更好。朱砂一两，麝香一两，细筛，取鸡蛋白五个，混合调匀。放到铁臼里（宁可干而硬些，不可过分湿）捣三万杵，杵数越多越好。合墨的时令，不要太暖太冷，太暖，会腐败发臭；太冷，软软的难干，见风见太阳，都会粉碎。每锭重量不要超过三二两。墨锭宁可做得小些，不要做得过大。韦诞最后说："墨之大诀如此。"成为后世墨工遵循的一个基本法则。

松烟所制之墨，色黑，质细，易磨。曹植有诗曰："墨出青松烟，笔出狡兔翰。"松烟制墨步骤大致分为：采料、造窑、取烟、和剂、成型、入灰、出灰、试磨，共八道工序。前三道工序，就是将松、桐等原料置于密闭不透风的窑室内，令其不充分燃烧，使之烟气化，再经冷凝成细末。第四项和剂，即是根据一定配方，将各种配料，按一定比例添加，均匀搅拌。成型是将搅拌好的坯料，捣为末状，挤压成型。入灰、出灰是将初制成的墨锭，以细绢包裹，置入草灰中，缓慢晾干。最后一项是经过试磨来鉴定墨的质量。

《墨谱》介绍的制墨工序为：采松、造窑、发火、取煤、和制、入灰、出灰、磨试。《墨法集要》分得更细，计有：浸油、水盆、油盏、烟碗、灯草、烧烟、筛烟、熔胶、用药、搜烟、蒸剂、杵捣、称剂、锤炼、丸擀、样制、入灰、出灰、水池、研试、印脱二十一道工序。

仿古徽墨，大体分为：造窑、选烟、加料、拌合、加胶、捣杵、切泥、压模、凉墨、修墨、描金、入盒、包装等十几道工序。一道工序一层匠心，给墨注入不同的灵气。其中捣杵次数越多越好。在铁砧上成千上万次甚至十万次地捶打塑形，墨才会丰肌腻理，却又坚挺如石。我在徽州墨坊捣三百杵，手臂累不可言，三日酸楚不绝。

一节节松枝在火中形成烟霞一样的松烟，聚合成焦枯的黑色，有树木鲜活一世的灵气，也有一声呐喊一股热风，更是文人的旧梦。很多年之后，看到古代的一些法帖真迹，兀自能觉出字面有动人的墨的微尘流动，那是日光月光星光雪光还有生命的时间之光。松木燃烧后飞升而起的烟尘自笔尖透入纸帛麻纱，说着如梦幻泡影如露亦如电的尘世。

沾润到水，在砚台上厮磨而起的墨痕如烟。水使墨枯湿浓淡与砚石的纹理一起流动，如烟云变灭交融幻化。洗笔的时候，一团墨由浓而淡，无边蔓延，丝丝缕缕游弋于水中，再次化成松烟。

南北朝时，河北省易水流域盛产松木，易州之松为名品，做出来的松烟墨浆深色浓。北齐朝廷对文书有谬误及书迹滥劣的郡守罚其饮墨水一升。易州在北齐辖内，离都城邺地不远，那些郡守所饮之墨水可能即为易墨。《隋书·律历志》言："梁陈依古，齐以古升一斗五升为一斗。"梁、陈每升合今制两百毫升左右，齐量制折今制为三百毫升，够那些官员喝一壶了。罚饮墨水，当治昏惰耶？

易州墨到唐朝犹有大名。

唐墨亦有唐风。有宋人曾见数种唐墨，皆生平未遇者，多为御府所赐，重二斤许，质地坚硬仿佛玉石，铭曰"永徽二年镇库墨"，不署墨工名氏。米芾游览京师相国寺，见一唐墨，高逾尺而厚二寸。这种其制如碑的巨墨，是唐代书法家李阳冰供奉给宫内文华阁的贡墨。李阳冰擅篆书，墨上有"翠霞"二字，宫内作为文玩清供。

传说唐玄宗有一次见墨上有小道士缓行徐步，形体如蝇。上前呵斥，小道士即拜呼万岁，说："臣黑衣使者，墨之精，龙宾也。"明朝墨工罗小华据此说仿制出"小道士墨"。

古人以为，人与墨久了会成为墨仙。《砚山斋杂记》上说，好墨是松树经化炼轻升，滓浊尽去，如膏如露，濡毫之余，间用吮吸。灵奇之气透入窍穴，久久自然变易骨节，澄炼神明，是为墨仙。所以不少书画家长寿。

天宝之乱，墨法不绝。唐末有个叫王君德的，所制之墨，时人当作传家宝珍藏。王君德制墨法，配剂有所革新，用了醋、石榴皮、水牛角屑，又用榉木皮、皂角、胆矾、马鞭草四物。

在唐末乃至历代各朝中最负盛名的制墨师奚超、奚廷珪父子祖居易州。后避战乱携全家南逃至歙州，见此地松林茂密、溪水清澈，定居下来，重操旧业。奚氏父子刻苦钻研制墨技艺，选用松烟一斤，珍珠、玉屑、冰片各一两，和以生漆，捣十万杵，比韦诞多七万杵，终制成丰肌腻理，光泽如漆，万载存真的好墨，被称为奚墨，又叫珪墨。

李煜喜欢作诗绘画，歙州官员差人选了两块奚墨献上。后主一试，不沾不涩不滞不滑，光泽乌亮，芳香四溢，连声称赞。把奚廷珪召去，封为墨务官，赐姓李，加封奚墨为徽墨。此后，也有人将奚超所制之墨称为"李超墨"。所以到了宋代，徽州成为当时中国的制墨中心，徽墨也成了墨中之精品，人称新安香墨。

有人偶误遗落一丸李超墨在水池里，怕是泡坏了，置之不顾。过了一个月，在池边饮酒，又掉下去一金器，只得令人打捞，同时捞出李墨，见光色不变，表里如新，其人方知李墨之性，自后宝爱藏之。常侍徐铉幼年尝得李超墨一挺，长不过尺，细裁如筋。与其弟二人共用，每天书写五千字，十年才用完。据记载，李墨由于质地致密，磨处边际有刃，可以裁纸，甚至能削木。

赵宋灭南唐时，掠得大量李墨，舟载车装。有些曾用来摹拓《淳化阁帖》，有些用来漆饰大相国寺门楼及其他宫殿。读书人都觉得可惜，暴殄天物。

有大臣幸运得到宋仁宗赏赐的一锭李超所制之墨，蔡襄得到李廷珪所制之墨。那位大臣知道李廷珪墨宝贵，不知李超为何人，蔡襄使计交换了。宴会完毕，二人骑马从内门出皇宫，分手时，蔡襄马上拱手长揖，得意地说道："你该不知道吧？廷珪只是李超的儿子……"

黄庭坚善书法，世间爱其书者，争相以好纸好墨求换，常常带来盛满好纸好墨等物品的古色古香的囊袋。一日，苏东坡见到一个锦囊，伸手探取，见是半挺李廷珪侄子李承晏的墨，急忙夺下。到了宋代，李墨存留无几，因而苏轼见后方才生了夺爱之心。李承晏所制名墨，如是完整的真品，时有人愿以自藏王羲之的真迹与之相易。

宋代有不少制墨大家，譬如潘谷，手艺高明，善于制墨。他的墨用胶少而且遇湿不败，香彻肌骨，磨研至尽香气不衰。当时高丽、新罗的墨，烟极轻极细，可惜掺胶不当。潘谷把这种墨捣碎，再适当入胶，重新制出上等的墨，既黑且光，如犀牛角般细腻滑润。孟元老说东京相国寺市上，潘谷的墨是大家争购的抢手货。潘墨太过精美，苏轼都不敢轻易使用。

苏轼敬重潘谷，称其为"潘翁"，后敬誉为"墨仙"。其人放浪形骸有六朝遗风，负囊售墨，遇穷困的读书人，他则少取钱帛或不取，慷慨赠予。临终前，烧掉欠他墨钱的借据。潘谷验墨法尤为传神，摸索便知精粗。黄庭坚曾取藏墨示之，潘谷隔锦囊摸摸，说是李承晏的软剂墨。又辨认出他自己二十年前所造之墨，并且感叹现在自己精力已不够，制不出这等好墨了。后来潘谷因醉酒坠井而死，与诗仙李白如出一辙。据说没找到尸体，大概如墨一般与水化去了吧。

墨仙已乘黄鹤去，古井青苔空悠悠。

张岱癖茶，潘谷癖墨，前不见古人。

苏轼也自制墨，曾引起火灾。这一天是元符二年腊月二十三日。苏轼自己说："墨灶火大发，几焚屋，救灭。遂罢作墨。"时年夫子六十二岁，被贬海南已两年多了。苏轼所制之墨自称为"海南松烟东坡法墨"。其墨凝固不好，坚硬度也不够，权遣岑寂之生。有个叫潘衡的人自言得了苏轼墨法。苏过大笑，谓"先人安得有法"。好在衡墨颇佳，没有辱没苏学士声名。

古墨皆松烟，李廷珪开始兼用桐油。取烟法，松烟取远，油烟取近。宋中期，制墨工匠更以石油、麻油、脂油取烟制墨，其法日臻完善，墨质亦佳。李廷珪是松烟墨集大成者，也是油烟墨的开创者。

松烟制墨法历千余年。松材不能用普通松木，要选经百年之久甚至历经几百年风霜的古松。经年累月大量砍伐松树，产墨区大片大片的古松林被毁。沈括生活的时代，齐鲁间松林尽伐，渐至太行、京西、江南，松山大半皆伐。很多地方，只有十余岁的松木。这也是元明后，松烟制墨逐渐消亡的一个原因。

　　古代的文士，飘零之际，书可以不带，但一定身携笔墨，作文习字浇心头块垒。在风尘仆仆的旅途磨墨，松烟墨一层一层在砚中散开成为墨水。墨留住水淡然的梦痕，水化开墨鲜活的月影，成为透亮的黑，朦胧，深邃，在一干二净的简纸绢麻上渗出心迹。

　　一瓢饮一箪食的清贫日子，人磨墨，磨墨人。花草树间，草堂檐下，一支笔一锭墨一片纸一方砚，可令纷扰之心重回宁静。墨可入药，善用之可医愚可抑岑寂可遣悲怀。

　　上等墨味辛，性平，入心、肝、肾经。李时珍说墨"气味辛温，无毒，主治止血，生肌肤，合金疮。治产后血晕、崩中卒下血，醋磨服之"。

　　诸多医术都有以墨入药的记载，治大吐血用墨，治鼻衄用墨，治眩晕欲死用墨，治崩中、漏下用墨。有妇人产褥热，以古墨为药，投烈火中焚烧，研末酒服即愈。诡异处还说端午节时抓一蛤蟆，去内脏后装入陈墨存放数日，可治疔腮、毒疮。医书里断断续续录下的方剂，墨香四溢，药香四溢。我小时候得过腮腺炎，祖父研得浓墨在患处涂上圆圆的一团，两三天即康好如初。

　　唐宋以后，不少古人的文字里有股药气。直到民国，药气不绝，鲁迅是药，周作人是药，郁达夫是药，俞平伯是药，陈独秀是药，胡适简直是一家中药铺。

作文如服药。近来心里不免生出药气，虽然也有喜气。

墨自宋朝始，多了一抹香艳，民间妇人有以墨画眉者。金章宗完颜璟的宫中，以墨工张遇所制麝香、龙脑香墨为画眉物具。

《墨史》记载了很多墨工，如长沙胡景纯，专取桐油烧烟，名曰桐华烟。不作太多的外饰，其墨大者不过数寸，小者圆如铜币。在砚石上磨开，光亮照人，画工尤其宝爱，珍藏起来专画眼睛。

墨是名物，制墨工身微低贱。川人蒲大韶以油烟制墨，得墨法于黄庭坚，东南士大夫喜用之。但因墨上题字署名，惹怒了宋高宗，掷墨于地，曰："一墨工，而敢妄作名字，可罪也。"

墨渐渐老去，成为一块旧墨一块老墨一块古墨。一年过去，十年过去，百年千年过去，墨之火气全无，那些墨与水交融一起在笔尖流过，落在纸上，风骨回来了。沉墨如同老琴，每弹一声，心弦悸动。董其昌谓制墨者程君房："百年之后，无君房而有君房之墨。千年之后，无君房之墨而有君房之名。"

程君房是明新安人，制墨选料严格，用五百斤桐油烧烟，得最轻的油烟不过百两。程墨之图案，分为玄工、舆地、人官、物华、儒藏、缁黄六目，共有数百式墨模。其墨黝黑而有光，舐笔不胶，入纸不晕。自诩："一技之精，上掩千古"、"我墨百年，可化为金"。

新安不少人家世代制墨，独秀明清两代。监制的贡墨与自用墨盛行。一些人或为争宠于朝，或为附庸风雅，或为铭文励志，或为留烟自赏，向一些墨肆、墨家定制墨块。金农写漆书，用墨特制，用自选墨烟所造金农墨。墨上一面书"五百斤油"，一面书"冬心先生"，其墨浓厚似漆，写出来的字极黑。纸墨相接之处幽光徐漾，字凸于纸面，触指即为墨染。金农用自己的墨，中国古代书家，自己制墨的大有人在，中国笔墨最重自己的话自己的面目。

墨至光绪二十年，或者说十五年，外来的矿质烟输入，墨法大坏。自古传法，气如悬丝。墨法也不例外。

书窗下的天地，明几净榻，不可缺香。古人说沉香不如花香，花香不如茶香，茶香不如墨香。

墨在汉朝开始添加香料，皇太子初拜，给香墨四丸。墨之香，是冷香，绵延至今。不浮、不腻，又有人世的暖意，可亲可怀。《红楼梦》中冷香丸大约如是。

冷香丸是将白牡丹花、白荷花、白芙蓉花、白梅花花蕊各十二两研末，并用同年雨水节令的雨、白露节令的露、霜降节令的霜、小雪节令的雪各十二钱加蜂蜜、白糖等调和，制作成龙眼大丸药，放入器皿中埋于花树根下。发病时，用黄柏十二分煎汤送服一丸即可。考冷香丸一方，医籍未见记载。即或杜撰之笔，但处方遣药之意，颇耐人寻味。

牡丹、荷花、芙蓉、梅花，对映四季。阅尽炎凉，才知花之美也。

蜂蜜、白糖为甘，黄柏煎汤苦。

墨香是暮雨故乡，阅尽炎凉甘苦，自可归隐，在墨香里不离不弃。酒香花香粉香之后，暮年斑白的青丝上墨香满簪，用仅剩的一锭旧墨写意出暮雨故乡。

旧墨被牡丹遮蔽，不见蓬门莲开。

香令人幽，酒令人远，石令人隽，琴令人寂，茶令人爽，竹令人冷，月令人孤，棋令人闲，杖令人轻，水令人空，雪令人旷，剑令人悲，蒲团令人枯，美人令人怜，僧令人淡，花令人韵，金石鼎彝令人古。这是明人陈继儒的说法。

墨令人幽、远、隽、寂、爽、冷、孤、闲、轻、空、旷、悲、枯、怜、淡、韵、古，偶尔渗出些许颓唐的气息，年华与修养泅开了，到底空疏。

载道文章，言志文章，头巾文章，才子文章，都是阴阳文章。白纸黑字，白为阳，黑为阴。黑白之间，是山川草木也是光阴年华，是人情也是世事，更是人生的归宿。笔墨纸砚自有生息，只有孤寂、纯净、坚韧的心灵或可抵达。

惟笔墨干净，干净的笔墨。

天地如河，笔墨可渡。驾一叶笔墨之舟，可上九天与星月同游，下五洋共鱼虾嬉戏。

雨天里静静地磨墨，半块旧墨化为茸茸霜毫，如入无人之境。时间是墨锭在砚台里绽放的一圈又一圈的花，凉如秋水。墨香离开墨锭，凝到砚台上。一种细软的中药味与淡淡的清香融为一体，非兰非麝。一丝青气隐隐浮现，自窗棂透过院子，天光渗入，与灯火相合。灯火穿过纸窗溶溶在地上留下一道如淡墨的窗影，一只花猫在院子里驻步卧在檐下。一点墨开放在饱满的笔尖，一纸白宣铺陈，一茎兰一顶荷一簇菊一竿竹一枝梅一脉山一泓水的淡痕如暗影。

漂亮的男童踮起脚尖够书柜里的墨锭。少女的手轻轻磨墨，指尖葱茏。墨在砚台里，一切归于平静。外袭纯白丝袍的纤细清秀的贵公子，提笔在册页或者手卷上书写，暗淡古朴，散发着淡淡的幽香。

药香的砚台，墨香的文字。窗瓦屋下的书生，纶巾布衣，笔墨纸砚，从清晨到日暮，在夜晚跳动的灯火下，对着空白的纸不停书写，对着漫漫时间，留下带着体温与性情的墨迹。淅淅沥沥的雨在灰色的瓦屋顶上，雨滴尖脆，能听见落下时空灵细微的声响。

瓦

我对瓦的描述要从天气开始。

雨是擦黑时开始下的，一根根水线从瓦楞间流下，汇成流苏一样的幕帘，把我阻隔在漫漫山野。视野变浅，近物历历在目，远景在烟雾中迷蒙模糊。雨点落在青瓦片上，沙沙沙，沙沙沙，像风吹榆叶。雨意弥漫，雨水的冰凉从肌肤慢慢渗透至体内，不自觉打了个寒噤。

雨渐渐大了，落在瓦片上，击瓦之声和屋檐飞流的雨线连成一体。有风从瓦面上吹过，拖着长长的呜呜的声音。地上积水泛着天光，远方人家的屋顶，经过雨水的浸润，瓦片透着灰突突的亮光。一只淋湿的小黑猫无声无息地从瓦沟里穿过来，轻灵地从瓦当上跳下，钻进了灶台火口里。

父亲捡起一块瓦片，清理锄头上的泥土，瓦片与铁器刮出"吱吱"的声音切开雨线，传得很远。

小时候，喜欢听雨，喜欢有雨的时候坐在厢房听着雨打瓦片的声音，那声音让人有些伤感又觉得很诗意。尤其梅雨季，密密麻麻的雨声是天地合奏的音乐，蕴藏着缓慢的节奏，让人心情愉悦。雨停时，瓦沟里的残水从夜里滴到天明，那滴答滴答的声音更不知勾起了多少童年的情怀。

这是很多年前的往事了。往事像瓦片打在水面上，漂漂浮浮。瓦片打在水面上，荡起一圈圈涟漪，荡起的涟漪里偶尔钻出几尾小鱼，银色的身子划过水面，像少时的梦境。水面椭圆形，很小，映不出白云苍狗，但斜斜看去，可见农户青瓦顶的倒影，一幅江南人家的旖旎。很多年之后，我才明白，这种感觉叫乡情，它与人心相映。瓦是有乡情的，瓦的乡情会揉进一个人的生命与灵魂，它总在细雨如麻的黄昏或者大雨倾盆的午后，纠缠住一些人。

雨中在乡下行走，总有一缕温暖的惆怅，温暖是乡村给的，惆怅是雨水给的。一个人打着伞站在雨中，雨丝飘落在农舍鳞鳞千瓣的瓦片上，总有些情怀被触动，总有一些心事被唤醒。烟雨湿答答地弥漫，无边温暖的惆怅就在心中涌动。这样的感觉来自瓦，瓦给人一种精神上的安慰与抚摸。

瓦上的乡情，是对过去岁月的迷恋。

每次回家，当大片大片的青瓦屋顶映入眼帘时，心里便多了一份熨帖与安妥。

　　常常是黄昏，汽车摇晃在山路上，窗外一顶顶瓦屋，炊烟四起。脸贴着窗，贪婪地看着，一轮又红又大的太阳投向山尖，淡淡的霞光慷慨地从薄云中流出，夕阳所照之处像涂抹了一层金黄色的乳液。山脊上那些松树的轮廓晶莹剔透，仿佛宝石和珊瑚的雕塑。山体沐浴在一片金黄当中，山边田畈上的人家，鱼鳞片一样的屋瓦被落日绚烂而美丽的残焰染成酡红色，呈现出一种动人心魄的面目。

　　我喜欢有青瓦点缀的山水。山水之中，风生水起，终究虚空。虚空的山水，需要青瓦落到实处。青瓦让山水变得动人，青瓦是山水的眉批。

　　瓦下的日子，喝茶吃饭，拌嘴怄气，悲欢离合，生生死死，一切笼罩在瓦的青气里，就有了不一样的感觉。

　　瓦，隔开风雨，挡着夜露，也遮住霜雪，但瓦下的人还可以感受到风雨夜露霜雪的气息，这是瓦的不一般。

　　夏天，住在瓦屋里，一方方小小的青瓦和绿色的爬山虎构成了一个古朴的氛围，有山野深处的清凉。夜里，一盏荧灯下靠在床头翻书，让人一下子回到了久远的从前，一些奇怪的念头蜂拥而至，甚至会觉得，屋顶上会跳下一个披风猎猎的侠客，会飘然飞出一个翩翩秀美的狐仙。

一块破瓦片，村外捡的，在口袋里。瓦片是灰色的。灰色旧，旧而无光，黑亮，白亮，黄亮，红亮，绿亮，就是没有灰亮。

青瓦灰色，灰是平民的颜色。灰色的瓦片是朴素的，朴素得像庄稼人。瓦又很粗粝，如粗粝的农家生活。瓦的颜色，就是千百年农耕岁月的灰暗，不见灿烂。

在灰色的瓦片下做梦，梦见灰色的树干下一群灰衣黑脸的先民在制瓦，他们身后有一大片瓦屋。瓦屋很老，几百年了，瓦看起来旧而破。一些沙土落在瓦上，一些叶片烂在瓦上，一些种子吹在瓦上。瓦上有草，瓦上有花，瓦上自有世界。

比草更多的是苔，背阴处青苔或浓或淡或浅，像发霉的铜器，幽深沁人。暮春，紫甸甸的梧桐花大朵大朵地落在瓦片上，啪嗒一下，啪嗒一下。大晴天，坐在屋子里，能听见花朵与瓦片接触时的声响，那种声响，幽幽的，有股凉意。那样的时光，我经常坐在天井下。在南方，白墙青瓦围拢而成的天井无数，下雨时雨水就会从屋檐流向天井，叫"四水归堂"。夜里，从那方窄窄的天空仰望，感觉月亮落下天际，耳畔蛙鸣忽长忽短……

从甲骨文的字形中，知道先民的屋脊上有高耸的装饰和奇形怪状的构件，但尚未有实物瓦的发掘出现。也可能有，但找不到一块全瓦，它们被岁月的车轮碾碎在地下。宁为玉碎，不为瓦全，有多少玉碎，更有多少瓦全？

很多年前，我们村小学翻建，挖出了大量的碎小瓦片。都是大瓦，厚墩墩的瓦显示着当年寺庙年华的尊严与高贵。不过一百多年的光阴，这些瓦已经成了一片瓦砾。

楼台没有了，遗址还在，遗址没有了，不过一堆碎瓦。

瓦最早在西周初年出现，到了春秋时期，板瓦、筒瓦、瓦当，名目繁多，并刻有各种精美的图案。那时候，人造房子屋面也开始覆瓦。屋面覆瓦的房子到底不多见，以致《春秋》上将宋公、齐侯、卫侯盟的地方写成"瓦屋"，大概那样的建筑，具有地标性意义吧。直到战国，一般人家的房子才用得起瓦。

秦汉时期形成了制陶业，并在工艺上做了许多改进，如改用瓦榫头使瓦间相接更为吻合，取代瓦钉和瓦鼻。西汉时期制瓦工艺又取得明显的进步，使带有圆形瓦当的筒瓦，由三道工序简化成一道工序，瓦的质量也有较大提高，从此汉瓦独霸天下。在汉朝，瓦开始全面地进入人们的生活。

很多年之后，我才明白来自当年乡下那个窑匠的底气。

印象最深的是窑匠装工具的黑包。到了人家，吃饭的时候黑包放在脚下，或者搁在高处，不轻易让人碰到它。

窑匠走在乡下的路上，一双双布鞋停了下来，一双双草鞋停了下来，一双双胶鞋停了下来，偶尔也有皮鞋停了下来，停下来和窑匠说话。在乡村，没有不认识窑匠的人，谁家屋顶的瓦片都留有窑匠的气息，留有窑匠的指纹。他制瓦的转轮，就是这个乡村的历史与细节。青色的民谣，灰色的民谣，褐色的民谣，细雨沥沥的民谣，风吹屋顶的民谣，交织成了遮风挡雨的温暖与素朴。

窑匠偶尔朝人丢了一根纸烟，带烟蒂的，那人双手接下，认真地夹在耳朵上，然后从怀中掏出火柴，给窑匠点着了烟，一团青雾从嘴边飘过，仿佛青瓦的颜色。

做一次瓦不容易，要管村里人几年用，窑匠常常要在村庄住上几个月甚至从年头待到年尾。

做瓦的地方在大屋场的稻床上，不远处的小山坡则是窑场所在。新窑棚建成，冷冷清清长满野草的山坡一下子就有了生气，成为村里人一年的圣地。接下来就是挑瓦泥，瓦泥是细泥，黏度高，不能有沙子。瓦泥挑回来，在稻床上摊开，放水搅泥，赶牛去踩，一头牛一天踩一宕瓦泥，再健壮的大牯牛也累得直喘粗气，四腿发抖。瓦泥踩熟后，用泥弓将其切成一块块百来斤重的泥块，供窑匠使用。

做瓦开始了。先在地下立根木桩，装一个可以转动的圆盘。做瓦的模具有三种，瓦筒、瓦衣、瓦刀。瓦筒，是一个用铁丝穿销未封闭的圆台形木桶，筒上有个长把子。一个瓦筒一次可以做成四块瓦坯。瓦衣就是套在瓦筒子外面附着瓦泥的隔布。瓦刀则是一个长七寸，宽五寸的弧形铁片。

做瓦前，窑匠将瓦泥堆成一个二尺来高，近三尺长五寸来宽的泥墙。窑匠用小泥弓将泥墙锯开一层皮，双手将泥皮捧起围向瓦筒子。用瓦刀沾水在泥皮上刮抹，使之结实，再拿个与瓦同高的度尺在瓦泥上划一圈，瓦便脱坯而成了。瓦胚不能直接见太阳，先要用草垫子披上，凉半干，然后薄阳小晒，再大太阳晒，晒干后将其分为四块，干瓦乃成。

瓦进窑了。

钢钎叉着大捆的柴火，塞进火红的窑洞。烈烈熊火噼里啪啦，半干的松枝被大火吞噬发出哗哗剥剥的声音。窑匠已经很累了，躺在窑洞下的草丛里，闭着眼睛，偶尔爬起来看看火势。一夜没睡，眼睛里布满血丝，胡须仿佛一夜之间变长的，凌乱且肮脏。火候够了，在窑口围一个小水池，让清水慢慢渗入窑内，瓦慢慢从火红色变成了青灰。

瓦终于出窑了。打开窑口，淡淡的热气扑面而来，入眼是干净的瓦灰色。一块块瓦仰在地上，也有一块块瓦俯卧着弓起身体，像劳作时的农人。

瓦出窑后，窑匠倒在向阳的斜坡上，歪着身子，舒服地抽烟喝茶，或者无所事事地到处闲逛，在小巷口、电线杆下、苔痕暗绿的墙根。小巷的墙壁上，破败的标语泛着淡红，红得像水杯的茶垢。窑匠的兴致很好，大家都很忙，没空说话，窑匠只好抄着手在小路上东游西荡。窑匠的脸上干净了，精神得很，露出青渣渣的胡子茬。

不过这些都是旧事了，手艺也是旧事，艺不压身的老话已经过时。制瓦者手艺还在，已无用地，空有一身手艺的手艺人，还算手艺人吗？窑洞多年前就废弃了，一场雨后坍塌了，长满野草。

窑匠落落寡欢，在乡村的太阳底下。

瓦紧密有序地排在屋顶，最后的收梢是云头纹的瓦当，探出半个身子，立在风中。

祖母在世的时候，将青瓦称为烟瓦，说是在柴窑里用烟呛出来的，所以才永远保留着青烟的颜色。可以推想，中国古代以木柴为主要燃料，青灰色便成了汉代的颜色唐宋的颜色元明清的颜色，成了中国水墨的颜色。这种颜色锁定了后人的审美趣味，预制了我们对中国文化的理解。似乎只有在青瓦的房子下，白墙之白才白得好看，黄墙之黄才熨帖，木桌子竹椅子陶壶瓷盅才得以与瓦安妥意合，一册诗词、一轴书画、一部经传才有风致。

瓦的古色古香，现在渐渐退隐了，隐到时间的深处，缩到岁月的背后，青灰色的眼神迷茫而低沉，迷茫而低沉得仿佛过去的岁月。瓦的衰落，从一个侧面告诉我：那些和我们日常生活息息相关的东西，又能息息相关多少年呢。

一块瓦，带着匠心，也带着对岁月安详的期盼。金窝银窝，不如自家的草窝。金瓦银瓦，不如自家的泥瓦。这样的民谣里有一份百姓人家的满足与不争，乡村是生活在瓦片下的。这几年回乡，瓦迹稀落，旧日岁月散落如一地碎砾，再也拾不回来了。

气　味

　　喜欢果香气，家里茶几上总要放几枚苹果。那些苹果又大又红，色泽光鲜。果香不时飘来，和家里的书籍、酒、香、茶、宣纸、木器的味道融为一体，这是生活的气息。办公室的抽屉里也经常放一枚苹果，不时替换。苹果的气息里有我的童年，那种诱人的气味闻起来心情轻松。

　　想起记忆里的一些往事一些场景的时候，脑子里想到的居然是各种气味。土的气味，食物的气味，衣服的气息，被窝的气味，炭火的气味，随季节变化而变化的空气里的味道。有人晚年吃到一款食物，说是妈妈的味道。所谓记忆，就是味道的反刍，味道的再现吧。

　　我出生的年头，乡下电灯还没有普及，家家户户的窗台上搁放煤油灯。各色煤油灯，形状不一，有的人家还配有灯罩。我家的灯罩母亲三两天擦一次，那灯罩极亮极亮，看得见灯芯在火光里慢慢烧融。灯罩里煤油灯跳动的火光，一个小孩衬在灯罩下。

那时候每家每户都备有煤油灯。煤油灯有各种各样的，讲究些的去商店里买，不讲究的就用墨水瓶自制。买的煤油灯灯座是玻璃制的，还有可以控制亮度大小的调节杆，其实是一根铁丝，手指扭动的地方绕成一个圈。灯心上有玻璃罩，中间粗胖如鼓，装了一肚子灯火，装了一肚子光亮。

乡村夜晚的生活很单调，吃过饭后，陆陆续续有些孩子来我家玩，有时候我也去他们家玩。在煤油灯下，一帮孩子拍纸片，弹玻璃球。有时候，什么事都不做，在家里呆看着那只带罩的煤油灯，它的光亮温柔内敛，总让人忍不住想一些心事。

煤油灯可以用来捕蚊子。临睡前，妈妈总要端着煤油灯盏，把灯口往钉在帐子上的蚊子下一靠，"噗"一声，翅翼被灯焰炽坏，蚊子落在灯内，一股焦煳味顺着灯口飘过来。也有人用不带灯罩的煤油灯烧蚊子。弄不好，就会把蚊帐烧一个洞。有人家甚至把蚊帐烧坏了，一床火灾。

妈妈在灯下做一些针线活，不是纳鞋底就是织毛衣。有时睡一觉醒来，她还在灯下缝缝补补。灯光跳一下，又跳一下，四周很安静，朦朦胧胧中，煤油灯燃烧时特有的煤油味与窗外夜晚的气息融为一体。妈妈过来掖掖被子，过不了多久我就睡着了。

记得最多的场景是，妈妈在煤油灯下炒菜。

灯火朦胧，一把黑色的锅铲在黑色的铁锅里翻来覆去，锅里蒸腾出热气，热腾腾的。煤油燃烧的气息与菜饭的味道混合了，是童年生活的味道。童年的日子格外漫长，似乎无穷无尽，煤油灯下总盼着赶紧长大。

一节节岁月，一节节灯火——蜡烛灯火。

记忆中每当除夕，家里总会点上蜡烛。蚕豆大的烛光散发出柔和的光亮，一家人相对着坐在灯花下守岁。太冷了，脚底的火炉总要加两次木炭。祖父静静地坐在躺椅上，烟袋忽明忽灭。灯花蜷缩于火的内焰，让人觉得温馨。

夜渐渐深了，快三更天了吧。坐在一片阒然的厢房中，不知哪个顽皮的孩子还在放鞭炮，一声清脆的声响穿透夜空传到耳中，震得脑门一新，瞬间被惊醒了。打开光连纸新糊的窗子，向外面探出脑袋，冷飕飕的风刮过，什么都看不清，只有黑黝黝一片天。如果下了雨，屋檐的雨水缓缓地滴答着时间的流逝。在那样的辰光里静默着。少时，笼里的大公鸡开始了鸣叫。祖母自言自语地说："新年了。"然后对着我露出满心高兴的神情，紧接着低下头，一阵沉默。

大家各自小睡片刻。

天亮了。

一心惦记着昨夜点燃的蜡烛，灯花瘦尽了，美艳的烛火彻底消失。桌子边，一大块蜡烛油无声地摊在桌面上，一屋子油蜡味。很多年后，那种气味让我觉得悲壮，那是时间流逝的气味，那是只可追忆不可追慕的气味。

　　冬天过于漫长，棉衣穿得厚，裹得人不耐烦。当然也有快乐，譬如烧田坝。四处火起，浓烟扑天。孩子们烧，大人也烧。烈火毕剥哗哗，兔走鸟惊。我最喜欢烧塘埂地皮，不见明火，烧痕一路磕磕绊绊蔓延下去。

　　天晴得久了，空气里都是草木灰的味道。田野里这一块黑，那一块黑，到处都是火迹。

　　稻子早就收割进仓了，玉米地重新挖过。农人们舍不得田地空着，小麦季开始了。田间地头到处烧有火粪堆，做有机肥种麦子。那火堆由草根、牛粪、柴草组成，堆成一个个丘状。一柱柱浓烟如大地烽火，竖在田野，此起彼伏，半月不绝。火粪堆的气味馥郁，牛粪的清香与草木味道远远就能闻到，那气味让人心安。

　　我最喜欢火堆，挖个坑，拿两根红薯，放进去埋好，片刻即熟。轻轻一剥，薯肉粉团团的冒着热气，温暖地发出浓浓的香。馋涎欲滴，迫不及待地吃起来。那滋味后不见来者。

　　孩子们眼巴巴盼着降温，立冬后每日清晨去门前池塘边看看。天终于冷了，池塘水面冻得厚了，胆子大些的跑到冰面上去玩，我从来不敢，偶尔想试试，怯怯走五步赶紧回来，心胆俱慌。我喜欢砸冰块，取几块大块的冰块，啪地扔在地上，砸得四分五裂。尤其喜欢将冰块砸在池塘的冰面，四射着滑得很远。池塘后坝棕榈树上的冰柱子有一尺来长，看得人欢喜，在手里把玩，冰凉刺骨，冬天的气息瞬间弥漫全身。

村头的那眼井例外，天再冷，也冻不住。冬天的早晨，水井里雾气蒸腾，天越冷，雾气升得越高，仿佛鱼虾成了精，腾云驾雾一般。上学的时候，总要闻闻井口的雾气。清凉，澄澈，湿润，让人打个激灵。

屋檐下堆满了干柴，牛系在草棚里，吃着那永远也吃不完的干草。扎草棚的时候，孩子们最喜欢了，从高处跳下来，倒在软软的稻草堆里。稻草灰浓烈的气息侵然入肺，呛得人咳出声来。孩子们乐而不疲，一次次爬高跳下，爬高跳下。草棚扎完了，孩子们也疯够了。巨大的草棚像一棵大树，轰然杵在那里，一眼看过去，暖暖的。牛瞪大双眼，凛然毅然地咀嚼着草料。

天太冷，门几乎永远关着。冬天的气味是封闭的，在男人脚丫味儿和女人雪花膏的味儿之间，是炭火的气味。那气味丝丝缕缕，让人晕晕欲睡。有妇人喜欢在炭火里烧板栗、花生，猛然传来一股清香，脑门一新，瞬间醒了。

红薯窖藏在阳光下的沙洞里，剩下的成堆放在窗边，一厨屋生红薯的气味。偶尔洗一点红薯放进锅里蒸，不一会儿，随着氤氤热气，一股香甜的红薯味道弥漫开来。

冬雨绵绵，一脸肃穆地辗转落下，冷冷的，大地湿漉漉一片。地上的树叶、果木在雨水里泡出一丝苦味，偶尔也有发酵的霉烂味，这气味让冬天越发面目森然。雨终于转化成雪。薄暮时分，北风越刮越紧，下起了雪子。不一会儿，雪浩浩荡荡飘了下来，一片雪飘至睫毛间，眼睛一凉。

一下雪，我家总是吃火锅。有一年雪一连下了三天，一连吃了三天火锅，乐此不疲。屋子里都是火锅味，有一点辣有一点香，有葱蒜的味道，有白菜的味道，有羊肉牛肉的味道，有芝麻油的味道，各种气味交融一起。那时候吃得最多的是烫菠菜，底料不过葱姜蒜平蘑之类，外加一点腊肉熬出的猪油。汤白汁浓，口味咸鲜。偶尔也会有荠菜，我乡称为地钉菜。

荠菜色如翡翠，叶带锯齿，吃在嘴里有点涩，轻嚼几下却口齿生香。荠菜是皖西南人暮冬早春时爱吃的野菜。乡间百姓自是不必说，城里人也经常采食。走在乡野，时不时就看见一个垂髫的女孩拿一把挑铲或者小锄头，挎个竹箩，蹲在地上搜寻。我家没有女孩，要吃时由我带着弟弟在地头田尾挑。挑很有趣，因为地钉菜都生得扁平又紧紧地钉在地上，只能从土中将它们连根挑起，抖去泥土，放入带来的篮子里。这是小时候最有兴趣的活动了，因为可以玩，事后还有得吃。

最难忘医院的气味。

我小时候身体不好，经常生病。乡村医院离家三四里地。常常在夜色中，母亲背着我，父亲或者姑妈陪着，点一节葵骨火把。葵骨燃出橘黄色的火焰，朦黑的路瞬间清晰起来。葵骨有一种淡淡的香气，那种香气在四周萦绕，让人安静，一时病体安详。

转一个山嘴，又趟过一山坳，再上个坡，然后下岭，医院就到了。下岭的时候，医院的药气隐隐传到鼻尖，开始是若有若无的一丝半缕，渐渐浓烈，进得医院大门，那股药气一下子吞没了我——是苦味，也有一丝涩味。

医生来了，穿着白大褂。白大褂是药水的气息，那气息让人胆战心惊，又充满向往。打过针，照理迷迷糊糊进入昏睡。一路背回去，第二天醒来的时候，发现人在床上。

直到现在，我依旧害怕那种西药的气味。那是药水与药丸的气味，冰冷，不近人情。但我不排斥中药的气味。

我曾经迷恋古代那些略带忧郁而又纤弱的女子，遥想她们住在满屋子药气与茶香的阁楼上，倚窗听雨，弹琴遣兴，看残叶飘零，落红满地，听雨打芭蕉，匝地有声。鲁迅先生在《病后杂谈》一文中曾写道："许多人，都怀着一个大愿。愿秋天薄暮，吐半口血，两个侍儿扶着，恹恹地到阶前去看秋海棠。"中国文化中蕴涵了一股微苦的药气，许多人心中才会有这样的大愿吧。我一直认为，茶气、酒气、药气，三者合一，有种共通的旋律，熏染了中国文化。

小时候调皮，闹得胳膊摔断过两次。每回祖父都带我去一个姓谢的中医那儿接骨，接好了还要带回一大包草药辅助治疗。我害怕喝中药，太苦。但喜欢看祖母熬药，用一个黑色陶罐熬药，陶罐粗朴的身子上有一对弯曲的耳朵。祖母说陶罐是家传的，看起来确实有些年月。

祖母说，熬药很有学问，温度不能高也不能低，又不能让药气外泄，所以药罐不能盖盖子，最好用包药的白纸蒙住，用线系紧，为观察药汤沸腾，还要在上面放一枚铜钱。透过药罐的底隙看到烧得通红的火炭，红得鲜亮而美丽，映在祖母脸上，像夏日天空的晚霞。药汤滚了，热气冲荡得纸面上的铜钱轻轻起伏，祖母就把药罐端下来，冷一会儿，再放到炭炉上，如此三次，方算熬成。等揭开白纸，扑面一股微苦的药气，瞬间弥漫了整间小屋。祖母把熬好的药倒入瓷碗里，端在手中直晃悠，黑乎乎深不可测。

这个时候我总要远远地躲起来，惹得家人好一番找。祖母拿出糖果哄我，偶尔还拿出饼干引诱，而且还装模样喝一小口，说不苦不苦，我哪儿信，气得祖父大发脾气，我只好尝了尝，浓浓的药气似乎能从舌尖一直到脚板，浑身都苦了。

这些年偶尔家人染恙，倘或医生开了中药，熬药的任务总在我身上。清晨或黄昏，慢慢熬药，熬草药，竟也熬出了兴致。在药罐里一碗又一碗淋入清水，以筷头轻压，看枯干的生命瞬间湿润鲜活起来。盖上砂锅，慢慢浸泡。几十分钟后，拧开灶头，以大火煎熬，水开后，热气四逸，药香渐渐入鼻，我就拧小灶头，转为文火慢煮。因为技术不佳，水位与火候掌握不准，中途总要掀开盖子查看一次，只见种种草药交糅出微苦的药气扑面而来，汤汁明显加厚，有一味叫通草的中药迅速蜷曲着白嫩的身躯，如蛇行水上，猛一见，蘧然一惊。

走出灰尘四起的稻田，拍拍身上的草灰。夕阳的余光照得母亲的脸红红的，夜晚就这样悄然降落了。一个偏僻的山村，它又安静地过完了一天。一个寂寞的少年，他又安静地过完了一天。

这少年是我，那时候我十四岁。

山对面还是山。山这一边横七竖八都是瓦房，瓦房炊烟起来了，被风一吹，四散在屋顶。乡村少年十四岁，什么都不是，什么都没有。唯有寂寞像一条蛇盘踞内心吐着信子。

晚餐吃的冬瓜、茄子，米饭，匆匆洗好澡，吞了两碗饭，就休息去了。躺在床上乱翻书，抱膝坐了起来，眼角有些发热，但我不敢落泪。夜晚会使流泪的声音变得清脆，而任何一丝声响，都有可能撞碎这难得的安静。我开始想着自己的未来，想破脑袋也寻不出个所以然。山外的那个世界很大，但到底是什么样，我却茫然无知。

我居住的村庄里已看不到几个少年了。孤零零地躺在山村的夜里，独守着一缕苦闷的忧愁，睡意渐逝。夜越发深了，我在一个无人知晓的角落里冥想，隔壁传来父亲的鼾声。心彻底沉寂下来，夜凉似水，在漫漫长夜中品味着一份酸楚的暖意。

四周是漆黑的夜，树林和草丛隐藏在一片黑中，大地万物彻底隐去，收拢在一片漆黑中。我坐在窗前，看着黑夜，黑夜也看着我。山民的小宅掩映在夜色中，远远地，只窥见一丝细碎而又昏黄的灯光。

窗外传来原野的气味，那是河水、池塘、山林、花草、猪圈、牛栏的气味。

思绪如野马一般奔驰。

那寂寞的夜，寂寞的夜的气味，这么多年过去了，我还记得。

寻味篇

酸

北方人嗜酸，酸汤面、酸菜鱼是他们的美味。前几天在郑州，请朋友吃饭，主食点了一钵酸汤面叶，滋味甚好，宾主两相欢。北方人口味偏酸咸，南方人喜欢甜辣。南糖北醋这个说法不知道可不可以立住脚，山西老陈醋倒一直居四大名醋之首，稳立宝座。

南方也有醋，镇江香醋、福建永春老醋、阆中保宁醋。南方的醋，酸中带香，口感微甜。甜是南方滋味的底色，小桥流水人家，青花瓷小盏载不动苦辣酸咸。

北方人吃面，能搁半碗醋。一太原朋友用醋泡蛋炒饭，把我镇住了。我不喜欢醋，受不住那股酸。有回吃西红柿捞面，咬着牙在碗里倒了几勺醋，呼啦啦吃完，还喝干了汤，自此开始吃醋。

男人不吃醋则已，吃起来，比女人醋劲大。

醋之酸，汪洋肆意，顺喉咙直下肠胃。柑子也酸，那酸热情似火，从口腔散发，直冲脑门，绕头三匝，再酸遍全身。我家庭院中曾栽有一株柑子树，小时候嘴馋，没等柑子熟透就摘下来吃，常常酸倒了牙，吃饭时咬不动豆腐。

酸菜酸、柑橘酸、醋酸、梅酸、酸奶酸、酸枣酸，都是酸，但酸得大相径庭、滋味不同。酸之味，在我口中，酸菜第一，酸菜之酸又纯又好。

中国人用白菜腌渍酸菜的历史甚久，《齐民要术》一书有详细介绍。东北自不必说，河北、河南、山西、陕西、甘肃、宁夏、内蒙古等地，到了冬天，酸菜经常见于餐桌。陕西安康民谣曰："三天不吃酸，走路打蹿蹿。"酸味已是日常饮食的重要组成部分了。

我老家岳西，也有人做酸菜。小孩子蚊叮虫咬，大人从酸菜坛蘸一点酸菜汁擦上，祛痛止痒。

我以前会做酸菜鱼，这两年和文艺太亲昵，厨艺吃醋了，已经烧不好那道菜。

除了酸菜之酸，梅酸我也喜欢。近来常望梅止渴，望金农画在宣纸上的梅子止精神之渴。金农的梅子，吴昌硕的枇杷，齐白石的白菜，张大千的樱桃，是我眼里的水墨四绝。

安庆迎江寺博物馆有件宋代瓷塑：三老尝醋。一口硕大的醋缸，苏东坡、黄庭坚和佛印禅师立于一旁。一僧二俗，敞胸露乳，各以手指尝醋，同样的酸，不一样的表情。

一味有百态，有人酸得皱眉，有人酸得眯眼，有人酸得咧嘴，有人酸得龇牙，有人酸得面无人色，有人酸得一脸动荡，有人酸得倒吸凉气，有人酸得大吐舌头，有人酸得点头，有人酸得哈腰。

酸常常与穷在一起，旧时称迂腐穷困的读书人为穷酸。自古人穷被欺，王九思《曲江春》第二折："这里有一位客饮酒，不许穷酸来打搅。"冬心先生梅子画上如此题跋：

江南暑雨一番新，结了青青叶底身。
梅子酸时酸不了，眼前多少皱眉人。

冬心先生是扬州八怪之首，金农是其本名，一生坎坷，郁郁不得志，多少心酸，多少辛酸。辛酸是天下至酸。还有一种酸叫吃不到葡萄说葡萄酸。

甜

粤菜淡雅清爽，有"海派广东菜"之称，品名花俏，用料淫奇，神妙处大有仙趣，菜之尤物也。苏帮菜刀工精，主料明，和顺适口，回味醇悠，菜之隽物也。

粤菜与苏帮菜偏甜，吃惯了川菜、鲁菜、豫菜、徽菜的舌头未必消受得了。去广东，当地人在肉羹里放糖，吃了几口，不习惯。南方人热爱甜食，岭南大街小巷有不少甜品店，生意兴隆。香港甜品店有排长队的场面。马来西亚街头很多卖炸香蕉、榴梿泡芙以及各种口味的刨冰、西米露、糖水的摊点。

汪曾祺说："其实苏州菜只是淡，真正甜的是无锡。无锡炒鳝糊放那么多糖！包子的肉馅里也放很多糖，没法吃！"连用两个感叹号，感受至深也。无锡没去过，无锡菜没吃过。包子肉馅放糖，想想就没有食欲。

喜欢甜食的，以地域论，南方比北方多一些。以性别论，女人比男人多一些。以年纪论，老人与小孩多一些。外祖母六十岁后爱吃糖，逢年过节，母亲准备的礼篮总少不了两包红糖。

有人说喜欢甜食的人性格软弱。嗜辛辣苦咸的人就刚强勇敢？我小时候嗜甜如命，胶切糖、小桃片、云片糕、酥糖、蜜枣、茯苓饼，无所不爱。睡觉前经常含一颗糖在嘴里，乳牙尽坏。换齿后，不敢多吃糖果了，另外原因也是口味的改变。

吃过最奇怪的糖是松针糖。冬天，松针上生出绿豆大小的白色结晶物，甜甜的，有脆奶糖的口感。老家还有一种甜品，叫芽子粑，奇甜，贪多必腻。

甜味能让人放松，寻得一丝悠远清闲。甜品几乎都带一股香气，甜在嘴里，直上心头，甜可以消解沮丧和焦虑，可以冲淡烦躁与不安。有些甜品入嘴令人无法抗拒，眷恋难舍。我过去喜欢吃一种叫江米条的甜点，秋冬的夜晚，边读书边吃，经常吃完半斤还意犹未尽。

一个人偶尔需要点甜的心境。平日里散淡恬静，拈花微笑，差不多可以算作"甜的心境"吧。我过去说过，中国文化有三味，茶味、酒味、药味，现在看来，可以加上烟味与甜味。

才子佳人的小说，花间词派的作品，底色甜腻或甜而不腻。常常有个胡想，如果诸子百家生活的年代，甜文化已经成熟，那么，老庄孔孟的竹简木牍加入这甜味，或许中国文化的底色会有所改变。

东坡嗜蜜。陆游《老学庵笔记》云："一日，东坡与数客过之，所食皆蜜也。豆腐、面筋、牛乳之类，皆蜜渍之，每多不能下箸，唯东坡亦嗜蜜，能与之共饱。"苏东坡自酿蜜酒，可惜蜜水腐败，喝过的人拉起了肚子。我以前嗜蜜，现在喝了心里作呕，好久不敢吃了，百思不解。人生多苦，实在该甜它一甜的。

苦

瓜豆两个字我喜欢，乡野味道藏着一丝谐趣。周作人有本随笔叫《瓜豆集》，书名极好，屡屡让人心生夺美之意。

我爱瓜，冬瓜、西瓜、南瓜、丝瓜、节瓜、青瓜、白瓜、茄瓜、毛瓜、瓠瓜、蛇瓜、佛手瓜、番木瓜、云南小瓜，都喜欢，唯独不待见苦瓜。

老家没有苦瓜，这些年回乡，经常在菜市场遇到，是外地拉过来的。岳西的老百姓有人学会吃了，据说菜农也有种的。在朋友家餐桌见过苦瓜炒蛋，我没伸筷子。早些年吃苦太多，如今苦瓜也不想吃。

带苦字的菜肴，唯独喜欢苦笋。苦笋可以凉拌、煮汤、素炒，用来炒腊肉最美味。苦笋炒肉，肉不肥腻，笋不寡油，此时苦笋之苦，也非一味苦，而是苦后有甘爽。

周作人在北京八道湾的书房，原名苦雨斋，后改为苦茶庵，人称他苦雨翁，不离苦味。周作人并不喜欢苦，《关于苦茶》一文中他说："味太苦涩，不但我不能多吃，便是且将就斋主人也只喝了两口，要求泡别的茶吃了。"给胡适的信又这样写："老僧假装好吃苦菜，实在的情形还是苦雨……"周作人喜欢的是甜食：蜜麻花、酥糖、麻片糖、寸金糖、云片糕、椒桃片、松仁片、松子糕、蜜仁糕、橘红糕、松仁缠、核桃缠、佛手酥、菊花酥、红绫饼等等，晚年吃不到，往常托香港的朋友往北京寄。周作人写起这些甜食，文字黏稠仿佛糖稀。

周二先生喜欢的甜食，我吃过不少，大多是在过年时。缠类，如松仁缠、核桃缠，乃是在于果上包糖，算是上品茶食，其实并不怎么好吃，实在甜上加甜，甜过了头。

松仁、核桃之类，空口吃最好。味道单纯。

不喜欢苦味，喜欢苦字。以前住所附近有个地名叫"苦菜湾"，因为喜欢这个名字，我去过不下十回。"苦菜湾"的风景，底色是苦的，苦得茅草萧萧，苦得苦菜成丛。想起小津安二郎的日记片段："春天在晴空下盛放，樱花开得灿烂。一个人留在这里，我只感到茫然，想起秋刀鱼之味。残落的樱花有如布碎，清酒带着黄连的苦味。"

苦与甜关系微妙，苦的余味是甜，很奇怪。譬如苦丁茶，喝过之后有回甘，是我夏天常用的饮品。即便喝中药，嘴里也有苦尽甘来之感。

吃得苦中苦，方为人上人。苦的层次比甜要高，卧薪尝胆比睡下吃糖来得艰难。说一个人睡在蜜罐里，表面是称赞他享福，骨子里何尝不是嘲讽。世间没有"吃得甜中甜，方为人上人"的话。吃苦耐劳四个字，听了几十年了。

有朋友身体不好，进入夏季后，胃口下降，不思饮食，低烧，体乏疲倦，医生说那是苦夏。有人苦夏，有人悲秋，有人春困，有人畏冬。

世间万物，利于人的，往往苦在其中，良药苦口可治病。

苦一味我从来没有喜欢过。避苦趋甜是人之常情吧，卧薪尝胆之类，我不想干。胆之苦，是剧苦，尝过一次，苦得舌尖发麻。

朋友请我喝不放糖的咖啡，入口清苦，苦得贫乏，苦得悠远，苦得孤帆一片日边来。

辣

有人年轻时喜欢长沙火宫殿的臭豆腐。后来专门去吃，说："火宫殿的臭豆腐还是好吃。"火宫殿墙上曾出现过这样的最高指示：火宫殿的臭豆腐还是好吃。

味觉太具私密性。有人嗜甜如命，有人自找苦吃，有人炒菜总要放一点辣，丝瓜汤里也飘着红辣椒。曹植给杨德祖写信说："人各有好尚，兰荪蕙之芳，众人之好好，而海畔有逐臭之夫。"逐臭之夫见过不少，满大街找臭豆腐吃。

我口味清淡，不要说苦臭之味，即便辣过了头，甜过了头，也招架不住。

有一年在黄山，晚饭时，酒过半巡之际上来一盘鱼，大家纷纷下箸如万桨齐发。我夹起一块，刚入嘴就吐掉了，对身边人牢骚，真不像话，坏臭了，还给我们吃。那人笑笑说，这是徽州名菜臭鳜鱼，吃的就是那股臭。闹笑话了。臭鳜鱼制法独特，食而得异香。

在安徽住久了，慢慢能吃一点臭鳜鱼，异香一直没能吃出来，微臭挥之不去。

近年到底体会出臭鳜鱼之妙。丁酉年，去了一趟徽州，连吃三五条臭鳜鱼，各有其臭各有其香，臭鳜鱼之妙即在于此。

上品臭鳜鱼呈玉色，片鳞状的脉络清晰可见，肉质坚挺，筷子稍稍用力便如花瓣一样碎开了。吃到嘴里，柔软鲜美，腴而不腻，始有微臭，继而鲜、嫩、爽，余香满口。臭鳜鱼骨肉相连软塌塌者则为下品。

祖父吃辣，辣椒面拌辣椒酱，桌子上还放一盘盐辣椒。父亲吃辣，一碗辣酱三天吃完。我见过几天不吃辣，食不下咽、寝不能眠的人。

某年春天在北京，友人请饭，有一道芥末凤爪，把半桌人辣住了。有人辣得咳出声，有人辣得泪水横流，有人艺高人胆大，说无辣不欢，吃了一个，辣得半天没说话。我好奇，尝了一个，一股奇辣毒辣剧辣从舌尖轰炸到整个口腔，一头窜进鼻孔里，跟着弥漫到头颅，波涛汹涌，整个脑袋瞬间蒙掉，眼前顿时模糊。

知道芥末很晚，是吃生鱼片时候的事。生鱼片要和芥末搭配，吃龙虾也要蘸一点芥末。有朋友说：没有芥末我就不会吃龙虾！我吃龙虾居然不要芥末，他视为咄咄怪事。他吃龙虾非要芥末，我觉得岂有此理。

辣性除了助消化、开胃之外，还有祛湿之功效，这大概是川人湘人喜欢辣椒的地域原因。像成都、重庆那些地方，湿气重，阳光不充沛，容易让人压抑，饭菜里放一点辣，可以化解忧郁。

川菜有七味八滋一说。实则一辣蔽之，自有王气霸气，菜中之纵横家也。

辣能去腥膻，烤羊肉串、烧牛肉、红烧大肠之类非得放上辣不可。这时候辣被腥膻中和了，辣是功成身退的大将军，羊肉牛肉大肠丰腴滋润。吃一口，风吹草低见牛羊的是我们，辣出了大境界。

辣之一味，不能被其他味道征服。伟大的人物是辣椒或者芥末。秦皇汉武是辣椒，唐宗宋祖是芥末。

辣味是阳刚之味，湖南人喜欢革命，有人归功于辣椒。云贵湘三地把辣椒称为"辣子"，有亲昵之心。江浙人叫辣椒作"辣货"，是远离的意思。

酸是调皮伶俐的童子，甜是丰腴滋润的佳人，苦是死心塌地的奴仆，咸是独望春风的少妇，辣是意态潇洒的大汉。辣味之动人，在激。酸味之动人，在诱。苦味之动人，在回。甜味之动人，在和。咸味之动人，在敛。辣味的激，激得凶，一进口像刺入舌头，勇猛如岳飞枪挑小梁王。酸味入嘴也像刺入舌头，但到底刺得慢，仿佛美人舞剑。

我现在喜欢做一道辣菜，干煸辣椒，从一朋友处偷来的手艺。在安庆时，经常买一点牛角椒，去籽，洗干净后，用刀平拍，入油锅，放酱油若干，滋味卓越，是极好的下饭菜。可惜合肥菜市场卖的辣椒味道太辣，此菜久荒，偷来的手艺快还给人家了。

咸

冬天的早晨，只要下点雪，我家就吃咸菜煨豆腐。一方面是园子里青菜冻住了，二则，咸菜煨豆腐也的确美味。滚跳跳煨在木炭火锅里，豆腐尤其好吃，细嫩、清香，难可比拟。窗外的雪是白的，米饭是白的，瓷碗是白的，火锅里的豆腐是白的，窗户纸也是白的，红色的炭火散发着暖意。

咸菜如今是过街老鼠，有害健康，人人喊打。我不大吃咸菜，也有例外，倘或在餐桌上遇见一份咸豇豆，能多吃半碗饭。

咸豇豆有奇香，让人胃口大开。咸豇豆的颜色亦好，黄亮亮诱人，像黄花梨椅子扶手的包浆。如果配上红辣椒，装在小碟子里，就是餐桌上的小品了。

以前读书到半夜，饥肠辘辘，去厨房找东西吃，碗柜里总只有咸菜。茶泡饭，吃咸萝卜干，是那时候的美味。伊屡屡告诫说油炸食品与咸菜对身体无益，奈何人恰恰喜欢做无益之事遣有涯之生。

西方似乎没有咸菜。我吃过韩国泡菜，并不能算咸菜。据说日本有咸菜，我在澳门吃过，和中国咸菜的味道不同。

中国人对咸菜很讲究。我家过去的风俗每年要腌制不少咸菜，吃不完的豇豆、黄瓜、茄子、辣椒、扁豆，放进腌菜缸，闹菜荒的时候再拿出来，胜过吃寡饭。做腌菜讲究技术，放盐很重要，多了，菜太咸，少了，菜发酸。

有些菜腌之前还要晾晒。霜降后冬天的早晨，走在乡下，堂屋前的砖柱之间，稻床外的树之间，到处拴有绳子，挂着萝卜、白菜秆之类，霜花如星，是乡村一景。腌萝卜的时候还要用棒槌捣压，一层萝卜一层粗盐，装入陶瓷粗瓮里。

贫穷人家，咸菜是最能下饭的好菜。记得祖父除了旱烟和烧酒、辣椒之外，也喜欢吃咸菜。辛苦一天之后，左手持腌辣椒，右手把酒，怡然自得，十分享受。

乡下家常菜普遍偏咸。春耕秋收之际，农务繁重，家庭主妇会在饭菜里多搁一点盐。久而久之，人的口味就重了。乡下人对咸近乎崇拜，认为它是力量的化身，民间一直有吃盐长力气的说法。盐也是他们日常用药，感冒发烧牙疼头晕中暑过敏，先喝一碗盐水。

现在年轻人，喜欢吃咸菜的不多了。一朋友回乡下秋收，老母亲备了点咸菜，带回来后一家大小无人问津，只好扔掉。

咸菜有素荤之分，大受欢迎的是腊肉、腊鸡、咸鱼、腌鹅、咸鸭之类。去年春节我从乡下买了半爿猪腌成腊肉，差不多吃到了秋天。炒家常菜蔬，放几片腊肉，味道很香。这时腊肉不依不傍，青菜一意孤行，吃起来有昏黄的回味与微绿的向往。

鲜

鲜颇具私密性，感觉太美。美从来只可意会，无法言传，大美尤其无言。鲜字是鱼和羊的搭配，据说鱼羊同烹，其味美滋。有一年在南方吃过，可能做不得法，并不见佳。

鱼类的确鲜美，家常一点的有鲫鱼，名贵一点的有河豚。著名的长江四鲜，银鱼、刀鱼、鲴鱼、鲥鱼，我吃过三种。银鱼细骨无鳞，明莹如银，其鲜短平快。刀鱼细腻鲜嫩，入口即化，其鲜清新婉约。鲴鱼集河豚鲫鱼之味于一身，其鲜平滑肆意。鲥鱼没吃过，苏轼称为惜鳞鱼，说"尚有桃花春气在，此中风味胜鲈鱼"。超过鲈鱼，其味可见一斑。桃花春气之感，还是不要吃了，一吃就泥实了，没了想象。

鲜字的右边是羊，羊是畜肉中最鲜者。猪肉油腻，牛肉太犟，驴肉粗重。有人说羊肉"乃肉中之健朗君子，吐雅言，脏话里带不上羊……少许盐煮也好，红烧也好，煎、炒、爆、炖、涮，都能淋漓尽致"。我个人最喜欢爆和涮，尤其是涮，感觉跨入暮春的田野，鸟语花香，一切正在蓬勃疯长。

吃过的东西，有很多比鱼羊要鲜美，譬如菌类。大概先民发明鲜字太早，盐没能广泛使用，呈现不出菌之鲜。二则菌类身份"卑微"，不及鱼羊"高贵"。据说云南的鸡菌最鲜，用来做汤，极危险，人贪鲜，会喝到胀死。有人怀疑那种菌里含有什么物质，能完全麻痹大脑里的拒食中枢，才会让人喝到胀死还想喝。小说家言，大概不必当真。

道家说食气者寿，李渔认为菌类是清虚之物，来源于天地之气，因此食菌等于食气。

菌类，吃过最鲜的是老家人称为鹰爪菇的，做汤或者炒食都不错，滑且嫩。抄起几口吃了，入嘴之际，触电一样，鲜味氤氲，顺着嘴唇舌尖舌根然后到喉咙，紧跟着弥漫了整个胸腔。此刻，不要说话，埋头吃喝才是赏心乐事。可惜这道菜近二十年未见，杳不可寻，鲜美得成了传说。

小时候吃到的毛豆鸡蛋汤也不错，入口清洌，甘美异常，一条温暖的水线直通腹中。每每在餐桌上遇见，总会喝到撑。现在毛豆是改良的毛豆，鸡蛋是养殖的鸡蛋，烧出汤来已成鸡肋矣。

春天，有一道春鲜——豌豆配春笋：春笋切成方丁，在淡盐水内焯烫一分钟后清炒，至八分熟，调入生抽，煸炒半分钟。接着倒入豌豆，快速煸炒，调入盐和鸡粉，翻炒均匀即可出锅。豌豆颗粒圆润鲜嫩像翡翠，方丁春笋如玉，搭配起来十分好看。口感脆嫩，味道鲜美，清雅隽永。这样的菜，不要说在大鱼大肉中，即便放入家常菜里面，也显得清新雅致。

这些年赴宴无数，亘耐美食遁迹。很多时候不是吃饭，而是赴局，很多时候不是吃饭，而是聊天。好在不是鸿门宴，宾客相欢，美食与食美退而其次了。倒是有回在深圳吃到一款膏蟹，很肥，厨师火候掌握很好，蟹肉细嫩，汁也收得利落，鲜美可口。

看到一个资料，说朝鲜国名中的鲜字与吃生鱼片习俗有关，或可理解为"朝贡生鱼片"，即把适合制作生鱼片的活鱼贡献给中国朝廷，并有专门厨师携带佐料伴随同行。聊充谈资，录此一说。

日本生鱼片很有名，吃过几次，不觉得美味。口味有时候和习惯有关。日本饮食不如日本文学，日本文学不如日本绘画。日本浮世绘里的风情够鲜够美，堪比美食。

膻

饮食是偏执，饮食也是个性。有人不吃羊肉，怕膻，有人却只知其鲜，不觉其膻。羊及羊肉有个别名叫膻根，在古代膻肉专指羊肉。古人还把祭祀时焚烧羊肠间脂肪所散发出来的气味称为膻芗，膻的本义也正是羊臊气。苏州旧俗，认为春天的羊肉有毒，主要还是膻味作祟。

羊肉中，内蒙古手把肉独霸北方，苏州藏书羊肉鹤立南国。藏书羊肉汤，的确烧得好，略带一些膻气，膻得清新，有吴地小桥流水的旖旎。手把肉也带一些膻气，膻得豪爽，有风吹草低见牛羊的辽阔。或许是地域的联想，也说不定。每次吃到椰子，总想起大海与沙滩，每次喝青稞酒，脑海更是一片异域风情，吃葡萄干想起吐鲁番，吃烩面想起河南，吃米线想起云南，吃米粉想起桂林，吃拉面想起兰州，吃臭鳜鱼想起黄山，吃海鲜想起大海，吃山珍想起森林。

我吃手把肉，是在北京。切成的大块羊肉白水煮，一手把肉一手用刀割食。那次在座的有内蒙古客人，割肉有真功夫，骨头上羊肉丝毫不剩。我吃藏书羊肉，是在安庆。《豆绿与美人霁》一书中写过：

> 挺喜欢藏书羊肉这个名字，有书有食。想象一个藏有万卷诗书的江南小镇，微凉的夜色下三五成群的人坐在八仙桌边喝羊肉汤，那场面多好。如果气候再冷一些，零下温度的寒夜，滚烫的羊汤，三五个人边喝边聊，足以令人低回了。

写虚了，言不及味。现在补记：藏书羊肉汤色乳白，香气浓郁，酥软不烂，口感鲜而不腻。饭馆的老板一口吴语，非怪滋味正宗。

记忆中仅仅吃过一次红烧羊肉，少年时候在老家。奇怪的是，宰羊前，先给它喂了一碗冰糖红枣。后来在车前子文章中见过类似描写，说某烧羊肉的大师傅，祖上也烧羊肉。有一次宰羊，那羊流泪，人不忍下手，又养了几天。当然，最后还是被宰了，因为这羊偷吃了大师傅祖上给他老母亲炖的冰糖红枣，这是冬令补品。不料，偷吃补品的羊，其肉竟史无前例地丰美。从此，杀羊之前先喂一碗冰糖红枣。情节可能是小说笔法，技法已行之民间。

鸟类大概也不乏嗜膻之癖，皮日休诗中有"弃膻在庭际，双鹊来摇尾"的句子。内蒙古人说他们那里的羊肉不膻，是因为羊吃野葱，自己把味解了。我看未必，主要也有饮食习惯因素。前些时一内蒙古朋友告诉我，秋天的羊肉最好，因为秋天羊可以吃到沙葱，还能喝到霜冻过的冰泉水，这两样可以去除羊膻气。说得煞有介事，不由人不信。

真要说到膻，狗肉比羊肉膻。狗肉烹不得法，不放辣椒，膻不可食。还有豪猪肉、獾子肉，更是膻传一方。乡下猎户猎到豪猪、獾子，剥皮后总要烟熏火燎一番，风干后方可食之。

腥

腥膻一家，难兄难弟。我不怕膻，但招架不了腥。私下里开玩笑说自己厨艺第一，文艺第二。可惜做不好鱼。烧鱼是我的死穴，主要原因还是对腥的无可奈何。

我怕腥，也制服不了腥。感觉腥味里充满凶险，让人胆战心惊，或许和血雨腥风这个词语有关。血的确腥，猪血鸭血羊血牛血都有股铁腥气，凝固后，闻起来又微微有些香甜。猪血我一次可以吃一小碟子，川菜毛血旺里的猪血，是点睛之笔。

腥字，形声字，从肉从星。肉与星组合的意思是说介于臭味和无味之间过渡状态的味道，的确是这样。腥味的食物，制不得法，总感觉臭，成了一堆秽物。

《吕氏春秋·本味》中如此定位：水居者腥，肉者臊，草食者膻。差不多这样。鱼、虾、蟹、鳖、泥鳅、黄鳝还有各类海鲜，腥气扑面。世上不乏逐臭之夫，更不乏嗜腥之徒。有人吃生鱼片不放芥末，说就贪那股生腥气，腥得人清醒。我嗜蟹之腥，甚至不觉得那是腥，相反倒很鲜。去年有朋友送我两箱大闸蟹。秋天的夜晚，一个人在家边看电影，边吃螃蟹，一次两只。

据说鱼的腥气主要在鱼线上。饭店里厨师烧鱼前先在鱼头处划开一刀，再划开一刀，用菜刀侧面使劲平拍几下，鱼线就出来了，轻轻捏住，往外拉动，会抽出像头发丝一样的细白线。有一回我亲眼看见，真觉得自己孤陋寡闻，饮食里天地太大。抽过鱼线的鱼毫无生腥气，做汤、清蒸、红烧，鲜美得很。

腥是最具诱惑力的气味，因为有两面性，要么升华成鲜，要么恶化变臭。

听过一个偷腥的来历，说避孕套没发明前，鱼鳔是避孕工具，与妻妾或丈夫之外的其他人发生性行为，身上就会带股腥味。这里幽默的成分多，不必当真，我倒是觉得偷腥的腥字事涉生理。

前不久去了趟贵州。贵州人的口味太杂，酸甜辣咸且不说，对苦与腥的嗜好，独步一方。每餐总有一盘凉拌鱼腥草。第一次我不知道，吃了一口，又苦又腥，强咽了下去。苦，倒不打紧，反正我吃过不少苦头。关键是那股强烈的生鱼腥味，实在难以招架。鱼腥草我老家也有，无人敢染指一尝。

有一年去徽州，暮色里的饭桌上有一盘鱼腥草。强忍着吃了四根，不敢再吃，实在不能再吃了。

贵州人称鱼腥草为折耳根。折耳根，折耳根，让我想起小时候念书不听话，老师过来扯扯耳根。现在禁止体罚学生，连打手心也不准了。

麻

人间有五味，酸甜苦辣咸，我仅仅喜欢甜。吃甜食多了损牙，近来也就不敢贪多。吃东西简直是怪癖，有人爱苦，吃苦瓜、苦菜，喝苦丁茶。有人好酸，西红柿、山楂、葡萄、杏、柠檬、橙子是他的命根子。有人嗜咸，咸鸭蛋、咸菜、腊肉为最爱。有人贪辣，专挑洋葱、芥末、辣椒之类。

甜是放，辣是激，辛是冲，酸是收，苦是闷，麻是敛。甜让人愉悦，辣让人刺激，辛让人回味，酸让人生津，苦让人冷静，麻则是麻痹。麻痹之美，美得诡异。我第一次吃麻辣烫，觉得那碗头袅起的热气十分诡异。不小心吃到一个花椒，嘴巴麻得发木，暗暗心惊，味觉一下钝了，感觉越发诡异。

麻其实麻在花椒上，皖地口味或辣或淡或咸，从来与麻无染。我小时候没吃过花椒，也没见过花椒。花椒的品种以陕西椒、四川茂汶椒、清溪椒为上。

去南充，川地潮气重，饱受寒湿之苦。主人每日特意做一款麻辣菜，麻得舌尖迟钝，辣得大汗淋漓，毛孔舒张，十分爽利。据说汤料里放的正是茂汶花椒。花椒除了带来味觉的麻之外，还可以压腥除异，增加鲜香。

带麻味的菜，我喜欢麻辣鱼、水煮肉片。这两道菜的特点是麻、辣、鲜、烫，第一口是麻，嘴唇微微颤抖，跟着就是辣，一股冲劲上来，然后弥漫一阵阵鲜香，发觉烫的时候，为时已晚。

可惜我不会做鱼，想吃麻辣鱼只能去饭馆。水煮肉片做过几次，比不得专业厨师。滋味上乘的水煮肉片，味厚。我做的水煮肉片，总嫌轻薄。轻薄倒也罢了，有一次居然做出了浅薄的味道，所有的口感都浮在表面。

吃过最好的麻味是海鲜麻辣香锅，入嘴麻、辣、鲜、香。麻辣香锅有荤有素、有淡有辣，天南地北的食材，融在一起，混搭出丰富与多样的味道。麻得干干净净，辣得干干净净，鲜得干干净净，香得干干净净。四种味道互不干扰，又纠缠不清。因为麻，辣无丝毫燥意；因为辣，鲜不沾半点腥气；因为鲜，香味悠长淡远。

有回在郑州吃到一款麻辣花生，滋味大好。在原有的麻辣香之外多了脆爽，吃了一颗又一颗，回家时还打包带了一盘，可惜第二餐再吃时稍稍受潮回绵，口感少了脆一味，大打折扣。后来在外多次遇见，屡吃屡厌，找不到那一回的感觉。美食是不可复制的。

麻味的菜我还会做麻婆豆腐，装盘后撒花椒粉。麻得像李清照的词，婉约中有惆怅。麻花的麻，麻团的麻，是芝麻之麻，与麻味无关。

涩

山西人嗜酸，我见过有人吃馒头，掰开后夹一点酸菜，还要蘸上醋。无锡菜偏甜，酱排骨好吃，但一般人第二顿就招架不住了，到底太甜。一朋友去厦门，发现包子竟然是甜的，肉馅里也放很多糖，食不下咽。算不得他矫情，实在是习惯大不同。四川人崇辣，有年在蜀地，餐餐不离辣，汤里也漂浮或者潜伏有辣椒，不少人叫苦连天。周作人说他的家乡整年吃咸极了的咸菜和咸极了的咸鱼。咸菜、咸鱼也是徽菜的特色。

口味的咸淡酸甜和地域是有关系的。人说南甜北咸东辣西酸，大抵不差。北方人口重，江南厨娘烧菜基本偏淡。这也与个人的性格习惯有关，安徽菜并不辣，但有个朋友炒什么都放辣椒。

我不知道有什么地方的人爱涩。过去乡下物质贫乏，不少老百姓吃未熟透的梨与柑橘之类，又酸又涩。童年时候，我也吃过，真是活受罪。

涩之感，在诱，一进口，其味缓缓弥漫，最终整个口腔都是涩的。涩是大多人都不喜欢的味道。也有例外，霜打后杂在柿子里面的涩，我就很欣赏。有一种水果柿子，完全不涩，甜得不像话，简直枉担了柿子的美名。北方大柿子的涩，非常清香，有种特别的甜。糖果的甜，甜得直截了当，甜得单纯，似乎是一种傻甜。柿子的甜因为有涩做铺垫，与各类瓜果各类糖果的甜来得不一样。说到底，我这好涩还是爱甜。

味不甘滑谓之涩，杜甫《病橘》一诗中说"酸涩如棠梨"。棠梨之涩，涩得穷敛。究竟什么是穷敛，我也理不清。朝详细里说，也就是棠梨的味道单一，入口只有单薄的涩。

小时候邻居家有棵棠梨树，挂果熟后，大者如牛眼，小者仿佛汤圆，极酸极涩。摘回来放稻草或棉絮中焐十天半月，或变黑变黄，入口亦酸亦甜，涩味轻飘飘的，回味之际，又迅速袭击，吃起来仿佛打仗。

涩一淡薄，味道就厚了。譬如笋，略略沾一点涩，吃起来舌尖有丝丝麻的感觉，其味神秘醇厚。涩有阻滞收敛作用，《灵枢·五味论》："酸入于胃，其气涩以收。"万物有灵有美。人间百味，味味皆道。

嫩

　　有一种豆腐，极嫩，入口即化，触手而碎，简直让人无可奈何。我做不得法，每次弄得乱成一锅星，不敢再买。那种嫩豆腐，太嫩，吃起来总少了快意，容不得回味已落入肚中。豆腐要吃老的，烧、煎、炸、炒、焖、烩、煮、拌，皆无不可。嫩豆腐似乎只能烧汤。牛肉我要吃嫩的，肉嫩，烧法也嫩。牛肉烧老了，没嚼劲，香味也打了折扣。

　　肉一嫩，便多了鲜味。老肉不香，乡下人养了多年的老母猪，最后只能埋掉，谁也不愿意吃。我会做土豆鸡块，如果鸡肉不嫩，味道要打五折。四川菜中，水煮肉片，吃起来不觉得多辣，说到底还是牛肉极嫩的缘故。

　　宋朝人喜欢吃羊肉，也是因为嫩，当时陕西冯翊出产的羊肉膏嫩第一。神宗时，有一年购买羊肉达四十多万斤。先秦老百姓吃饭，在豆瓣粥中加入豆苗嫩叶，混煮成碧绿的豆瓣粥。

　　江南人做莼羹，将鱼和莼菜炖在一起，煮沸后加入盐豉，鲜美无比。农历四月莼菜生茎而未长出叶子，叫作雉尾莼，是莼菜中第一肥美新嫩的。莼菜本身几乎没有味道，味道全在于汤，颜色嫩绿，吃起来令人心醉。

　　有年夏天，我去商丘，当地人用尚未熟透的麦仁熬粥。口感极嫩，又多了清香。这样的吃法，一年里不过十来天，是真正的节令美食。

说到嫩，马齿苋不可不提。取其茎叶，开水烫软后切细放醋，洒上芝麻油，炒吃或凉拌皆可。入嘴滑且脆，酸酸甜甜，伴着淡淡的清香，极为新嫩清爽。

很多年前在老家县城吃饭，见饭店的菜台上有一种通体微绿泛白，淡红带绒的郎菜，极嫩，于是点了一盘。炒食的，配羊肉、胡萝卜、野菇、粉丝，盛在白瓷盘里，叶细茎小，丝丝相扣，缕缕粘连，荤素齐备，直叫舌底生津，齿隙留香。

吃南瓜，我欺嫩不怕老。嫩南瓜，切丝烧菜；老南瓜，剁块熬粥。河南人还将嫩南瓜切丝，焯过放凉水中，与蒜汁、藿香凉拌，做捞面，特别爽口。吃玉米，我也欺嫩不怕老。嫩玉米或烧或蒸或煮；老玉米炸爆米花，酥软香脆。

脆

祖父年轻时候，专挑硬的东西吃，老了之后，欺软不怕硬，每餐米饭要盛锅底的。小孩子吃东西喜欢脆，老人吃东西喜欢软。年纪大了，口腹之好，也得稍微变一变。

过去岳西人常把晒干的老蚕豆，和铁砂炒熟，当零食。有老人见小孩吃炒蚕豆，一口一个响亮，嘎嘣嘎嘣，讨来一颗尝尝，坏了，牙齿崩掉半颗。

脆则香，吃来爽口。我母亲炸的花生米，掉在桌子上，一断两瓣。饭店里鲜见那个手段。

十年前在天津，吃到胳膊粗的大麻花，真是脆，不小心摔在地上，碎成粉块。后来买到的麻花，绵软，口味就稍逊一筹。

安庆人喜欢鸡汤泡炒米，也是图个脆。炒米泡在鸡汤里，松松软软，细嚼之下又松脆清香、起起伏伏，不由心情大乐。炒米各地都有，郑板桥说它是"暖老温贫之具"。汪曾祺先生在文章里说他们那里吃泡炒米，一般是抓上一把白糖。我小时候吃炒米，直接干吃，脆咯咯嚼。现在吃炒米，还是喜欢用鸡汤泡。安庆早点摊有人用排骨汤泡炒米，香气不够，没有鸡汤泡出来的好吃。鸡汤泡炒米，外加两根香脆的油条，那是我最喜欢的早餐。不敢贪多，一个月吃三两回，过过嘴瘾。

有朋友定居北京二十几年，每次回乡探亲，临行总要称几斤炒米，说天下炒米，安庆的最好。我在合肥吃过几次鸡汤炒米，鸡汤没问题，炒米稍微绵软了，没嚼头。

我念书的时候，学校大食堂烧柴火饭，锅巴有半寸厚。食堂师傅把饭铲出来，锅巴用小火烘焦，脆脆的，我们穷学生偶尔买个半斤八两，装进铁盒子里存了当零食。吃起来满嘴都是香味，只是吃多了，累牙，腮帮子疼。

在千岛湖吃到很地道的袜底酥。小小的酥饼，状呈腰子形，

280

一层一层薄如蝉翼，颇似袜底。刚拷出来的袜底酥，清新松脆、甜中带咸，我买了一纸袋，同游的朋友都喜欢吃。

袜底酥的名字实在不雅，但袜底酥实在好吃，因为脆。

脆的东西，好嚼，唇齿一合，香气四散，吃起来快意。一块肉，在嘴里左右十几个来回，还没嚼烂，着实使人恼火。乡下就有因为肉没煮烂，丈夫气得拍桌子骂人，妻子在灶底下委屈得流泪的。

夏天里，烧烤摊上有人卖猪脆骨，连着一点点瘦肉，放上孜然调料烤熟，与羊肉相比，吃起来又是一番风味。

不喜欢芹菜，但桐城水芹，掺肉丝，或者配豆腐干，清炒，菜质脆嫩，余味甘甜，最可下饭。

有一种水晶梨，我能一口咬下小半个，脆嘣嘣的，好吃。

淡

春天时候椿、韭、荠、菜薹最好。夏天时候豇豆、莴笋、南瓜最好。秋天时候菠菜、扁豆、茄子、黄瓜最好。冬天时候萝卜、冬瓜、笋、芥菜最好。略施油盐，有些菜甚至不放油盐，开水淖一遍，碧绿绿的，又好看又好吃。

曾经无肉不欢，日子久了，每顿饭只需要一盘蔬菜，半碗稀饭。稀饭是常见的豆、大米、山药之类，偶尔添一点江米，口感软糯糯的，又香又滑又嫩。也配有小菜，腌制的雪里蕻，切得细细的，萝卜干指甲片大小，腌豇豆半寸长，拌几滴香油。当然也有人胃口好，至老餐餐浓油赤酱。

古人说大味必淡，似乎颇推崇淡。大味说的是至纯之味，也就是说至纯的味道必须淡一点。烧菜做饭，油盐多了，其色也艳，其香也绚，其味也绝，总与菜饭之原隔了一层。

淡是味之本原。"淡者，水之本原也，故曰天一生水，五味之始，以淡为本。"因为淡，才可以同天下万物之味相谋相济。老子最懂得淡的道理："道之出口，淡乎其无味。淡薄才会浓厚，无味才会甘美，清淡、自然、平常才会淡而不厌，久而不倦。古人才会觉得君子之交淡如水"，唯其淡如水，才自然长久。

《菜根谭》有云："浓肥辛甘非真味，真味只是淡"。这里讲的"淡"不是无味，而是食物天然的本味。

京菜调理纯正，盘式雍容，以鲜嫩香脆为特色，倚仗宫廷款目，煞有富贵气，如菜中之缙绅，其得意处正好在淡。徽菜也好，但一笔浓墨，偶尔需要淡一点，回味才多。徽菜里改良的上肚汤，入嘴爽口清美，让人想起青梅竹马。沉醉啊，沉醉！我喝了一碗，又喝了一碗，有天真无邪之感！猪肝肚丝的汤，居然有天真无邪的味道，在我是第一次觉出。清淡的香气和风味，给人一种似有若无的淡泊，好似水墨画的留白。

平常一日三餐，经常自己下厨。我家厨房里调料极少，除了油盐酱醋，也就是姜，葱蒜也极少见用，嫌其味道冲。

人吃家常菜，不改其乐，这乐即是家常之乐。家常之乐乐在长久，乐在温润的细水长流，吃了几十年，不厌。不像去饭馆，连吃两顿就倦了。家常菜的好，就是好在淡，所谓粗茶淡饭。这些年茶越喝越精细，饭越吃越淡。

茶不厌精饭不厌淡。

实则我喝茶也淡，盈盈一层茶叶铺在杯底，叶片竖立。茶的淡香里一口口有回旋余地。

颜色上我也喜欢淡，淡红，淡蓝，淡灰，淡紫，淡青……唯有绿要浓。浓绿一树，浓荫匝地，南方的山浓绿绿的，那些绿的树草挤在一起，绿得肥沃。

淡是形声字，从水从火。水火不容水火容，容成一淡。饭菜难得淡，难在水火相济。做人难得淡，难在水火相济。都说人淡如菊，菊花我常见，过去乡下漫山遍野都是野菊。淡如菊的人，总是不多的。

梅尧臣说作诗无古今，惟造平淡难。惟造平淡难，伪造平淡更难。

文章写平淡了，那是大道。文似看山不喜平，这平不是平庸。

梨桃杏和苹果与栗子

绍圣元年十月二日，苏东坡被贬惠州，绍圣四年筑屋二十间于白鹤峰上。房子建好后，夫子给友人程天侔写信，求数色果木。反复交代，树太大难活，太小了我年纪大等不及它结果，树苗要大小适中，树兜子带的土不能太少，千万别伤了根。到底是苏东坡，贬谪在外，还有闲情栽树莳木。

我家门前有棵梨树，当年祖父植下的，一抱粗。春天梨花盛开，白得耀眼，像下了场雪。梨花白是素白洁白，兴冲冲开满枝头，不如梅花白好看，梅花白是雅白，有留白。

梨花谢了，梨树萧瑟起来。梨树叶子也鲜绿，只是模样贫乏，或者说贫而不乏，尽管一簇簇长在枝头，感觉还是弱不禁风。

立夏后，梨树叶子密了一些，气韵生动。晚上和家人坐在竹床上纳凉，嗑嗑瓜子，说说闲话，月亮斜斜挂在梨树上，洒下一片清辉，半爿阳台涂上一层银粉。

那棵梨树不大结果，只有一年丰收，青兜兜装了几箩筐。那棵树上的梨，入嘴略酸涩，并不见佳。我家的梨是葫芦梨，不如邻居家的沙梨甜。葫芦梨形状好看，常入画。金农的瓜果册页，其中一帧即是两颗葫芦梨，放在白瓷盘里。

在蓬莱吃过烟台梨，皮色淡青，肉软核小，入嘴绵，是我吃到最好吃的梨。烟台梨汁水充盈，口味甘甜，不似别处的梨发干发涩。

王献之《送梨帖》大美："今送梨三百。晚雪，殊不能佳。"现在人写不出这样笔墨双绝的信札。

我家门口还有不少桃树，栽在稻床外的瓜蔓地一头。梨花盛开的时候，桃花才开始打苞。桃花不如桃树，到底太喜庆了。不是说喜庆不好，只是桃花的喜庆里闹哄哄，看久了心烦，不耐品味。桃花是绛红深红淡红，格低了。桃树是水墨，从根到干，从干到枝，墨色丰富，有老气横秋有中年心境有少年得意。桃花似开未开之际，老气横秋中一枝枝少年得意，中年心境竟成富贵气。这富贵并非大富大贵，而是小富即安。此时桃花里有一分家常，像新过门的小媳妇穿一件红夹袄行走在田间小路上。

桃花没有桃子入画，画得不好乱成一堆残红。任伯年画桃花画桃子，我宁要他一个桃子不要他一树桃花。见过不少齐白石的桃子，仰放在竹篮子里或者开在枝头，桃尖一点红，红得干净红得素雅，安安静静，一点也不闹。

我家的桃子有两类品种，一种是毛桃，一种是五月桃。五月桃甚大，一掰两半，紫核黄肉，香甜满口，三两个即能吃饱。毛桃小，熟得晚，易招虫，其味涩而枯，不好吃。

肥城佛桃，大如饭碗，一个人吃不完。肥城佛桃果肉细嫩，半黄色，汁多且浓，味甜而清香，至今难忘。

树上的桃子吃多了糟心，不如齐白石笔下的桃子清爽。有老中医告诉我，说生桃多食，令人膨胀及生疮疖，有损无益。

岳西乡间有不少杏树，高且大，双手抱不拢。杏小树大，小孩子够不着，故能熟老枝头。一个原因是杏子不好吃，很多人家任其烂在树上，或放在瓷盘里摆看，或让小孩拿在手里玩。

到郑州后才第一次吃杏子，微酸，香脆爽口，味道并不差。

杏子不好看，不知道为什么古人喜欢用杏子形容女人的眼睛。《平鬼传》第三回："幸遇着这个小低搭柳眉杏眼，唇红齿白，处处可人。"《红楼梦》里的晴雯也是杏眼，不知道杏眼是什么样的眼睛。王叔晖笔下的仕女，据说有些生的是杏眼，双目含情，在宣纸似笑似语，比杏子好看多了。

杏子做成罐头也可以做杏酱。杏酱味道饱满，食之如春风入襟，让人想起桃花树下的时光。

我吃过杏脯，比杏子好吃。

齐白石老家有不少杏树，故其地名为"杏子坞"。

汪曾祺待客，端出一盘蜂蜜小萝卜。萝卜削了皮，切成滚刀块，上面插了牙签。来客走后，家里人抱怨说不如削几个苹果，小萝卜太不值钱了。汪曾祺不服气，说："苹果有什么意思，这个多雅。"插了牙签的小萝卜雅不雅我不知道，没见过。齐白石笔下的萝卜见过不少，多是红皮萝卜，没有插牙签，真是雅。齐白石画的萝卜，我见过不下十种。齐白石也画过苹果，多是苹果柿子图，取平安如意的意思。

齐白石的苹果没有齐白石的萝卜雅，苹果难入画。

苹果甜有两种，一种脆甜，一种粉甜。脆甜的苹果一身意气一身才华，粉甜的苹果不卑不亢有儒家精神。

我吃过最好的苹果是烟台与灵宝两地的苹果，又香又甜又大又红，有富贵气，满面红光，像挺着肚子在院子里闲逛的员外郎。

我在河南见过苹果树，挂满果了，风一吹密密麻麻挤成一团。

我家栽过一株苹果树，不结果。

苹果面慈心软。

司马迁在《史记》中有"燕，秦千树栗"字样。西晋陆机为《诗经》作注也说："栗，五方皆有，惟渔阳范阳生者甜美味长，地方不及也。"渔阳范阳的板栗我吃过，并不见佳。陆机是西晋时人，想必不能远行，没能吃到好栗子。

汪曾祺认为昆明的糖炒栗子天下第一。倘或汪先生吃过岳西的栗子，昆明的栗子只能屈居第二了。徐志摩说秋后必去杭州西湖烟霞岭下翁家山赏桂花，吃桂花煮栗子。汪曾祺也说他父亲曾用白糖煨栗子，加桂花。桂花栗子我没吃过，桂花鱼吃过，桂花糕吃过，桂花糖吃过，桂花茶吃过，桂花龙井，多一股幽深。桂花晚翠，格比玫瑰花高，与滋味无关，尽管桂花年糕也好吃。这是我旧作里的句子。

念小学时，学校附近有一片栗园，树合抱粗，枝叶浓密，树干用石灰水刷白，树下浅草碧翠。树大招风，中秋后，每天从那里经过，能捡到落在地上的栗子，我们叫它"哈子"。

栗有苞，苞外硬刺丛生。苞嫩时，看起来毛茸茸的，甚美。栗子熟了，苞也大了，张牙舞爪，有凶气。栗子好吃苞难开，小孩子皮嫩，力气小，剥不开，只能望栗兴叹。

新摘的生栗子呈象牙黄，脆生生的，一口一个。

我乡人吃栗子，多为煮食。煮食的栗子粉粉的，生栗的清甜褪了一层，又好去壳，吃起来有余香，与糖炒栗子滋味不同。

生栗子不好保存，容易生虫。有人告诉我，将生栗放入透气的纱布袋，吊挂在阳台阴凉通风处，每天摇晃几下，可免生虫。

汪曾祺说北京的糖炒栗子是不放糖的，郑州与合肥的糖炒栗子也有不放糖的。有人炒栗子不时往锅里倒糖水，外壳黏糊糊的全是糖稀，吃完得洗手，真麻烦。手艺好的人炒栗子，栗肉为糖汁沁透，很甜。我不喜欢吃糖炒栗子。

新鲜板栗经过两个暴太阳三个露水，日晒夜露之后，能调出本身的香甜，炒制时不必加糖，而且不得放糖，能吃出栗子本身的香甜。

栗子可以做菜，栗子鸡是名品。我家乡人喜欢做栗子肉。栗子肉其实是栗子红烧肉，做法简单。栗子去皮壳，猪肉切块，加葱姜大蒜煸炒，放生抽，肉炒到泛黄时，加水放八角和冰糖，煮至八成熟，再放栗子继续炖至软烂，大火收干即可。肉最好选五花肉，栗须完整不碎。

栗子吃不完，放入竹篮，在通风处挂几天。风干的栗子微有皱纹，吃起来有韧性。《红楼梦》中怡红院的檐下挂有一篮风干栗子。李嬷嬷吃了贾宝玉留给袭人的酥酪，宝玉才要说话，袭人便忙笑道："原来是留的这个，多谢费心。前儿我吃的时候好吃，吃过了肚子疼，足闹的吐了才好。他吃了倒好，搁在这里倒白糟蹋了。我只想风干栗子吃，你替我剥栗子，我去铺床。"宝玉听了信以为真，方把酥酪丢开，取栗子来，自向灯前检剥。

大观园中人剥风干栗子。倘或是糖炒栗子，只能让《金瓶梅》中的人吃。《金瓶梅》七十五回，如意儿挨近桌边站立，侍奉斟酒，又亲剥炒栗子儿与西门庆下酒。

石　榴

剥开石榴，秋天的风从原野吹过。

之　一

河南石榴，名满天下。汪曾祺说的。汪先生没口福，他在北京吃到的河南石榴，粒小、色淡、味薄，后来在文章里感慨"盛名之下，其实难副"。估计汪先生吃到的是"赝品"。我买的河南石榴就不错，外皮颜色红紫，打开后，榴籽艳若宝石。

名满天下的河南石榴，实则白马石榴。三国魏时洛阳白马寺前有大石榴，京师传说"白马石榴，一石如牛"。我在偃师吃过白马石榴，好吃。我在成都吃过会理石榴，西安吃过临潼石榴。

这些石榴极大极甜，一掰两半，满瓢晶亮，至今难忘。我们安徽的怀远石榴，也是名品。

秋风起兮，石榴上市。走在街头巷尾，到处是卖石榴的，有挑担的，有开车的，有提着篮子的。我喜欢挑担的果农，如果挑担里还有三五石榴树枝，越发觉得有生机，欣欣向荣。秋天的水果，口味浑厚一些，譬如石榴、柚子、柿子之类。春天的水果，口味单薄一些，譬如樱桃、草莓之类。

石榴籽分白红两种，两种都好看。白石榴仿佛白娘子，红石榴像红孩儿。吃起来，还是红石榴滋味更好，爽脆嫩甜，白石榴稍微寡淡一些。在民间，白石榴被称为"大冰糖罐儿"。许仙娶了白娘子，掉进了"大冰糖罐儿"。奈何法海多事，多情女偏逢薄命郎，弄得永镇雷峰塔下。

红石榴之红，分酒红血红玫瑰红。酒红如葡萄酒，红得艳；血红似血，红得烈；玫瑰红最好看，玫瑰红的石榴籽藏在萼筒里，风情万种的样子，风情万种得欲说还休。不是什么水果都红得风情万种，更不是什么水果都红得欲说还休。苹果红得风情万种，但欲拒还迎，格调低了。樱桃红得风情万种，又红得太嫩，止于风情，多了风雅。西瓜没能红出风情，倒是红出了滥情。亏得还有石榴红，又好看又好吃。

石榴入画。见过徐渭的《石榴图》，边款是自题诗，记得有"颗颗明珠走"一句。徐渭画的石榴，写意，"明珠走"三字更是写意，写心中意。画面中枝叶倒垂而下，一颗石榴成熟裂开，笔墨有道家气息，意境比他的《葡萄图》高。

小时候不喜欢石榴，粒小味寡，弄得一嘴籽乱窜，得不出多少味道，不如西瓜、苹果、梨子、哈密瓜吃得痛快。现在年岁大些，才有了吃石榴的心境。

童年时，喝过一种石榴酒，清爽香甜。因为过年，父亲破例让我喝了三杯，现在想来，还觉得美味。

不管是红石榴还是白石榴，吃在嘴里，恍如一片冰心在玉壶。

之 二

前天晚上从郑州归来，一夜听"况且"。有人造句说："火车经过我家边上，况且况且况且况且……"还有人在文章中写道："京剧刚一开始，就听见'况且，况且'的锣鼓声。"一夜况且多，旅人莫奈何。没休息好，今天上午就赖床。这是借口，其实即便休息好了，我也经常赖床。赖床又不是赖账，怕什么！

起床后去买菜，路边小摊有人卖石榴，选了三个。不知道是我眼光太差，还是石榴向橘子学坏了，竟也金玉其外。回家后打开来吃，苦且涩，粒小核大。苦倒也罢了，反正没少吃苦，不在乎多吃三五次，涩实在不好消受，吃了几口，只能扔掉。

石榴的味道，以甜酸为上品。甜中有酸，甜非得盖过酸，酸也不能过于低眉顺眼，隐隐反抗才好，酸得"小荷才露尖尖角"，甜才能"立上头"。

小时候吃过各种水果，现在回想起来，似乎很少吃石榴。石榴在我家乡，不如桃、梨、枣、葡萄一样多见。

我家院子外，种过一棵石榴，每年挂果，可惜生得小了，又黑又瘦又干，没人想过去吃，任它在秋风中老去。石榴花开的季节，坐在院子里，能独得一份好心情。暑热初至，阳光如瀑，看螳蛄在花叶间沙沙振羽，至有情味（古人把蝉分为四类，合称"四蝉"：螳蛄，春末出现；黑蚱蝉，夏至开始出现；蛉蟟，暑伏中后期出现；鸣蜩，夏末暑伏开始出现）。

汉时石榴从西域传来中原，南北朝大概已经普遍栽植了，很多女子所穿的大红裙子上绣有石榴花。梁元帝萧绎《乌栖曲》中有"交龙成锦斗凤纹，芙蓉为带石榴裙"的句子。到了唐朝，人们将红色裙子一律通俗地称为石榴裙。据说唐玄宗下旨文官武将见了杨玉环一律使礼，众臣无奈，见到杨玉环身着石榴裙走来，纷纷下跪。这一拜，拜成了"花边之臣"。

《会理州志》中有段记载有意思："榴，则名曰若榴，曰丹若，曰金罂，曰天浆，曰朱实，曰朱英，曰金英。"若榴如野兽之名，丹若是美人之名，金罂者，金发婴儿乎？天浆是佳果，朱实、朱英、金英，殷实人家三姐妹。会理石榴中最大的超过两斤重，那是石榴王。

之 三

躺在一树石榴下。石榴红了，惹得人食指大动。伸手摘一个，打开萼筒，亮晶晶一瓢。今年雨水足，榴子丰腴，形似丹砂，颜若朝霞。取一粒入口，酸酸甜甜一阵火拼，嘴里吵翻了天，忽忽甜打败了酸，一会儿酸战胜了甜，弄得人唇齿生津，慌忙咽下，嘴里终于获得了安宁。却是一梦。

我爱石榴，尤钟意其花，韩愈说"五月榴花照眼明"，一照一明，境界出来了。杜牧诗云："似火山榴映小山，繁中能薄艳中闲。一朵佳人玉钗上，只疑烧却翠云鬟。"可谓神来之笔。

石榴花的红红得不一般。更奇特的是红花瓣里的金黄，毛茸茸的花蕊，嫩而粉，像蛋黄。绿色的石榴外形如手雷，挂在树梢上，长大一点就变成了黄色，成熟时一片通红。累累垂垂，盈树盈枝，这时叶子也泛黄了，红红的石榴像红宝石在树间闪烁。

祖母说小孩子吃了石榴，长大后牙齿生不齐整，不让我们吃。

乡间婚嫁时，于新房案头置放切开果皮、露出浆果的石榴，小时候每每看见那亮晶晶的石榴籽总忍不住暗吞口水。可是又怕长乱牙齿，那就忍吧。忍着，忍着，人就大了。

之 四

石榴皮厚而绵软，给人好文章之感。久野龙溪说文章之上乘者，是以"金刚宝石为内容，以五色透明的水晶纸包之"。所指仿佛石榴。

好石榴粒大核小，肉质温美，双齿轻合间，有一股脆甜，微微的酸，蛮音犹在，入喉，心际清澈。

吃石榴，独食为佳，吃出个慢条斯理。或者三两个好友云淡风轻且啖天地间。

瓦房的庭院里，一丛竹，一棵柿，一树石榴。贫乏生活里的清供之物，不乏诗意。

人在青年时好色。我在弱冠之际发现了石榴之美，真是造化。

石榴之美，美在金玉其外宝石其中。说是惊艳亦可，尤其红籽石榴，捻一粒入口，那是唇齿的艳遇。吃出一肚子的风情，倏而风情又变为风月，而且是好风月。好文章不过一段好风月——好风月谈。好风月谈是我的行文诀，可惜我没做好。

我的欲望很小。秋雨时候，只望着什么人送石榴来，就满足了。

草木篇

松

故乡松多，绵延不知几万万棵，多是马尾松与罗汉松。

马尾松因为松针像马尾，罗汉松之名不知从何而来，大概是松果颇似披着袈裟的罗汉吧。

以罗汉为名的风物，我熟悉的还有罗汉果、罗汉豆。罗汉果入药，味甘性凉。罗汉豆入馔，春天时，新鲜的罗汉豆极清爽，或炒或蒸，烧汤亦可，色味双绝。连壳煮熟，用手撮着吃，极香。打春后，田间地头，乌油油都是结实的罗汉豆。

罗汉豆又叫蚕豆。袁枚《随园食单》说："新蚕豆之嫩者，以腌芥菜炒之甚妙，随采随吃方佳。"此法我试过，并不见佳，不如清炒存有本味。本味是大味。

罗汉豆如三岁小儿，罗汉松老成持重，松针极硬。

松针非针，松针是叶。松叶非叶，松叶是针。有人管松针叫松叶，有人管松叶叫松针。松科植物的针叶皆可谓之松叶。我认识的松科植物还有华山松、黄山松、黑松、油松、云南松、红松。据说松叶具有祛风燥湿、杀虫止痒、活血安神的药用。据说而已，我没试过。

松叶远看如云，一丛丛一簇簇，风一吹更像。

看松不如听松。风吹松叶，忽忽浙浙沥沥如春夜雨，忽忽毕毕剥剥似火烧山，忽忽踢踢踏踏若马踏地，忽忽语惊八荒像长啸声。半夜里听松声，满山闷雷滚滚。初晓时分听松声，山涛又如鸟鸣婉转、流水荡漾。

松叶中有涛声，松影中有秋意。有年秋天去深山寺庙住了一夜，四野都是松影。夜里，月明松下房栊静，耳边是虫子的吟唱。和朋友走出禅房，月亮地里，薤露凝重，秋意浓浓。松影，人影，还有远方房子的屋影，恍惚在白花花的月色下。月光大好，覆在朦胧无边的山野上，松林仿佛融进澄澈的水里，远处人家如烟如雾。寺里未眠的灯光，若有若无地在月色中泛起。一阵风在松林间吹过，树枝呼啸，夜空中布满了秋的肃穆。风极快，从山头荡过，料峭的寒意惊得人毛孔一缩，秋夜的冷冽来了。

山路上落了一层厚厚的松毛，踩上去，很软和，空气里隐隐有松脂气味。

不管是马尾松还是罗汉松，几乎所有松科木植都挥发出很重的松脂气味。那气味里有暖意。

秋风来了，松子熟了。杜甫《秋野》诗中说过："风落收松子，天寒割蜜房。"松子，仁大皮薄，很香，藏在松球的鳞瓣下，一颗一颗又一颗。小时候吃过一种玫瑰松子糖，兼有玫瑰花的清香和松子的浓郁，我很怀念这种滋味。

写松的诗极多，我喜欢的只有贾岛《寻隐者不遇》的一句"松下问童子"。松下风致令人心慕，让人忆起在夏天松下的时光，枝间漏下的阳光温软如玉，松上是辽阔而蓝的天，那天极高。

兰 香

一九九九年底我在岳西乡下读《红楼梦》，四本一套，繁体竖排版，字字传统，字字熨帖，字字古旧，看得见大观园里的绿意。书衣浅绿似兰草色，如怀袖珍玩。封面沈尹默行书题签，饱满潇洒。沈先生的字漂亮，依稀可见读书人一袭长衫的斯文，是晋人风流，是晚明趣味，碑味熟透了遁入帖意里，馆阁化了，又苍劲又丰润。

那是第一次读《红楼梦》，似懂非懂，也妙趣无穷。院墙外的小路上偶尔传来零星的人语，太阳斜斜拉长桃树枝影的时候，古旧晚风里飘来兰花香。

五斗柜上的春兰开了。

前几天从山头撷来一枝花苞，斜插在玻璃罐里，用清水养着。不知不觉，开了好几朵花苞，一枝青玉半枝妍。掩书进屋，一股幽香直透心胸，充盈在体内，脑门一新，身子轻了。纱窗竹帘，无不带有淡淡的清香。屋里屋外静极了，石英钟嚓嚓的声音如走马。

兰花难养，过去乡人惜物，多采其花枝回来，用清水养几天。春光悄逝，兰花渐次凋零，花瓣散落在清水瓶下，不忍扫去，还要留几天，空气里残香暗度。

兰花难养，往往第二年不冒枝。

花期易逝，我以为兰花的叶子亦好，疏落清朗，很美。乡下人以瓦罐种兰，放在屋檐下。纸窗瓦屋，青砖白墙一年四季因为那一捧翠绿，岁月粲然，光阴静好。

兰花品类甚繁，据说有两万种之多，我独爱春兰。老家山头常见的枝兰，花茎上独有一个花蕾，隐于山阴处，像八大山人的画。

有回早春，朋友送来两盆春兰，犹带花枝，似开未开，盛在陶盆里。不多日花开了，一室幽香一室阒然，兰香有最古典的香韵。无事与兰对坐，捧一本画卷，光影移动，风日大好。

可惜这两盆春兰第二年死了，陶盆空落落，到底不如墙上挂的兰长久。

郑板桥画兰写兰，声名甚隆，我过去喜欢，现在觉得他笔下的竹子更好。所见兰画无数，以赵孟頫、罗聘所绘为翘楚。

赵孟頫的《墨兰图》，画墨兰两丛生于草地上，兰花盛开如彩蝶起舞，兰叶柔美舒放，清雅俊爽。清人罗聘的《秋兰文石图》，怪石以焦墨勾出，通体用墨彩晕染，厚重凝练。秋兰双钩白描，略施淡墨，写兰丛繁茂之貌，以浓墨点提花心及地面野菜，画面元气凛凛。

前几天翻书，架上找到一九七〇年代的《脂砚斋重评石头记》。封面题签又浓又润，学金冬心，比冬心先生舒朗，不知出自何人手笔。书是沪上影印的胡适甲戌本旧藏，书前有胡先生手书曹雪芹自题诗：

十年辛苦不寻常，字字看来皆是血。

翻开书，多年前岳西乡下兰花的香气隐隐约约飘了回来。

桐　花

暮春时节，天气真好，不冷不热。

清晨。坐到开花的桐树下吃饭。头顶一树桐花，落蕊飘扬，啪嗒一朵，啪嗒又一朵，落在石阶上。

上午。在桐树下看小姑娘从对面石桥上翩然走过，看老人牵着水牛在小路上晃悠，看农妇提一竹篮浣洗过的衣物归家。

中午。在院子里闲逛。桐花的香气包裹着你，真是包裹的，不蔓不枝轻轻绕着。那香清淡，一点不惊动人。衣袖，襟摆，头顶，到处是安静而收敛的香。

下午。夕阳离山间半丈远。斜倚桐树，面对水声潺潺，背诵几篇古文。眼前大朵的桐花轻柔舒缓地飘落于一弯清水中，款款漂向下游。蜂戏白花，蛙鼓清溪，鸟语互答，那种流水落花的意境，清新悦人。

晚上。桐花在月亮下窃窃私语，散落一地白银。一缕缕香送至鼻端，干净浓郁，浸润心田。

这些都是很有意思的。

仙人掌

仙人掌易活，切成块，即落地生根。过去昆明人家常于门头挂仙人掌一片以辟邪。仙人掌悬空倒挂，尚能存活开花，于此可见生命之顽强，亦可见昆明雨季空气之湿润。

岳西人家墙头也常见仙人掌，多用废弃的脸盆栽植，两三拳竖在那里，头角狰狞，张牙舞爪。却不是用来辟邪，似乎是防盗。有些人家围墙上种了一圈仙人掌。种了仙人掌，贼人不好爬进院子里了。仙人掌有刺，扎人头面手脚。

岳西辟邪之俗，常用一面小镜子挂在门前，周围画着八卦。讲究些个则买一铜制八卦镜子，借麻线穿了，挂于庭上。

我喜欢仙人掌，以为美，美在乱头粗服。只是仙人掌不可太大，太大则蠢。仙人掌往往见风长，极肥大粗壮，失了风致。

仙人掌如太湖石，是一景。其美之要诀也在此四字：瘦、皱、漏、透。

我在太湖畔农家小舍见过极美的仙人掌，细身长腰，丛生在庭院里，不管不顾，与太湖石咫尺相望。颇让其他风物失色。

仙人掌品种不少，有小若弹丸者，有高如树木者，有形似丝瓜者，有浑似绣球者，有状若立峰者。我最喜欢状若立峰的仙人掌生长在有古老石雕的壁檐缝隙，有器宇不凡的隐士气。

隐士非要器宇不凡才好，戴进的《溪边隐士图》中隐士极好，丰腴超脱隐逸，前胸坦露，神情平和，须面轩昂。

美人蕉

世间爱花人喜欢以花比喻女人。女人如花，花似女人，所谓美人，以花为貌。

花中最有幸的是美人蕉，得以美人为名。世间美过美人蕉的花木很多，美人蕉独得美人之名，艳福不浅。

美人蕉之美，美在颜色，花红叶绿，花红得极艳丽，叶子却苍翠碧绿，对比鲜明。我家老宅前的田坝上，栽有一大片美人蕉，远望尤好，壮美，可得其意。

张岱《夜航船》上说美人蕉四时皆开，深红照眼，经月不谢。南方的确如此，北方花期要短些，多在夏秋之际开花。张岱是绍兴人，绍兴我去过几次。绍兴美人蕉依旧，绍兴张岱已经是几百年前的旧人了。

我家老屋前有一丛美人蕉。夏天的早晨真舒服，空气凉爽，美人蕉的叶子上挂着露水，花瓣上挂着露水。坐在杌子上吃早饭，蜘蛛在屋檐下湿漉漉的蛛网上爬来爬去。夏天的早晨真舒服。

每日清晨上学，安安静静的空气里似乎有绿意。美人蕉敞头开着，极热烈鲜红，鲜红的花瓣上挂满露珠，露珠晶莹剔透，早起的虫子爬上去，露珠从花间跌落叶上，猝然裂开，分成细密的水丝。

我喜欢夏天时候的美人蕉，四处欣欣向荣，配得上美人蕉的灿烂。春秋天与冬季的美人蕉，隐隐孤独，少了夏日的盛气。

美人蕉之好，正好在盛气上，好在盛气不凌人。

美人蕉，美人娇，美人娇乎不娇也。美人蕉丝毫不见娇气，开得精神焕发，肆意泼辣。美人蕉不是《红楼梦》里的美人，而是《水浒传》里的美人，美人蕉是戏曲舞台上身披大红的刀马旦。

美人蕉姿态优美，极入画，又极难画。见过齐白石、潘天寿、钱君匋诸位先生笔下的美人蕉，画得出鲜艳画不出浓荫，画得出浓荫画不出饱满，画得出饱满画不出鲜艳，这是美人蕉的异禀——让画家无可奈何。

芭　蕉

世间风物中红得最美的是樱桃，樱桃红有喜气。樱桃树上结樱桃，如童子六七人，沐乎沂，风乎舞雩。世间风物中绿得最美的是芭蕉，芭蕉绿如绿萼丽人，翩然出世，望之气象俨若仙家。

去江南，见不少人家庭院里或有芭蕉或有竹。我的家乡芭蕉与竹极少在庭院，只在田坝与地头与屋脚。盖因芭蕉性阴，多好生在潮湿之地的缘故。

过去蒸馒头、包子时候，采芭蕉叶放笼下当蒸布。鄙乡人一日三餐吃米饭。大清早醒来，见饭场桌子上折有两匹芭蕉叶，今天要换口味，心情一畅。

汪曾祺文章里说老舍点题请齐白石作画，"有一句是苏曼殊的诗（是哪一句我忘记了），要求画卷心的芭蕉。老人踌躇了很久，终于没有应命，因为他想不起芭蕉的心是左旋还是右旋的了，不能胡画。"汪先生忘记的诗，应该是《何处》：

何处停侬油壁车，西陵终古即天涯。

拗莲捣麝欢情断，转绿回黄妄意赊。

玳瑁窗虚延冷月，芭蕉叶卷抱秋花。

伤心独向妆台照，瘦尽朱颜只自嗟。

齐白石未能应命，踌躇良久。汪曾祺说因为老人想不起芭蕉的心是左旋还是右旋，不能胡画。苏曼殊此诗有病气，齐白石不画，是齐先生的心性，旧派人认为笔墨关系福祸。芭蕉叶卷抱秋花，气息奄奄，老翁作不得也。

芭蕉难画，难在亭亭玉立，难在亭亭如盖，难在入眼风雅的清凉。齐白石画过不少芭蕉，多不上色，以水墨大写意绘出，有蕉叶绿成林、全无暑气侵的况味。

芭蕉经冬渐渐枯死，春后复绿，雨水过罢，逐日葱郁起来，一个多月叶大成氅，阴蔽匝地。生平所见芭蕉之大者，高达两层楼，伟岸如树。

一九九九年春夏之际，我去雷州半岛，住一农场。雷州多雨，下得水塘里满满的。农场旁边有一条小街，集市多卖南方水果，香蕉、菠萝、榴莲之类。集市旁一大丛芭蕉，离我住处不远，开窗即有密匝匝大叶，将集市的棚顶遮得严严的。芭蕉被雨水淋得湿透了，自蕉叶下走过，空气里有各种水果的味道与隐隐清气混杂一体。不出工时，打开窗户回忆书。手头没有书读，我经常回忆过去书里读过的情节，安安静静一个人坐到午后，雨打芭蕉，哗啦之声不绝。雨风滴沥，窗前闻之，心旌摇动。

我忘不了那样的情味。

芭蕉生花苞后，中有积水如蜜，是为甘露，清晨取饮，甚是香甜，能消病健身。我夏天里吃过一次，入嘴无限凉爽。

日本江户时代有一俳谐师松尾藤七郎，其弟子曾送他一株芭蕉树，种在庭园内，故命其园为芭蕉庵，并改名松尾芭蕉。他的俳句我读过不少，最记得那一句：

闲寂古池旁，青蛙跳进水中央，扑通一声响。

附笔：
老舍先生点题画，齐白石后来绘过一幅，我见了印刷品。有如此题款：

芭蕉叶卷抱秋花，曼殊禅师句，老舍先生清属，九十一白石。

几片芭蕉大叶，中有黄花。不取秋之冷意，铺排芭蕉之盛，毕竟是齐白石，尽去病气也，一片吉庆，如《延年图》，人老了，多些吉庆好，延年益寿。

桂 花

祖宅前那株桂花被族人砍了，说是遮了阴。

桂树长在稻田后面，偃伏石上，巨大的一团，叶坚而厚。秋天时，如游天香国中，足怡鼻观。风送几里桂花香，从树下路过，抬头就是秋水长天，桂花落下，黄雪满坪，镶在少年的鬓间。

都是旧事了。

老宅换了新屋，更亮堂更漂亮，记忆没了，过往的岁月散落一地瓦砾。新栽的树孱弱，有零落气，组不成风景。

一百年前先人手泽，片爪不存。桃树、梨树、百日红、枣树，皆民国时栽植，如今一棵也没了。几十年前的陈迹只在心际。唐时的长安道，绿槐开复合，红尘聚还散，那绿槐一定是百年老木。

那时候乡下老宅前总有桂树，取兰桂齐芳之意。一到秋天，满树齐开，不留余地，一陇是冷香，悠悠地幽幽地，又绵又甜，让人心底酥软。

现在乡下也偶见老桂，枝繁叶茂，长到两丈高，叠叠嶂嶂，越过院墙，有明清草书的逸气，又有唐楷的庄严。

桂花香极浓烈，桂树长得极大，其花却生得小巧如星，黄晶晶闪烁，我不知道还有什么花比桂花的花粒更小。

人偶尔去打桂花，树下铺着新洗的床单，拿竹竿在树上敲，轻轻敲，花簌簌落下如雨，金色的桂花雨，落在床单上，染得金光灿烂一堆。打下的桂花晾干，做成桂花蜜。泡茶时也会放一些，煮粥时放一些，正月里吃汤圆，也撒上一点。

桂花落了，天凉了，冬天快来了，雪快来了。

下雪的日子，最适宜饮酒。祖父喜欢一边喝桂花酒一边吃桂花年糕。桂花酒微黄，倒入瓷盅里，偶尔一点两点浮在酒面，轻轻漾着。祖父去世的时候，我十岁，不懂得人间死别的无奈。后来每每见到桂花酒，总会想到祖父。祖父去世二十多年了。

桂花酒我没喝过，桂花茶喝过。有年朋友送几罐桂花龙井。茶并不见佳，桂花龙井的名字有清气。

桂花晚翠，格比玫瑰高，与滋味无关，尽管桂花年糕好吃。

桂花有金黄、白黄、淡黄、橙黄、橙红各色，我独爱金黄。

山　林

　　顺着老屋后边石子路慢慢走，到了山中。这条路已经走过无数遍，小时候经常去玉米地里放烟盆熏野兽。每天夜里，点一束葵秆火把照明，橘黄色火焰切开了夜的黑，葵秆燃烧出一种特殊的香味漂浮在山野间，淡淡的，像轻纱一样若有若无。不时有萤火虫擦身而过，给夜行增添了很多诗意。

　　已是初春，路边有些树木冒出了嫩芽。很久没有感受到时令的变化了。

　　我喜欢山中。这是回家后的第一天早晨，正是城里人刚刚打出睡醒后第一个呵欠的时候，我悄悄起床了，慢慢地走在山深处的小路上。

　　草深处微微动着，不知道是睡醒的兔子、松鼠、豪猪还是捕食的野鸟。万物各归其处，相互羁绊，不相往来，应该是很好的境地。两只飞虫停在我的肩头，从我的肩膀顺着袖子慢慢往下爬。在山中，我是可以让蜻蜓立上头的小荷尖角。

我喜欢体型微小的生物。小时候读书的路上有一个沙地，沙地上常有蚂蚁盘踞，每次总会逗留片刻，看蚂蚁爬行、搬物、打架……我看见一只蚂蚁在搬运一个比它的身体庞大三倍的虫子，我看见一只蚂蚁绕着一块小石头转圈，我看见一只蚂蚁忙忙如急事在身，我看见一只蚂蚁缓缓似信步徜徉，偶尔也会抽一根草芯，逗弄蚂蚁，让两只蚂蚁把头抵在一起较力。

山中有个废弃的水井，灌溉用的。这几年退耕还林，水井已废弃不用。井口两旁杂草丛生，水面浮动着很多水黾。说是浮动，因为它们太小，仿佛是漂在水面的一滴浮萍。

水黾在水面滑动，姿势优美而从容，触角过处，水波不兴，轻盈如风吹落叶。停下来盯着它们看，水黾有三对长有油光光绒毛的脚，一对短，两对长，靠近头部的短足用来捕食，身体中部和尾部的两对长脚用来滑行。足的附节上，生长着一排排不沾水的毛，与长脚接触的水面会下凹。

一切微渺的生动，即便小若蜉蝣、微如细菌，造物主也赋予了它们智慧和生存的技能。水黾在流水上滑翔，不是与水嬉戏，而是为了捕食流水带来的小虫子或者死鱼虾，猎物一旦到手，就用管状的嘴吸食它们的体液。水黾忽动忽静，静如处子，动若脱兔，它们这样的节律使人变得松弛、慵懒。井水的一方天地，对水黾而言，也是大千世界。

天色彻底大亮，山风推动着树枝，阳光射下来，山腰上昨夜的白雾悄悄在散，舒缓的松涛声轻和着树林深处婉转的鸟鸣。"仁者乐山，知者乐水"，有人解释说是仁者喜爱山，智者喜爱水。我觉得应该是仁者像沉静的山一样恒久，智者像流动的水一样快乐，毕竟仁者也可以喜爱水，智者也可以喜爱山的。山水之乐，得之心而寓之酒，没有酒，以清风代之，饮下无边原野与漫漫山岚。

常听人说山要青水要秀。南方的山以树多草满而青，南方的水也因澄澈透明而秀。没有树木的山，即便是春夏之际，也显得苍茫雄浑。

有一年，去太行山区看山。北方的山与南方不同，山体的走势，土石的颜色风格迥异。下午的太阳西斜，站在平原上看巍巍大山，悬崖峭壁，怪石嶙峋，山与山之间巨大的投影压迫得人喘不过气来。这样的山，毫无秀美可言，但自有一份厚重。

乡村的黎明常常是被鸟儿唤醒的。一只八哥在树林里欢叫。一只喜鹊在觅食的间隙，跑到电线杆上叽叽喳喳。山鸡挥舞着长长的尾羽跃过山场，沙哑悠长地忽作鸣声。翠鸟在山谷对水而歌，锦鸡在土坡仰天长啸，麻雀在杉树林蹦来蹦去，发出琐碎的声音。

在鸟的音乐会中，有一种声音特别突出。你不知道它在哪里响起，山林的东边，山林的西边，山林的南边，山林的北边，拖

311

长的声音，有五个音节，懒洋洋的，音色却出奇地亮。

树梢上有一只啄木鸟。那是一只正在"嗒、嗒、嗒"地啄着木头的啄木鸟，长而锐利的爪子抓紧了树干，粗硬而尖尖的尾羽倚在树上。这是只色彩鲜明的鸟，腰部和尾上的覆羽呈黄绿色，额部和顶部红色，灰色的长嘴漂亮地啄着树干，神情专注而认真。过了片刻，一个吞咽，啄木鸟后引颈而鸣，翩然飞去。

头顶发出群鸟扑棱着翅膀的声音，回头看，一群白鹭离窝了，姿态轻盈，纤长身体呈流线型，羽毛雪白，钢色的长喙，那双青色的脚像精心打磨的青玉长杆。洁白的身子衬着大树的苍翠，四周静悄悄的。

俨然一脚从滚滚红尘踏进了山河岁月。

太阳慢慢爬过山尖，金色的阳光照着树木。白鹭四散着展开双翅，飞快地划过树杪，轻盈地落在对山的电线杆上，也有几只飞得更远，奔向泥田，或在田埂上漫步，或绕着水田来回盘旋，在初春清晨阳光的映照下，洁白如粉雕玉砌。

山边麦地边有一株树，一株樟树。樟树是江南四大名木之一，人们常把它看作景观树、风水树，说能辟邪。当年祖父对此深信不疑，说屋基旁植树会让一个家庭有更多的生机与活力。

最多愁善感的年纪，早上起床后总要在院中樟树下静坐片刻，鼻息间樟树淡淡的药气，让人灵府一醒。樟树之香斯文安静地漂浮在清晨的空气中，没有桂花浓烈，没有槐花清淡，没有兰花素雅。

眼前的这棵樟树已经很老了，老得没有人知道它的来历。空中飘来的种子，偶然落在山野发芽生根，也就随遇而安了。樟树表皮粗糙，质地却很均匀，没有杨树的斑驳，更不像桃树长满无数的疤瘤。它的树干笔直且长，一分二、二分四地竖在那里，球形的树冠像把巨伞在天空撑出优美的一团。

那些年，常常站在山边，默默地望着这棵树。此时，这株樟树在早春微凉的风中摇曳着，我看见几个鸟窝，不知道是空巢，还是有鸟在其间栖身？

树犹人。世间万物皆有性情，山中的樟树比屋前屋后的樟树，多了几分从容。当年庄子愿意做深山中的一株树。"故贤者伏处大山湛岩之下，而万乘之君忧栗乎庙堂之上"。大山湛岩之下，有一份沉默与天真，还有甘于卑下的淡然。山中光水充足，土壤肥沃，树长得自由舒展，鸟雀翔集，在漫漫山林中享尽天年。人跟人比的是名誉地位，人跟树比什么？人和树一样，不争不群不党，能独善其身。一个人倘若能秉山而居，会多一份嶙峋的风骨、气格。我常常在深山的村子里发现不同寻常气息的异人。

大千虽大，也终究有限，大千到底樊笼。陶渊明说："少无适俗韵，性本爱丘山。"走进山中，松弛下来如树木花草，如山泉青鸟。陶渊明又说："久在樊笼里，复得返自然。"山林既在樊笼之外，山林顿成隐逸。

后　记

　　中国文章如博物馆，先秦文章是青铜器，楚辞是陶罐，魏晋文章是汉瓦，唐宋古文是秦砖。具体说，庄子是编钟。老子是大鼎。韩非子是刀俎。李白的诗歌是泼墨山水。杜甫的诗歌是工笔楼台。苏东坡的小品是碧玉把件。柳永、李清照的词集是白瓷小碗。三袁、张岱仿佛青花茶托。鲁迅是古老的樟木箱子，结实，装着肃穆与神秘。张爱玲是陈旧的红木餐盒，托出一道道奇珍菜肴。沈从文是一本册页，有书有画。

　　文章的事，一山有一山风景，有的山像蛙身，有的山如佛首，有的山俨若狮虎豹。天地间的山水自有其状，人为不得。巧夺天工之巧是为艺之大道，也是为艺之根本。

　　一个人写几本书，画一点画，作一点书法，挣一点钱，都不值得夸耀。世间人情物理自有天意。老庄的哲学，世人皆说消极。消极里未必不是一种积极不是一种智慧。

我十四岁读老子，二十来岁读庄子，多年来，不忍释卷。一言以蔽之，老庄说的大抵是顺应天道人伦。诸子百家都是懂哲学的政治家，其高明处在人家把哲学当文学来写。为艺太痴，为人太痴，是好事也未必是好事。慧极必伤，情深不寿，强极则辱。

第一篇散文，发表于二〇〇三年。第一本集子，出版于二〇一〇年。从没想过散文该怎么写，但一直想过不该怎么写。散文，写的是情怀和智慧。情怀以朴素为美，智慧来自家常，与流派无关。我的散文，信马由缰，不成体系，也可以说是随意下笔，想到哪里写到哪里。所遵奉的是尽量不脱离中国古人所说的文章之道，在中国古人文章的车道旁栽上自己的大树。

好的文章，应该立足于前人。不复古，就谈不上发展。这是我的偏见，当然，我也并非以古为尊以古为一。先秦诸子百家，抛开思想，从文本而言，韩非子、孟子的文章用力过猛，质大于文。我喜欢魏晋六朝的文字，灿烂恣意，又不动声色。六朝文章虽好，但艺术没有固定的美学走向，尽管它是中国文章好的质地，但不是唯一的布料，所以后来唐宋八大家要另辟一条路子。公安也好，竟陵也好，桐城也好，都是文体家，他们不断寻找自己的路，寻找前人没有走过的路，他们是中国文章的革新派。

在报社谋生，写作大抵在晚上。漫长的一天过去，暮色四合，在灯火通明下点横撇捺。一个人静下来写点东西，算是表白心迹吧。早先怕损了笔头，真是娇贵的想法，实则我的文章算不得一回事。如今练得世故，工作与写作，各安其事。倒是：琴瑟琵琶，八大王一般头面。

　　每日里修修改改、缝缝补补，近时警觉，专一僻静的文字生涯已是很久了。不知不觉，出版有十来本散文集。小说不会写，大话说不出。有朋友问：想要做的事情，心里放不下，念念在想，反倒欲速不达，很难做到鸥鹭忘机。当时不知道怎么回答，现在借此之际录一段鲁迅的文字回他：

　　　　凡有一人的主张，得了赞和，是促其前进的，得了反对，是促其奋斗的，独有叫喊于生人中，而生人并无反应，既非赞同，也无反对，如置身毫无边际的荒原，无可措手的了，这是怎样的悲哀呵，我于是以我所感到者为寂寞。

　　　　这寂寞又一天一天的长大起来，如大毒蛇，缠住了我的灵魂了。

　　寂寞或是谁也无法避开的情绪吧。

　　我的性情喜欢自作序跋，有一份正经文章没有的随意。这回话又多了。感谢贾平凹先生题签，韩少功先生作序。

　　　　　　　　　　　　二〇一七年十二月十九日，合肥